山口直孝

近松秋江・志賀直哉の出発期

「私」を語る小説の誕生

翰林書房

「私」を語る小説の誕生——近松秋江・志賀直哉の出発期——◎目次

第二章　近松秋江における「「私」を語る小説」の展開　77

凡例

一、近松秋江・志賀直哉を始めとする諸作家の作品・エッセイからの引用は、断りのない限り、すべて初出に拠る。引用にあたっては、漢字を旧字体から新字体へと適宜改めた。

二、『太陽』に掲載された小説など、テキストが総ルビの場合は、難訓以外のルビを省いた。

三、志賀直哉の未定稿・草稿・手帳・ノートからの引用は、『志賀直哉全集　補巻』全六巻（岩波書店、二〇〇一年十一月五日〜二〇〇二年三月五日）に拠る。

四、引用文における傍線は、すべて論者が施したものである。

五、書名・作品名、新聞・雑誌名には、『　』を、記事・評論・エッセイ・未定稿・草稿・手帳・ノート・論文名には、「　」を用いた。

六、近松秋江は、時期や文章によって筆名が異なるが、論述の中では表記を近松秋江に統一した。引用文献に関しては、署名を注記した。

七、年代の表記は、西暦に統一した。

序章　「自己表象テクスト」から「「私」を語る小説」へ

一、『三四郎』・『大津順吉』・『京太郎』——主人公名を冠した三つの小説をめぐって

『三四郎』（一九〇八年）と『大津順吉』（一九一二年）とは、共に主人公の名を題名に掲げる作品である。その名づけ方は、『デイヴィッド・コパフィールド』（一八五〇年完結）・『アンナ・カレーニナ』（一八七七年完結）・『トニオ・クレーゲル』（一九〇三年）など、西欧では珍しくないものの、日本では少数派に属する。おそらく一九一〇年前後より早い時期の例は稀ではないか。それ以降、『伸子』・『真知子』・『大導寺信輔の半生』・『鳴海仙吉』などが発表されているが、散発的な現象に止まっている。

『三四郎』と『大津順吉』との出現は、小説をめぐる認識の変化に対応していよう。一つには、職に就く前の若者の猶予期間が注目されたことが挙げられる。同時代に定着しつつあった言葉を用いれば、「青春」が小説の題材として浮上してきたのである。それに伴い、主人公のとらえ方も変わってくる。資格を持つのが基本的に上級学校進学者となるため、主人公が中流階級以上の出身で占められるのは当然であるが、知人・友人の中で彼は、必ずしも目立った存在ではない。立身出世とは異なる野心を持ち、自負もあるが、世に問う仕事はまだ何もなしえていない。彼の途惑いや悩みは多く、内省的になることもしばしばである。そのような主人公の無名性や固有性への興味が、新たな作品命名の背景として考えられる。

二つの作品には、むろん相違がある。形式面で言えば、『三四郎』は、いわゆる三人称の、『大津順吉』は、一人称の小説である。『三四郎』では、小川三四郎に焦点化しつつ、三四郎の視野の狭さに自覚的な語り手が、他の登場人物とのすれ違いを示しながら、空転する恋愛劇を描き出す。『大津順吉』においては、現在の「私」が過去の「私」を時に差異化しつつ、二人の女性との関わりを再現的に語っていく。『大津順吉』の物語は、語り手にとって

自身のことであり、「私」は、当事者であることと報告者であることとを調整していかなければならない。できごとに対して適度な距離を取る難しさは、『大津順吉』の方が優っているかもしれない。

『三四郎』は、四十一歳の夏目漱石が大学一年生の三四郎を描いたものである。それに対して、『大津順吉』は、二十九歳の志賀直哉が二十四歳、五歳時の自己を回顧したものとなっている。執筆時の漱石・志賀の年齢差は歴然としており、そのことは主人公のとらえ方に影響を与えていよう。しかし、「青春」への両者の向き合い方の異なりは、年齢差だけに由来するのではない。『大津順吉』が志賀の実体験に基づいているのに対して、『三四郎』は、漱石自身の若き時代の記憶に根ざしたものではない。『大津順吉』が志賀の「わがこと」であることに対して、『三四郎』は漱石にとって「ひとごと」でしかなかった。この相違は、単に二作品、二作家の個性で済ますことのできない問題を孕んでいる。

藤森清は、『三四郎』・『青年』（一九一一年完結）という「童貞の二人の青年を主人公とした青春小説」が四十代の漱石・鷗外によって執筆されたことにねじれを見出している。[*1] 自らの「青春」を振り返って記したわけでも、当時の若者の現状を写実的に描いたわけでもないこれらの作品は、「近代のホモソーシャル体制下の規範的な青春像を示」す役割を持った。あるべき姿がまず書かれ、現実が後から追いかけるという、「青春をめぐる文化史の転倒した展開」がそこから生じたと、藤森は指摘する。「青春」における理想像の先行は、「外発的の開化」[*2]（夏目漱石）と形容される近代化を遂げた日本の特殊性を反映した一つの現象であろう。『三四郎』が「ひとごと」の小説であるのは、漱石の生きた時代と無縁ではない。

『三四郎』が西欧の恋愛物語を日本に移植した作品であるのに対して、『大津順吉』は主人公の抱く西欧的な恋愛観が対人関係で摩擦を生じる事態を扱う小説である。『三四郎』から『大津順吉』への歩みは、観念的な「青春」像が現実的なものに変容し、根づいていく過程であると解することができる。尾崎一雄は、中学生時代に『大津順吉』を読み、小説は作り事であるという考えが改まり、「小説にも本当のことが書かれてゐるんだと、云ふことを痛感した」と振り返っている。*3 また、記録映画作家の今村太平は、『三四郎』と『大津順吉』とを、「漱石が描いたものは絵空事のいわゆる小説的《ロマンチック》なイメージであるが、志賀氏が描いたものは生活の事実であった」と対比的にとらえ、「事実を以て十九世紀的ロマンを拒否すること」に志賀文芸の意義を認めている。*4 尾崎の証言や今村の解釈は、漱石よりも志賀に親近感を表明していることで共通する。後の世代が覚えた、漱石作品になじめない感覚は、すでに志賀において芽生えていたものでもあった。正親町公和に宛てた手紙の草稿と思われる「未定稿47」（一九〇八年十月執筆）を見ると、志賀が『三四郎』の新聞連載を読んでいたことが知れる。志賀は、「皆程僕は感心せぬ。夏目さんには鏡花にもある欠点――それは、一行一句は筆の勢で、右にも左にも上にも下にも、前の惰性に任かせて、勝手に書きなぐるといふ欠点が、著しく現はれて来たやうに思ふ」と不満を述べている。「先生の物を、後世になつて読むと、屹度、ペダンティックな嫌味を、感じやしないかと思つた」という感想を記す志賀は、やはり『三四郎』に作り物の印象を抱いているようである。その志賀が手がけた『大津順吉』には、自ずと『三四郎』に対する反措定のモチーフがこめられていよう。『大津順吉』の出現は、若者が「青春」を「わがこと」として言語化しうる段階に達したことを告げるものであった。

本書では、一九一〇年代前半に主人公が自らの過去や言動を記していく小説――「「私」を語る小説」が登場してくる経緯とその特徴とを考察する。簡単な見取り図を示すために、『三四郎』・『大津順吉』の二作をまず取り上げたが、補助線としてもう一つ、主人公の名を持つ作品をここで登場させておきたい。それは、近松秋江の『京太郎』である。ただし、これは幻の小説である。「これ彼れが私生涯の一部を記録せるもの也」という紹介と共に『早稲田文学』第一三号、一九〇七年一月一日に予告された『京太郎』は、ついに発表されることはなかった。秋江の言及もないため、この作品について具体的なことは何もわからない。内容も形式も、一切は不明である。しかし、この時点で秋江に「私」を語る意欲があったことは注目されてよい。自己が小説の題材になりうるという感触を摑みながら、秋江が実作に踏み切るには、なおしばらくの時間が必要であった。『別れたる妻に送る手紙』が世に問われるのは、『三四郎』の二年後である。ちなみに、秋江も『三四郎』を新聞連載で読んでいた一人であった。秋江は、最初は「面白い」[*5]と評価していたが、「十月に入りては惰気を生じて時々飛ばかすことあり。閑文字といはんよりは寧ろ疣贅文字といふ方中れる場合多し。加之女性が毎時類型なるは、決して現実を観察して成れる文学にあらず」[*6]と、次第に否定的な見方に傾いている。

志賀直哉と近松秋江とが併せて論じられることは少ない。志賀は『白樺』出身の作家であり、秋江は広義の自然主義に属するというのが一般的な理解である。年齢もやや異なり（七歳秋江が年長である）、出身地や学校も別の二人には、ほとんど接点がない。にもかかわらず、『三四郎』に人工的なものを認めていること、「私」を語る小説を試みていくことで、志賀と秋江とは奇妙な類似を見せる。小説を書き始めた時点で自己を書きあぐね、迂回路を通っていくことでも二人は同じである。「青春」は、まず「ひとごと」として描かれたこと、また、それが「わがこと」として表現され、定着していくまでには相当の時間を必要としたこと、いささか逆説的なこれらの事態を確認し、背景を探っていくためには、この二人の組み合わせは魅力的である。

二、「「私」を語る小説」の新しさ

本書は、「「私」を語る小説」がいかにして成立したかの解明を目的とするものである。対象としては、日露戦争の終結からおよそ十年間の小説を扱う。従来の文芸史の記述では、この時期は、自然主義文学運動の盛衰から『白樺』に代表される新しい書き手の登場へという流れによって説明され、自然主義と白樺派とは対立的に把握されている。例えば、代表的な記述は、以下のようなものである。

自然主義は描写態度としては主観をしりぞけ、客観的・傍観的方向を強調し、観照を以て芸術の本義とした。そこには積極的な生活展開、人生建設の志望はおのづから失はれざるを得ない。そこで自然主義以後のヨーロッパの反科学的思想や、人生に力と光をのぞみ生の飛躍を期待する理想主義思想は日本にも流入して来て、自然主義の平板単調に倦み疲れた思想をゆり動かした。大正初期は即ちこの思想が非常に盛んになり、あたかも遭遇した第一次世界大戦に於けるデモクラシイやコスモポリタンの世界共働の思想と相合し、個性の尊敬・自我の至上・生命の創造力を肯定する方向に向つて行つた。（略）「白樺」を中心とする文学運動は、この時代精神のよき表現であるといつてよい。[*7]

白樺派を新思想の代表と定める見解は、以後の記述でも受け継がれていく。近年の書においても、白樺派は、「自然主義者と対比的な、新しい世代、異なる出身地、別な階級から登場したことに重要な意味がある」という認識の下、「限定づきで市民文学の登場ととらえても良い」と評価されている。[*8]『日本文芸史——表現の流れ』（河出書房新社）は、歴史的事象と相対的に独立した表現の軌跡をとらえることを目指して企画されたものであるが、『第五巻・近代I』（一九九〇年一月十日）が明治、『第六巻・近代II』（二〇〇五年七月三十日）が大正というように、元号による時代区分を取ったために、自然主義による「文学の制度的確立（口語文体の確立）」[*9]から「私という方法——私小説の発生」[*10]への通路は、必ずしも明らかではない。「作家たちもこれまでの重苦しい論理や倫理を振り払い、〝私〟という自由を行使しはじめるようになった。もちろん〝私〟を形成するに足る新しい美意識や倫理を追求していったことは事実で、明治においてはとうてい発現不可能なそれらが彼らによって表現されるようになっていた。谷崎潤一郎や佐藤春夫らの表す美や白樺派の作家たちが求めた倫理など、まさしく、この大正という時代の新しさを象徴するものに他ならなかった」*11（山田有策）のような、「新しさ」を重視する観点においては、世代間の断絶のみが印象づけられることになる。

本書においては、思想の変化、世代交代という把握にも妥当性を認めつつ、異なる視座からのとらえ直しを図る。対立的図式を採用した場合、当然のことながら自然主義とそれ以後との連続性は問われない。しかし、前節で触れたように、ここでの関心は、「青春」が「ひとごと」から「わがこと」として表現されるに至る道筋にある。この変化を追うには、既存の文芸史の枠組は有効でなく、むしろ同時代の小説を流派に左右されずに読む態度が求められる。本書では、交流や影響関係のない書き手の作品をしばしば引き合わせるが、それは文学場*12の構造が変化する中で、作家の自己認識が改まっていく大きな動きを追うためである。

作家の体験に基づいたできごとを、主人公が語り手となって伝える小説を、本書では「「私」を語る小説」と呼ぶ。語り手の自己認識は、時代や文化によって、あるいは境遇や他者との関係によって、さまざまに変わりうる。当然「私」も、状況によって指示範囲を伸縮させる語となる。「私」は、「僕」や「自分」など多様な一人称を包括する言葉として選ばれており、あらかじめ決められた意味内容を持っていない。

小説家が自身の生活における見聞を記した小説を表す言葉として、一般に知られているのは「私小説」である。一九一〇年代の後半に用いられ始め、一九二〇年代半ばには日本独自の小説として価値づけられるようになる「私小説」の語は、本書で用いるにはふさわしくない。理由の一つは、ここで扱う時期にはまだ「私小説」の語が誕生しておらず、事後的な概念を当てはめることで実際の状況を見誤る怖れが生じることである。次に、「私小説」の定義が論者ごとに異なると言ってよいほど揺れており、安易な使用は議論を拡散させてしまう懸念がある。第三には、肯定否定のいずれの立場であるにせよ、「私小説」は価値評価を強く帯びた言葉であり、考察に予断を与えてしまう危険が挙げられる。

「私小説」を実体視し、起源を探る作業が、論ずる者の主観による歴史の再編であることを見直す機運が高まったのは、比較的近年のことであった。鈴木貞美が「「私小説」は存在しない。存在したのは「私小説なるもの」だけである。あるいは、「私小説」は問題としてのみ存在する」[*13]と問題提起したのは、一九九〇年のことである。鈴木の発言は、「私小説」の語が現れて以降を意識したものであるが、「時代時代において、その本質を変容させつつ、連続してきたように見えるものがあるだけなのだ」という基本認識は、参考になる。「「私小説」という語は、明確にこれと特定できる記号内容《シニフィエ》をもたない、強力で流動的な記号表現《シニフィアン》として広く流通し、影響力の大きいひとつの批評言説を生み出した」[*14]と指摘し、その言説を「私小説言説」と名づける鈴木登美の見方も、鈴木貞美と共通する。

膨大な「私小説」論、「私小説」研究を整理した日比嘉高は、「「私小説」という言葉が用いられ出した時期と、〈作家が自分自身を登場人物として造型した小説〉が増加した時期の間には、十数年のずれがある」ことに改めて注意を促し、「私小説」の起源を求める従来の視角が、同時代のさまざまな状況を見過ごしてしまう危険性を説いた[*15]。日比は、「作家が自分自身を登場人物として造型した小説」を「自己表象テクスト」と呼ぶことを提唱し、抽象度の高い用語を使うことで、「私小説」論の影響から離れ、文化横断的かつ表現理論的な考察が可能となる利点を述べている。本書では、これらの論者の意見に従い、後世の価値観によって任意の小説を拾い上げ、それらを結びつけていく恣意からは、なるべく遠ざかりたい。最初に述べたように、本書では志賀直哉と近松秋江とが集中的に取り上げられる。けれども、それは、二人の作家を最初から特別視しているからではない。「私」をめぐる関心のありようと創作での苦心とにおいて、彼らは一つの典型たりえており、かつ、同時代の水準を越えた達成を見せている。そのことが二人と向き合うゆえんであり、論述は常に帰納的であることを心がけたい。

「自己表象テクスト」概念を用いて、日露戦争後の文学場の変容を解明した日比の仕事の意味は大きい。職業作家の身辺情報を新聞や文芸誌などの活字メディアが報道することによって、読者が作家と作品とを積極的に結びつける読書慣習が生まれたこと、宗教や修養論、あるいは学校教育の影響によって、「人格」や「自己」の概念を内面化した若い世代が「自己表象テクスト」の登場を歓迎し、その隆盛を促したこと、自己表象の意欲の高まりが文芸だけでなく絵画にも見られる文化現象であったことなどの指摘は、いずれも説得力を持っている。物語内容を追うだけでは把握できない同時代の複合的な文脈が文学者の興味を自らに向かわせたことは疑いえない。本書は、日比の見解を前提とし、「自己表象テクスト」の語も必要に応じて使用する。

ただし、本書は日比と立場を完全に同じくするものではない。日比の議論は、包括的なものであるだけに、細かな時系列の変化や個別テクストの特徴については、尽くせていないところがある。「自己表象テクスト」の抽象度の高さは、諸領域に並行して起こった現象を見る際に便利である一方、表現形式に関わりなく素材論的に作品を一括して扱わざるをえない側面を持つ。例えば、田山花袋『蒲団』と小栗風葉『恋ざめ』とは、いずれも「自己表象テクスト」に属する。中年の恋という新しい主題を扱った二作には、当然共通点が多い（周知のように、後者は、前者の直接的な影響の下に成立している）。しかし、『蒲団』が主人公竹中時雄に寄り添いつつ、時としてほかの登場人物にも焦点化していく三人称形式の小説であるのに対して、『恋ざめ』は、主人公が自身の体験を回想する一人称形式の小説である。この両作の形式の違い、および発表の順序には、無視できない問題が含まれているのではないか。いずれにおいても、中心に描かれているのは、日常生活に倦怠を感じ、刺激を得るため若い女性に性的欲望を募らせる男の内面である。にもかかわらず、主人公が告白する体裁を『蒲団』が採れなかったのは、西欧から学び、ようやく身体化されつつあった新しい心情を、迫真的かつ観察的に記述する技術が未熟であったからと推察される。詳しい検討は、第二章で行うが、「自己表象テクスト」を手がけるにあたって、多くの作家が三人称の叙述形態を最初に選んでいることは、一人称による語りの難しさを示すものであろう。「自己表象テクスト」が出現するには、まず「私」が語る／語られるに足る複雑な内面を備えた存在であるという認識が成り立たなければならない。次いで、それまでとは質の異なる「私」を表現することが試みられていくが、雛形が存在しないため、実作は紆余曲折を経ることになる。同時代の書き手にとって、自身と等身大の語り手に「私」を語らせることは、決して容易なことではなかった。『蒲団』から『恋ざめ』には、「自己表象テクスト」における方法の深化が認められる。本論では、「作家が自分自身を登場人物として造型した小説」と「作家が自分自身を主人公兼語り手に設定した小説」とが同時に成立したわけではないことを重視し、前者から後者への展開を追う。論述の必要性から、後者を「「私」を語る小説」と呼び、「自己表象テクスト」一般と区別することにしたい。「「私」を語る小説」は、「自己表象テクスト」に包摂される下位区分であり、一人称形式であることを要件とする小説である。

　いわゆる一人称小説は、森鷗外『舞姫』の例を挙げるまでもなく、むろん一九一〇年代の遙か前から存在する。だが、そのことをもって、「「私」の語る物語り状況[*16]」（シュタンツェル）を物語の基本型と片付けてしまうと、歴史性を見過ごすことになる。傍観者ではなく、当事者としてできごとを語る「自己物語世界[*17]」（ジュネット）を統べること、作品内現在と語りの現在とを有機的に関わらせること、精神的な遍歴を系統立てて話すこと、心身の失調を描写することなど、複合的な課題を引き受け、言語に定着できる語り手を以前に見出すことは難しい。先述したように、「私」という存在が引き受ける領域は、時代によって異なる。より奥行きを増した内面と向き合い、再現的かつ立体的に自身を提示しようとする語り手の登場は、一人称小説における新しさとしてとらえられてよい。その語り手のほとんどが芸術家（とりわけ文学者）もしくはそれを目指す青年であることも、それまでには見られない特徴と言えよう。彼らは、複雑で繊細な感情や思想を表し、一般人との異なりを強調していった。自己と所属する共同体との卓越化を志向する作品は、積み重ねられることで独自の型を作っていくことになる。芸術家になる道程を描いた教養小説や作品そのものの誕生過程が提示される「自己生成小説[*18]」は、その一例である。「「私」を語る小説」という枠組は、新しい一人称小説が生まれ、変化していく過程を見やすいものとする。

「自己表象テクスト」において「「私」を語る小説」を切り分けて検討することは、受容の観点からこの問題を考える上でも有効性を持つ。日比の指摘するように、作家をめぐる情報が活字メディアを流通し、描かれた背後の事実への興味を促したことは確かであるが、そのことは均質な読者層の形成を意味しない。文壇に所属する者と雑誌・新聞の購読者とでは、受け取ることのできる情報の質・量が異なる。読者にとって、作家は、間接的にしか知りえない存在である。書き手に関する情報は、消息欄やゴシップ欄、あるいは批評などから得られるが、その受け止めは、個別読者の関心に左右される。作品を読む際にすべての読者がモデルについての情報を参照していたとは限らず、また、新進作家の場合にはそもそも依拠すべき情報がほとんど流通していない。豊富な知識を持たない読者に「自己表象テクスト」が認知されていくには、「「私」を語る小説」の働きかけが大きかったと思われる。文学者、文学志望者の主人公による「自己物語世界」の作品は、読者を語り手＝作家と考える誘惑に駆り立てる。もちろん、記されていることが本当かどうかは、受け手は実際には判断できない。しかし、作品外情報に頼ったとしても、それが常に真実を保証するものではないことを考えると、読者が検証する手段を持つか持たないかは、さほど大きな問題ではない。「自己表象テクスト」は、作家と読者双方の了解によって成り立つものである以上、「作家が自分自身を登場人物として造型した」事実と同時に「作家が自分自身を登場人物として造型した」ように見えるという印象が重要になる。「「私」を語る小説」が形式によって、「自己表象テクスト」の定着に貢献したことは、例えば武者小路実篤『お目出たき人』一編を挙げるだけでも理解されるであろう。

三、本書の構成

本書は、以下のように展開される。

第一章では、「自己表象テクスト」が生まれる背景を論じる。総合雑誌『太陽』を対象に、日露戦争後の状況変化を追う。後進資本主義国の日本における植民地支配の進行は、日本人のナショナリティの再構築を促した。文学者もそのことに無縁ではなく、序列化された地域への旅を通して、抑圧された者との比較によって自らの卓越性を自覚していくことになる。内面を語る私的な行為と帝国主義による領土拡張の欲望とは対立するものではなく、前者は後者の補完物である一面を持つ。安全な、俗化した観光地に旅し、現地の風景を眺めることで文学者が精神の深さを獲得していったこと、また、ホモソーシャルな感性を培っていったことを、『太陽』に掲載された文章を材料に検証する。「自己表象テクスト」を生み出す心性が自然と形成されていったという見方ではなく、むしろ特定階級における「ハビトゥス」[*19]（ブルデュー）の定着が内面を作り上げたという立場により、旅をめぐる文学者のふるまいを注視する。

続く第二章では、「自己表象テクスト」が次第に増えていき、さらにそこから「「私」を語る小説」が出現していく経緯を扱う。「自己表象テクスト」は、最初から作家自身を中心に据えていたわけではなく、むしろ共通の心性を持つ友人、あるいは集まりを描いていた。まず書かれるのは、同じ教育歴を持ち、趣味や思考でも重なるところの多い青年（たち）を対象とした作品である。作者自身が主人公に選ばれるのは、通常いくつかの試作を経て後のこととなる。また、作者が主人公に据えられる場合、最初は三人称形式が採用されることが多い。何人かの書き手の作品を検討することで、ホモソーシャルな共同体の中から自身を「私」や「自分」と名指す主人公が析出されていく過程を定式化する。

第三章では近松秋江の諸作品を取り上げる。自然主義の圏内に位置づけられる初期作品をまず考察し、「「私」を語る小説」を書く志向を持ちながら、容易にそれを果たしえなかった状況を見ていく。次に、『別れたる妻に送る手紙』を分析し、書簡の枠組を借りることで秋江が「「私」を語る小説」を実現し、空虚な現在を生きる主人公の内面を再現的に定着しえたことを確認する。さらに秋江が書簡体形式を好んで用いたことに注目し、同時代の書簡体小説の動向と比較することによって、秋江の書簡体小説の独自性および卓越性を抽出することを目指す。そして、書簡体小説への持続的関心を通して「「私」を語る小説」の表現を洗練させていった秋江が「大阪の遊女もの」連作において叙法を確立したことを明らかにする。

なお、本章では、当時の書簡体小説の流行現象も積極的に取り上げる。それは、「自己表象テクスト」・「「私」を語る小説」が生まれ、定着していく過程で隣接ジャンルが果たした役割が小さくないと考えるからである。バフチンは、小説の本質を多声性に求め、「小説とは芸術的に組織された言語の社会的多様性であり、ある場合には多言語の併用であり、また個人のことばの多様性である」[*20]と規定する。「小説とそれを志向する芸術的散文の諸ジャンルは、歴史的に脱中心化を志向する、遠心力の方向に沿って形成されてきたのである」[*21]と要約されているように、その歴史は、さまざまな表現ジャンルとの交渉の歴史でもある。バフチンは、諸ジャンルの中でも「告白、日記、旅行記、自伝、書簡その他」を「小説の構成上最も重要な役割を果たし、時には自ら小説全体の構成を直接規定し、小説のジャンル上の独自のタイプを創造するような特殊な一群のジャンル」として特別視し、「挿入的ジャンル」と呼ぶ。[*22]プライベートな領域に関わるこれらのジャンルは、ヨーロッパの近代小説の誕生に重要な働きをしたことは周知であるが、日本近代における役割はあまり顧みられてこなかった。本論では、言文一致体の定着期の書簡が真情吐露の手段として浮上し、書簡体小説の変化と隆盛とを促したこと、ひいては「「私」を語る小説」の発展にも寄与したことを考証する。「挿入的ジャンル」の影響という観点を導入することによって、「「私」を語る小説」の登場が小説あるいは文学ジャンルの再編成に伴う現象であったことを動態的に記述したい。なお、日本における書簡体小説の特徴として、ホモソーシャルな文学共同体との癒着が挙げられる。傷ついた心を訴えることで友情を深めようとする意識は、一九一〇年代を通じて文壇に浸透していく。そのことを批判的にとらえ直すため、補論として有島武郎『平凡人の手紙』をめぐる考察を添えてある。

第四章では志賀直哉の創作活動を追う。デビュー作の『網走まで』には、すでに自在に情景を切り取り、そこに奔放な想像を付け加えることができる語り手が現れていた。固有の感性を持つ「自分」は、しかし、観察者の位置にあり、直接自身を語ることはない。本章ではまず、初期作品を俯瞰し、「「私」を語る小説」に至るまでに志賀が秋江と似た逡巡を示していたことをとらえる。続けて『濁つた頭』を取り上げ、額縁小説と告白との枠組を利用することで主人公が自身の転落の軌跡を物語る成果を得たことを探っていく。『濁つた頭』の達成を踏まえて、志賀が「「私」を語る小説」を十全に実現するのは、『大津順吉』においてである。本論では志賀の家族小説を検討した上で、『大津順吉』を討究し、「自己生成小説」の萌芽が認められる点などを評価したい。なお、附説として『クローディアスの日記』に関する分析を行う。日記体小説に注目する理由は、前章の書簡体小説と同様である。「挿入的ジャンル」としての日記が同時代の小説表現にどのような連絡を持つのか、また他の日記体小説と『クローディアスの日記』とはどう異なっていたかを比較する。日記体小説をめぐる検討作業からは、志賀の「「私」を語る小説」における西欧文芸の明白な摂取が浮かび上がることにもなろう。

終章においては、これまでの議論を総括し、「「私」を語る小説」の成立過程を整理すると共に、小説表現に何をもたらしたのかを秋江・志賀に即して提示する。同時に、二人の相違に留意しながら、次世代の作家たちへの影響力を考える。「「私」を語る小説」が文芸史で果たした役割を指摘することで締め括りとしたい。

注

＊1　藤森清「強制的異性愛体制下の青春――『三四郎』『青年』」（『文学』第三巻第一号、二〇〇二年一月二十九日）

＊2　夏目漱石「現代日本の開化」（一九一一年八月。引用は、夏目漱石『私の個人主義』〈講談社学術文庫、一九八四年十二月十五日第一三刷〉に拠る）

＊3　尾崎一雄「〈恩師を語る〉志賀直哉先生のこと」（『新女苑』第四巻第二号、一九四〇年二月一日。のち、尾崎一雄『志賀直哉』〈筑摩書房、一九八六年九月三十日〉に収録）。「〈素顔の文人／インタビュー　第八回〉志賀直哉」（『海』第九巻第八号、一九七七年八月一日。のち、尾崎一雄『志賀直哉』に収録）では、「小説らしい小説を読んだのは、夏目漱石。『朝日新聞』をとってたから、「こころ」とか「道草」「明暗」などは読んでいましたね」とも述べられている。『三四郎』を尾崎がどう評価しているかはわからないが、漱石作品に比べて、『大津順吉』に現実性を感じたという反応は興味深い。

＊4　今村太平『志賀直哉論』（筑摩書房、一九七三年九月三十日）一二五ページ

＊5　徳田秋江「文壇無駄話／函根より」（『読売新聞』一九〇八年九月十三日）

＊6　徳田秋江「文壇無駄話」（『読売新聞』一九〇八年十一月一日）

＊7　吉田精一「概説」（久松潜一編『改訂新版　日本文学史　近代』〈至文堂、一九六四年六月十五日〉九～一〇ページ。

＊8　西垣勤「大正期文学の特質」（『時代別日本文学史事典　近代編』〈有精堂、一九九四年六月十五日〉所収）三〇五ページ。ただし、書き手の出身地、階級の相違に自然主義と白樺派との相違を見る西垣の視座は、重要であり、地方出身者によって見出された表現の感性が都市生活者に吸収されていく経緯は、本書でも対象となる。また、西垣が、「自然主義が、因習打破や旧物破壊を目指しながら、時代閉塞の現状に立ち向かわず、小市民的な無気力な人間像を、自己を含めて平板にあるいは宿命的に描いていくことになって、行き詰まった訳であるが、しかし、耽美派や白樺派が、その自然主義の限界を発展的に打ち破った訳では決してない」（三〇三ページ）と述べ、社会現実からの逃避ということでは、世代が

異なっても文学者の姿勢が同じであることを指摘しているのは見逃せない。

＊9　山田有策「第四部　文学の制度的確立　概論」（『日本文芸史――表現の流れ　第五巻・近代Ⅰ』（河出書房新社、一九九〇年一月十日）所収）二五四ページ。

＊10　山田有策「第二部　私の出現と解体への不安　概論」（『日本文芸史――表現の流れ　第六巻・近代Ⅱ』（河出書房新社、二〇〇五年七月三十日）所収）一三五ページ。

＊11　山田有策「この巻のためのノート」（『日本文芸史――表現の流れ　第六巻・近代Ⅱ』（河出書房新社、二〇〇五年七月三十日）所収）一二ページ。

＊12　「文学場」は、政治的・経済的な諸力との関係によって生成発展する文学の環境を意味する、社会学者ブルデューの用語である（ピエール・ブルデュー、佐藤洋二郎訳『芸術の規則　Ⅰ・Ⅱ』（藤原書店、一九九五年二月二十五日・一九九六年一月三十日。原著発行は、一九九二年））。「セミナー　文学場の生成と構造――ピエール・ブルデューを迎えて」（『文学』第五巻第一号、一九九四年一月十日）には、彼自身による「〈文学場〉とは、単に作家の集合をいうのではなくて、出版社、雑誌の編集者、作家はもちろん、学者、注釈者、批評家、など、文学に関係する人々、文学に関心＝利害をもつ人々の総体の間に結ばれる客観的諸関係からなる空間のことなのです」という、平易な概念規定がある。

＊13　鈴木貞美「「私小説」という問題――文芸表現史のための覚書」（『日本近代文学』第四三集、一九九〇年十月十五日）

＊14　鈴木登美、大内和子・雲和子訳『語られた自己――日本近代の私小説言説』（岩波書店、二〇〇〇年一月二十六日。原著発行は、一九九六年）三ページ。

＊15　日比嘉高『〈自己表象〉の文学史――自分を書く小説の登場』（翰林書房、二〇〇二年五月二十五日）「序章　〈私小説起源論〉をこえて」九ページ。

＊16　フランツ・シュタンツェル、前田彰一訳『物語の構造』（岩波書店、一九八九年一月三十日。原著発行は一九八五年）「第一章　物語のジャンル特性としての媒介性」八ページ。シュタンツェルは、典型的な「物語り状況」として、「「私」の語る物語り状況」・「局外の〈全知の〉語り手による物語り状況」・「作中人物に反映する物語り状況」の三つを挙げてい

る。ジュネットに比べて、シュタンツェルは、焦点化の議論に関して精密さを欠くが、一人称小説と三人称小説とを対立的にとらえてきた小説理論の歴史を踏まえている点で参考になる。

＊17　ジェラール・ジュネット、花輪光・和泉涼一訳『物語のディスクール——方法論の試み』（書肆風の薔薇、一九八五年九月十日。原著発行は一九七二年）二八九ページ。ジュネットは、語り手が主役を演じる、より強度の等質物語世界を表す用語として、「自己物語世界」を用いている。

＊18　Steven. G. Kellman "The Fiction of Self-begetting" (The John Hopkins University Press, 1976). ケルマンは、「自己生成小説」を「私たち読者がまさに読み終えようとする小説を書き手がペンを取り、創作しうる境地に至る性格発展を描いた、通常一人称による叙述」と定義している。

＊19　ピエール・ブルデュー、石井洋二郎訳『ディスタンクシオン〈社会的判断力批判〉Ⅰ』（藤原書店、一九九〇年四月三十日。原著発行は一九七九年）「第3章　ハビトゥスと生活様式空間」二六一〜二六四ページ。ブルデューは、「ハビトゥスとは身体化された必然、つまり道理にかなった慣習行動を生成し、またこうして生みだされた慣習行動に意味を与えることのできる知覚を生成する性向へと転換された必然」と規定し、「階級の存在状態に固有の要請と自由を、そしてその位置を構成する差異を、体系的なしかたで表しているもの」と指摘する。「これで相応に資本《もとで》のかかってる身体なんだが」（二十一）とは、正宗白鳥『落日』の登場人物田沢が主人公吉富を評する言葉である。「資本」によって加工される身体、すなわち、学歴資本、文化資本、社会関係資本の蓄積によって様態を変えるハビトゥスを、階級社会の反映であり、現実であるととらえるブルデューの立場を、本書は踏襲する。

＊20　ミハイル・バフチン、伊東一郎訳『小説の言葉——ミハイル・バフチン著作集五』（新時代社、一九七九年一月十五日。原著発行は一九七五年）「第一章　現代の文体論と小説」一四ページ。

＊21　注20前掲バフチン書「第一章　現代の文体論と小説」二九ページ。

＊22　注20前掲バフチン書「第三章　小説における言語的多様性」一一五ページ。

第一章　「「私」を語る小説」の登場

第一節　語られるべき「私」の生成――日露戦争後の『太陽』に即して――

一、「自己表象テクスト」・「「私」を語る小説」の起源を求めて

一九〇〇年代から一九一〇年代にかけての文芸史を記述する際に、自然主義が中心の話題となることは、常識であろう。一九〇七年・一九〇八年前後を最高潮期とする自然主義の提唱と実作の試みとは、近代における最大の文芸運動として一般に位置づけられている。それは、人間観の転換を表すものであり、表現改革を推進するものであった。西欧的な個我意識に触れた文学者たちは、自らの思考や感性を拠り所にして創作を試みていったが、同時に彼らは自己を取巻くさまざまな制約に直面する。国家権力による言論弾圧といった外部の力は当然のこと、文学者は、内なる束縛をも意識せざるをえなくなる。彼らは、自身が先祖や家族と血縁で結ばれていることや動物と同じく性欲から自由になれないことを、切実な課題として引き受けていった。作家の認識の変化には、進化論や遺伝学などの影響が著しく、それらもまた西欧化によってもたらされたものと言ってよい。負の要素を持つ自己を対象化するため新しい描写方法が求められ、言文一致体を積極的に採用する文体実験が盛んに行われた。語り手が透明化し、主人公の内面提示に比重が置かれる小説の型が整い、次代に受け継がれていく。従来「私小説」の濫觴と見なされ、近年「自己表象テクスト」と再規定された作品の発生は、文芸史的に一つの画期となるものである。

自然主義と「自己表象テクスト」あるいは「「私」を語る小説」との関連を探ることは、重要な課題である。け

れども、その作業は、主題や文体の相互関連性、あるいは主人公の思考やふるまいを対象とするだけで充分なわけではない。最初に述べた概括にしても、文学者の立場に即したものであり、偏りがあることは確かであろう。「私」という存在に目を向け、自己とその周辺とに興味を限定することは、一つの判断行為であり、そこには紛れもなく政治性が働く。作品の狭さが現実のいかなる部分を反映しているかを考えるためには、書き手が無意識の内に切り捨てた要素に目配りしなければならない。後景に退いているもの、名前を与えられていないものを拾い上げていくこと、また、作品から締め出されたものの痕跡を追うことは、一つの手続きとして有効であろう。

二〇世紀初頭は、まぎれもなく帝国主義の時代であった（そして、グローバリズムが席巻する二一世紀の現在、帝国主義の時代は、なお続いている）。金融寡頭制が要請する資本輸出を行い、再収奪の循環システムを築き上げるために、ヨーロッパ列強およびアメリカは、支配地域の拡大に乗り出していった。レーニンは、事態を次のように要約する。

帝国主義は金融資本と独占との時代であるが、この金融資本と独占は、自由への熱望ではなく、支配への熱望をいたるところにもちこんでいる。あらゆる政治制度のもとでのあらゆる方面の反動、この領域における諸矛盾の極端な尖鋭化、——これがこれらの傾向の結果である。民族的抑圧と併合への熱望、すなわち民族的独立の破壊（なぜなら、併合は民族自決の破壊にほかならぬから）への熱望もまた、とくに激化する。*1

各国の植民地侵略が飽和状態に達していたため、さらなる拡大の欲望は、列強国同士の利害の衝突を生む。第一次世界大戦を初めとするこの時期の戦争の多くは、植民地の再分割闘争であった。むろん、日本の近代史も、そのような帝国主義の潮流と密接に関連する。台湾出兵、江華島事件を契機とした朝鮮への干渉、琉球・小笠原諸島の帰属など、日本は、文明開化期より周辺地域への欲望を露わにし、日清戦争を経て、宗主国の地位を実現していった。

朝鮮・中国における利害衝突が直接の原因である日露戦争は、植民地再分割闘争の典型と言える。西欧の脅威を感じながら、富国強兵政策を推進した日本は、先行資本主義国に追いつき、覇権を争うまでになった。日本は、中国と不平等条約を結び、朝鮮を併合する。それは、正しく「民族的抑圧と併合への熱望」にほかならず、かつて欧米が日本に向けた支配の論理の反復という側面を持つ。

労働力・資源・生産物の収奪を合理化するために、あるいは宗主国と植民地との発展の不均衡を自然化するために、さまざまなイデオロギーが学問の装いの下に利用されていった。通俗化された進化論・遺伝学・人類学の理論や、世界を測量し、分類する地理学・博物学の知見などは、その代表例である。それらは連繫しながら、地域・性差・民族・階級を序列化し、体制に奉仕していった。特定の少数者が優位に立つことに合理的な根拠はなく、しかし、それだけに多数の存在を分断する主張は変奏されながら、常に張り巡らされることになる。貧富の原因を当事者の属性に還元し、差別の根拠とすることは、貧富の格差を必然的にもたらす帝国主義国家において、統治に欠かせない発想であった。日本の場合は、支配層の意識に「オリエンタリズム」[*2]（サイード）が加わり、さらに屈折を帯びることになる。東洋への蔑視を基調とする異国趣味を内面化し、アジアや「辺境」の民をとらえようとする態度は、劣等感を通過しているだけに、攻撃的な傾向を免れない。福間良明は、近代日本のナショナル・アイデンティティの根幹に「普遍的な「西洋」」に対する「エディプス・コンプレックス」があると考え、「特殊なものとしての「日本」」は、根源的、本質的に存在しているのではなく、「西洋」からの承認の要求と、それに適合した自己像を紡ぐために見出される「辺境」との差異／類似という二重の契機を掻い潜って初めて描かれ得るのである」というように、複合的な自己像の形成過程を要約している。[*3] 経済的に収奪されていた朝鮮・台湾・沖縄・樺太・小笠原諸島は、また地方の農山漁村部は、西欧に比肩しうる日本というセルフ・イメージを国民の多数層に浸透させていくために、未開・野蛮・怠惰・不衛生などの語によって形容され、貶められていった。しかし、一方でそれらの地域は、日本の一部として同一性が保証されなければならない空間である。「辺境」をめぐる発言は、両義的とならざるをえず、「日本」のナショナリティの存立基盤や定義がゆらぎ、ときにナショナルなものに回収されざる残余が生起しつつ、一方で、そこからまた新たなナショナリティが再構成・再生産される」[*4]運動が常に起こることになる。

一九〇〇年代から一九一〇年代は、西欧および東アジアとの関係変化によって日本人の自己意識が再編された時期であった。「自己表象テクスト」の誕生は、そのことと独立して起こった現象ではない。一見私的な作品世界は、他者との差異化で成り立っている。小説の書き手は、男性であり、中流階級出身者であり、高等教育経験者であり、都市生活者であった。少数でありつつ、ナショナル・アイデンティティ形成を担う一角であった彼らの表現には、当然帝国主義の論理が含まれる。作家たちは、自己を卓越化するために、「辺境」の民を始めとする他者を切り分け、見下ろし、そして一定時間の経過の後、関心を閉ざしていった。「私」という、語るに足る精神の深さを持つ存在の獲得には、自身より劣位にある比較対象の発見が不可欠であったと言えよう。文学者が政治家や実業家と価値観を共有せず、摩擦を生んだことや、彼らが時に体制からはみ出し、当局から言論統制を受けることもあったことは、事実である。作家たちが、自身をみじめで無力な存在として、あるいは女性ジェンダー化した感傷的な存在として描いていったのは、ゆえないことではない。けれども、その彼らが一方では差別する側に立ち、国家権力と癒着していたことは、見逃されてはならないであろう。

ジャンルとして認知された後の「自己表象テクスト」・「「私」を語る小説」は、確定的記述で作品世界を開示し、誕生に必要とされた初期条件を省略することができた。特定人物の私生活が詳しい説明を施さずに語られても、文学をめぐる解釈共同体が成立していれば、それは、十全な享受の対象となる。しかし、「私」は、最初から記述にふさわしい対象と見なされていたわけではなく、他者との関係性から価値が確認されていったことは疑いえない。後には不可視となる排除と抑圧との文脈を生成期の作品群にたどっていくことは、「自己表象テクスト」・「「私」を語る小説」の暴力的な起源を解き明かす意義を持っている。その作業の恰好の対象と考えられるのは、旅を取り扱った作品群である。

近代になって日本人は、新たに開かれた世界への好奇心をかき立てられた。もちろん、未知の地域に関する知識が求められたのは、征服と支配との準備作業のためでもある。調査・探検と軍事行動とは一連なりのものであった。そのような状況下、旅は、帝国主義の欲望を個人レベルでなぞる行為に意味を変えていく。土地の風景を内面に再領土化するという目的は、赴く先が海外であっても国内であっても、同じである。交通網の拡充もあって、一九〇〇年代以降、旅は娯楽として一般化する。それは、観光旅行（ツーリズム）の時代の到来であった。藤森清は、ツーリズムの想像力が国民国家の形成に寄与した役割を重視し、旅行者の「自国土を外国人の眼で異国趣味的に眺める視線」によって「地方色や伝統」が「創り出され再配置されてい」ったことを論じている。[*5]「その再配置の中心は、サバービア（郊外）に生活する中産階級という想像上の零度地点である」[*6]と、藤森は旅行者の視線を想定しており、そのような「中産階級」のイデオロギーを国民の感性として定着させていく上で、文学者が書き表したものの影響は大きかった。

藤田叙子は、「明治二十年代から四十年代にかけて、〝紀行文の時代〟ともいえるような一時期が現出する」[*7]ととらえ、その時代に博文館から出版された地理書・紀行文を総覧している。また、五井信は、「明治三〇年代」に夥しい数が発行された「〈ガイドブック〉」を精査し、それらの書物によって、旅行者の「歴史を学び旅での観察を旅日記に記す」習慣が促され、「同時代の編著者をはじめとする他の旅人とも関係づけられ」、「「われわれ」としての国民意識」が強化されていく契機となっていることを考証している。[*8]五井がガイドブック・地誌の編纂に関わりながら、従軍記・紀行文・小説を量産した田山花袋を例に取って説明するように、旅に関する書物は、特定のジャンルに止まらない拡がりを見せ、文学者は、分野を横断するような形で関わっていった。日本全土は、彼らの手によって、細やかに分けられ、土地ごとに丹念に記述される。辺境・名勝・保養地・地方都市・山村・漁村・近郊・郊外と区別された地域は、書き手の中流階級意識に沿って序列化されていった。価値づけられた旅の記録を追体験することで、読者は想像の共同体に参加することになるが、他方、周縁に所属する者は、そこから締め出されていかざるをえない。作家たちが道中や現地で接した人々とどのように関係しているか、その様相を分析することで帝国主義と「私」とを結ぶ糸が見えて来よう。

本節では、検討材料として雑誌『太陽』を用いる。博文館から刊行されていた『太陽』は、一八九五年一月の創刊以来、平均十万部という、有力な新聞に勝る部数を誇った総合雑誌であった。「国民知識の供給者」を自認し、「百科全書的な啓蒙主義」[*9]（鈴木貞美）を編集方針とした誌面は、例えば「時事評論」・「人物月旦」・「論説」・「読者文壇」・「文芸」・「学芸」・「雑纂」・「評論之評論」から構成され（第一〇巻第一号、一九〇五年一月一日）、網羅的な情報提供が心がけられている。そのため、隣接ジャンルと小説との相関を把握することが容易である、という利点がある。また、「東京発の中央文化の受信者として全国各地に漸く形成されてきた知識人中産層とその家庭に、最大公約数的な時々刻々の社会文化知識を継続的に提供し続けた」[*10]（永嶺重敏）という受容層と雑誌の性格とは、時代の中心的なイデオロギーを押さえるのに都合がよい。とりわけ、地理に関して相当の誌面を割いていることは、国民意識の形成の観点から重要である。[*11]そして、言うまでもなく『太陽』は、自然主義文学運動の一拠点でもあった。そのような複数の言説が行き交う場所に踏み込み、ここでは「自己表象テクスト」・「「私」を語る小説」の前史の解明を試みる。対象とする期間は、一九〇五年から一九〇九年までの五年間である。

二、横領される風景

技術の確かさを求められていた職人から自己の欲求に誠実な創造者へ――。芸術に携わる人間のイメージが一九一〇年代に交代することは、よく知られている。大正教養主義の影響と普通説明されるこの変化は、芸術家の階級上昇を理由とするものでもあった。新しく担い手の中心となったのは、高等教育経験者である。芸術家の自意識の変容を確認するために、小川煙村『悪人』（第一二巻七号、一九〇六年五月一日）という無名の小説を取り上げてみたい。

主人公は、日暮里に住む彫刻家天野鉄之助である。彼は、「相当な腕を持ちながら世に容《い》れられ」ない不遇にある。「高い気位を持ち世間に諂《こ》びず、技術なども瑣細《ささい》な末端をかまはずに思ふ所を直截に現はすから、刀《たう》は生硬といはれ、想は頑なりと冷評《けな》された」と説明されるように、信念に即した仕事は一般の支持を得られず、次第に彼は、「世間」を呪詛するようになる。意趣返しに「妬みの髑髏」の制作を思い立った天野は、標本を得ようと谷中の墓地に赴く（以上「第二」）。そこで彼は、田宮与次郎という男がその兄と密談しているところに出くわす。それは、「世間」の仕打ちゆえに泥棒になった兄に、善良な与次郎が更生を求めていたのであった。目的を果たした天野は、後日新聞で骨盗みの犯人として与次郎が誤認逮捕されたことを知って悩む。残された与次郎の病弱な妻や幼い子どもに接した彼は、心の痛みに堪えかね、自首を決意する。

地の文における主人公のモノローグにいくらか新味が感じられるものの、『悪人』は、所詮大時代な作品でしかない。しかし、この短編が、「芸術か、人道か」という岐路に主人公を立たせていることは無視できない。「彼れは凡々たる人間、我れは彼れより勝れたる技能を持つ者」（第六）は、与次郎（無職であり、盗んだ金を兄から与えられてい ることからわかるように、生活は苦しい）と自身とが異質の存在であるという天野の認識をあからさまに表すものである。「貧乏な彫刻家」(第二)であるにもかかわらず、経済状況の等しい人間を対等に見ない天野に、職人としての意識はうかがえない。『悪人』は、本来交わるはずのない二人を、「世間」から疎外されている者という共通項で括り、墓場での遭遇という偶然によって、強引に結びつける。「此《この》日、市中には鈴《りん》の音《ね》勇ましく、気おひの声が八百八町を駆廻つてゐる。／『大勝利号外、日本大勝利号外』」(第七)は、作品の掉尾であり、天野のヒューマニスティックな決意を言祝ぐように、日露戦争の勝利の報が全市を覆う。国民意識を読者に喚起するかのような結末は、しかし唐突であり、かえって天野―与次郎の関係の希薄さと物語の不自然さとを際立たせるものであろう。作品は、芸術家が庶民から隔たり、両者の間にドラマが起きにくくなっている状況を反映している。

芸術家であることの自負は、武者小路実篤や谷崎潤一郎によってエリート意識にまで引き上げられるが、上の世代においても自己卓越化の傾向は兆していた。その意識は、自己の所属する場所とそれ以外の世界とを切り分ける。旅をし、訪れた土地の特色を筆録した書き手の目には、当然対象への優越感が含まれていよう。紀行文家として著名な遅塚麗水(一八六六年生まれ)や硯友社の系譜を継ぐ江見水蔭(一八六九年生まれ)、あるいは児童文学者巌谷小波(一八七〇年生まれ)といった、経歴や思想を別にする者たちの文章が、一様に現地の人間に無関心であることは、興味深い。知人二人と箱根に梅見に出掛けた時のことを綴った麗水の「雪の乙女峠」(第一一巻第五号、一九〇五年四月一日)は、次のような文体を持つ。

蕩々《とうとう》茫々《ばうばう》たる富士の裾野、右は足柄山の陰より起り、左、愛鷹山の背後《うしろ》に亘《わた》りて、打ち豁《ひら》けたる荒原の、春は早くも浅く音《おと》づれて、近きは有無を疑ふ地毛《ちもう》の翠《みどり》、愈《いよい》よ遠くして碧《みどり》。濃く、風煙縹渺《べうべう》として中《うち》に依稀《いき》たる山林水廓を籠めたるは、若し峯頭《はうとう》に高吟せば、当に山下の人を驚かすなるべしと思はるゝなり、富士は那辺《いづく》と騁望《へいばう》すれば、密雲裾野の半《なかば》を呑みて、玉玲瓏たる岳蓮《がくれん》を掩ひ隠せり、(七)

漢文訓読調の美文自体は、この時期珍しいものではない。その麗水を参照するのは、彼が道中で出会う「車夫」・「馬丁」・茶店の「媼《をうな》」らを点景として処理しているからである。例えば麗水は、国府津で電車を待つ間、「一老夫の車に踞《きよ》して睡《ねむ》るあり、電車よりも人力車こそ面白けれと喚《よ》び起して、先づ春山（引用者注――同行の友人）を載せて走らせ、車に逢はゞ就《やと》ふて余《われ》を迎来《けいらい》せしめよと吩咐《ふんぷ》したり」とあるように、人力車を雇っているが、車夫との応答は再現されず、注文だけが記されている。言葉が交わされるのは、友人との間だけであり、現地の人間が固有名を持って登場することはない。富士の風景を所有するのは、旅行者だけであり、地元民は外されている。平戸に姉を訪ね、途中の見聞を俳句に詠んでいく巌谷小波の「平戸紀行」（第一一巻第一六号、一九〇五年十二月一日）は、言文一致体で書かれ、門司での「日清媾和談判の記念室」や太宰府八幡宮の「日露戦役の戦利品」陳列の見学が含まれるなど、麗水とは相当趣が異なる文章である。戦争に関わる情報を積極的に集める小波は、しかし、「女中」・「車夫」・「按摩」・「船頭」には無関心であり、旅の付属物としてしか扱っていない。工学士の紹介で製鉄所を一覧したり、俳人仲間と句会を催したりしたことが挿話となっているのに比べ、それらの人々は背景として描かれるに止まる。車夫と気分を共有することを想定しているとは考えにくい「松の香や車上に秋の風ぬるし」という句は、象徴的である。小波は、武雄温泉について、「何も見るべき物は無く、温泉と云へば直ちに宮の下塔の沢を連想する、我々東京人士には、何うも十分の感興が起つてくれない」と不満を漏らし、佐世保の「通船の乗場の、頗る野蛮的なる」のに驚いている。その発言は、都市生活者たる自己を基準にした、恣意的なものである。

　芸術家としての誇りと旅行者の奢りとは、同じものではない。二つを軽々しく直結させることは慎むべきであるが、美意識が生まれる場や条件にまで考えを巡らせた場合、両者は、それほど隔たっているわけでもない。そこで参考となるのは、江見水蔭「蛮勇と風流――（貝塚の発掘―利根の舟遊）」（第一一巻第三号、一九〇五年十月一日）である。

副題にうかがえるように、これは、利根川流域を周遊した報告であるが、水蔭が発掘作業と舟遊びとを並置しているのが目を惹く。考古学に関心の深かった彼は、行く先々で貝塚を訪れ、土器を採取していた。同時に彼は、月夜に舟を浮かべて、茶を楽しむ趣味も持っている。「今宵の風流、翌日《あす》の蛮勇」と対比されている二つの行動を同時に引き受けるのは、水蔭の個性かもしれない。しかし、彼のふるまいは、「風流」と「蛮勇」とが一方的な収集行為という点で共通することを図らずも告げている。

既にして水田《みづた》の間に入《い》り、街道を行くに、向ふより一人の男の、旧暦の盂蘭盆会とて、紙製の蓮華を手に提《さ》げ来《きた》るとすれ違ひぬ。此方の三人は急に顔色を変へたり。我も無意識の裡に寒気立ちたるを覚えたれば、何者にやと玄子（引用者注――現地小見川における水蔭の知人）に問ひしに、声を潜めて、近郷に誰知らぬ者なし。強盗三犯の何某《なにがし》と説明しぬ。

強盗三犯――盆会――蓮華――平和の境――好詩材なりと我は打笑みたり。

田園と犯罪との落差に興趣が見出されているが、それはあくまで生活圏を離れた水蔭によって見出された風景である。貝塚から掘り出された土器と共に、その記憶は、東京に持ち帰られている。この「風流」な行為が表現として問題なのは、土地に向けられる視線が暴力を孕んでいるからにほかならない。

そのことは、「宿婢分布図――（旅日記の一節）」（第一四巻第二号、一九〇八年二月一日）を読む時、より明瞭となる。この随想で、水蔭は、「諸君」に対して「妙な研究」の成果を披露しようと語り出す。それは、「先住民遺跡の分布図を作る為の旅行」の「副産物」としての「現存の某人種の分布図」、すなわち「宿婢」（水蔭は、「しやくふ」とルビを振っている）の「分布図」である（以上「一」）。佐原や山田の旅館で働く女性の境遇が不安定なことで共通することに気づいた水蔭は、彼女たちに話を聞き、深く同情する。彼が思い描く「宿婢」の生涯は、客に身請けをされるがやがて捨てられ、再び仕事に戻るも、性病を悪化させて亡くなる、というものである。「同じ人が同じ事をして同じ処をぐる〳〵と廻つて居る様に考」えた水蔭は、「慄然」とする（七）。けれども、「宿婢」は、彼が「詩趣」（二）を受け取る景色以上の存在ではない。貝塚から出土した人骨に梅毒の痕跡があったことを挙げ、「三千年前にも、矢張宿婢が居たらうか。それは別問題だが宿婢の如き運命は必ず有つたに相違なからう」と一文を締め括る彼にとって、彼女たちは無縁の人であり、「先住民」と同様に遠ざけられている（七）。「分布図」に載せられるのは、基本的には物であり、水蔭の見立ては、征服のために「地図」を作成した帝国主義国家の欲望の模倣と言うことができよう。近代における「風流」のありようを大きく規定するものは、旅行者と現地民との非対称な関係である。それゆえ風景は、たやすく訪問者によって奪われ、自由に感情を貼りつけることのできる素材となる。

「私」の精神が深さを獲得するためには、私有化可能な風景が不可欠であった。田岡嶺雲「波のしふき」（第一二巻第一〇号、一九〇六年七月一日）は、その事情を如実に示す一例である。病のため中国から戻り、長崎の小浜温泉で静養していた彼は、海を眺めつつ、半生を振り返る。「嗚呼『海』よ爾、何の深き深き恨みに爾の胸は漲りて其吐く息吸《ひく》息の永久《とは》には嗔《いか》れる人類の栖処《すみか》なる大地と何の讐かありて、朝々暮々に其憤怒の叫喚《さけび》突貫の吶喊《ときのこゑ》凄まじく、石を蝕み巌を嚙《は》み、陸土を其基より震ひ動かして是を其底ひ無き青溟に呑み去らんとは犇《ひし》めくぞ」（一）という呼びかけが示すとおり、文体は硬い漢文訓読調である。嶺雲は、「活動」・「自由」・「革命」の象徴である海に、長く闘病生活を続け、著述が思うように進まない「吾」を対置する（一）。「吾」は、飢餓や貧困に苦しむ「同胞」・「人類」（六）に貢献できないことを嘆き、全編にわたって否定的な自画像を提示していく。社会主義者である嶺雲の内省は、真摯であるものの観念的に過ぎ、大正教養主義の言説に近いところがある。この文章における海は、読者にとって何ら固有の表情を持つものではない。けれども、書き手には、都会から離れた温泉地という場が決定的に重要であったろう。卑小な自己を表現するためには広大な海が対立物として必要であり、それと向きあわずに、叙述を始めるのは不可能である。また、その海は、他者に帰属するものであってはならない。「波のしふき」には登場人物がなく、無人の海で「吾」は、「石工」や「農夫」の境遇を羨みながら（四）、文字を知ったがゆえの憂悶を吐露するのである。同様の海の形象は、清見潟に臨み、亡くなった恩師外山正一と友人高山樗牛を偲ぶ姉崎嘲風「我が日記の一節──卅八年三月末日」（第一二巻第八号、一九〇六年六月一日）や情熱的だった過去と無為の現在との落差に苛立つ「自分」の心情表明である小川未明「日本海」[*12]（第一二巻第一四号、一九〇六年十一月一日）においても観察できる。

旅をする文学者によって、風景が横領され、「私」に奥行きが与えられることは、「自己表象テクスト」・「「私」を語る小説」成立の基盤の一つである。言文一致体への移行を目印とした場合、この時期の文学者には世代対立が顕著であるが、中流階級としての感性や価値観は受け継がれ、さらに尖鋭化されているところがあろう。所属する階級や領域が違う者に冷淡であり、抑圧的であるという点で、作家たちは共犯関係にある。

三、観光地とホモソーシャルな絆

『太陽』に掲載されている旅行記には、日本国内のものだけでなく、中村春雨「倫敦日記」（第一五巻第二号、一九〇九年二月一日）のように、外国を対象としたものも含まれる。ただし、その多くは出来事の記述に紙幅を費やしており、内面が書き込まれていることは珍しい。異文化・異言語との接触は、緊張を与え、我が身を省みる余裕を与えない。旅行者は、日々の見聞によって得られる新奇な情報を整理することに追われる。周縁に位置づけられる地域を訪れた場合も、事情は似通う。

向鷗逸人「療痫地としての八丈島」（第一一巻第一二号、一九〇五年九月一日）、久山龍峯「満韓紀行」（第一二巻第五号、一九〇六年四月一日）、江見水蔭「蔚山行」（第一二巻第一〇号、一九〇六年七月一日）、田山花袋『アリユウシヤ』（第一二巻第一六号、一九〇六年十二月一日）、遅塚麗水「音更古潭《オトツプケコタン》の一夜」（第一四巻第二号、一九〇八年二月一日）、村田懋磨「西間島事情」（第一五巻第四号、一九〇九年三月一日）など、この時期の誌面には、「辺境」の紹介文や探訪記が数多く見られる。書き手たちは、各自の切り口で現地に否定的な評価を下していく。それは例えば、「長き烟管をもて嗅き烟草を燻らし、唾を吐き、手洟をかみ、不潔至らざるなき韓人」（「満韓紀行」）や「その（引用者注――一行が立ち寄った酒家を指す）不潔さ加減と云つたら、迚《とて》も形容が出来ぬのである」（「蔚山行」）のように、衛生の観点から貶めることであり、「依頼多き人種」、「忘恩の民」（「療痫地としての八丈島」）と、劣等の烙印を押すことである。アイヌの長の家を訪れ、対座した時の印象を「主客の座既に定まりて、暫時《しばし》は黙然として沈々たる夜に坐す、太静太寂、太古の世も斯くやとばかり」（「音更古潭《オトツプケコタン》の一夜」六）、あるいは「樺太《あちら》では総て自然の儘、太古の儘、人工の加はつて居るものとては殆ど無いと謂つても好い」（『アリユウシヤ』一）といにしえの時代を形容に用いることも、文明―野蛮の序列化に加担するレトリックと言えよう。*13

一方で彼らは、そこが自国の領土であることを確認することも怠らない。加藤清正の籠城跡への立ち寄り（「蔚山行」）、『椿説弓張月』の舞台であることの紹介（「療痫地としての八丈島」）、「中央政府からの視察員」という使命の想起（『アリユウシヤ』一）などによって、書き手は、「日本」との関連づけを心がける。しかし、そのような努力は、基本的には実を結んでいない。あまりにも「日本」と隔たった自然や言葉、習慣が、筆者の感情の投影を拒むからである。「余は全く不思議の里に迷入つて、思ふ儘の事を見聞きして来たのだ」（「蔚山行」）、「自分はふと西洋の古名画を思ひ出した（引用者注――少女「アリユウシヤ」に「自分」が初めて逢った時の印象）」（『アリユウシヤ』三）といったロマンチシズムの看取によって土地との結びつきを調整しようとする彼らは、「辺境」の馴致に失敗していると解することができる。そこでは対象について過度の感傷が語られることはあっても、筆者の内面が詳細に叙述されることはない[*14]。

前項で検討した「波のしふき」の舞台は、長崎の小浜温泉であった。そこは、「吾」に「ヤレ大磯の、逗子の、箱根の、黄金と爵位が幅をとる都近くの遊散場《ゆうさんば》に、此んな趣き、此んな景色、こんな閑寂《しづけ》さ、舒暢《のんき》さが求めたりとも獲らるべきや」（十二）と好印象を与え、称賛される場所である。嶺雲は、さらに、着飾った女性たちが当地においても見受けられることをやや皮肉にとらえて、「天さがる鄙とはいへど、此地も王土なり」、「吁、光栄ある戦捷国」（十三）という感想も書き残している。彼は、落ち着いた環境を求めて都を離れても、海外に出ることはない。また、「辺境」にも赴くことはなく、滞在先には温泉が選ばれている。嶺雲の判断からは、ナショナリズムと階級意識との微妙な均衡がうかがえよう。全員が「人間を極めてセ、コマしく解釈する病気」に罹り、「激烈なる生存競争」が繰り広げられる「東京」（江見水蔭『虹の松原』（第一二巻第一二号、一九〇六年九月一日）前編／三）、「高貴なる思念もなく唯臥《ね》て起て喰つてゐる豚の如き生活の、都会」（児玉花外『鰯雲』（第一五巻第六号、一九〇九年五月一日））、「忙《せは》しない人の動めきに充ちた都会の空気」（相馬御風『漂泊』（第一五巻第一一号、一九〇九年八月一日））などと表されている、心労をもたらす都会から一時的に逃れたい願望が文学者にあり、一方では未知の場所を探す煩雑さを回避しようとする意識も働く。その結果、訪れる候補地として国土の中心と周縁とが除かれ、観光地が残ることになる。彼らは、すでに知られ、宿泊施設が整った場所を目指し、そこが「日本」であることに安心を得て、海や山を散策した。知名度の差はあるにしても、眺められる自然は、元々人々に親しまれていたものである。国家権力と通俗的な美意識とが準備した風景を、作家たちは占有し、そして内面を作り出していった。そこで生成された「私」が場の制約を受けた存在であることは、言うまでもない。観光地から恩恵を受けている側の人間として、文学者は、それを支えている帝国主義体制の維持に協力することになる。

作家たちは、「辺境」に対するのと同じ方法で、社会的弱者、貧困層、労働者階級をとらえていった。[*15] 差別される側には、さまざまな負の徴憑が与えられ、民衆の分断が強化される。書き手は、時にロマンチシズムやヒューマニズムを文章ににじませる。しかし、そのような気分は、見る者と見られる者との隔たりが解消されない限り、統治の補完物でしかない。彼らの仕事は、中流階級の身分観を代弁するものであり、『太陽』の編集方針にも適うものであった。SY生「四谷鮫ヶ橋貧民窟の生活」（第一三巻第一二号、一九〇七年九月一日）以後、「雑纂」欄では、匿名もしくは無署名で「人力車夫の生活」（第一三巻第一三号、十月一日）、「新聞記者の生活」（第一三巻第一四号、十一月一日）、「相撲取の生活」（第一四巻第一号、一九〇八年一月一日）、「下等俳優の生活」（第一四巻第二号、二月一日）といった特定職業の紹介が掲載されている。[*16] 情報として貴重なものを含むこれらの記事は、好奇心に縁取られており、本節で取り上げてきた作家の筆致に通じるところがある。郊外生活に転じていく中流階級にとって、低所得者層は次第に生活圏から離れた存在になっていく。そのことと対応するように、旅においても、訪問者と地元民との関係は希薄化していった。[*17] 他者の排除によって、旅行者は、ひとまずは快適な時空間を手に入れることができる。しかし、異質な者との出会いから遠ざかることは、ドラマの可能性の芽を摘み取ることでもあった。観光地をめぐる小説は、次第に変容を余儀なくされることになる。

『不如帰』・『金色夜叉』の時代、貴族や富裕層にのみ許されていた避暑や保養を目的とする旅は、徐々に中流階級にも開かれていく。文科の高校生や大学生、あるいは文学者たちは経済的なゆとりがあれば、休みを利用して観光地に出向いていった。当然、旅先を舞台にした小説や紀行文は増えるが、『虹の松原』のように、現地で男女が出会う設定が取られている作品は少数である。水野葉舟『さあちやんと安井』（第一四巻第一号、一九〇八年一月一日）では、鎌倉の音楽講習会で「私」が牧師の娘と知り合うが、その後の手紙のやり取りは不調で、進展がない。薄田斬雲『濛気』（第一二巻第一六号、一九〇六年十二月一日）は、函館から網走への汽船で乗り合わせた女性を介抱し、さらに同じ旅館に泊まりながら、手を出すことができなかった男の話である。[*18] 浪の人『函根日記――……年六月下旬』（第一三巻第一〇号・第一一号、一九〇七年七月一日・八月一日）は、ハンセン氏病の血統の噂から結婚を反対された若い男女が心中する事件を織り込んでいるが、中心は、放浪生活を続ける「自分」の孤独な心境の提示にある。[*19] 情死の物語よりも、「青年の煩悶」という新しい主題を選ぼうとする作品の志向は、見逃せない。

旅先は、内省をする場として役割を改めることになる。小川未明『荒磯辺』（第一一巻第一六号、一九〇五年十二月一日）は、過渡期にあって新旧の要素を混在させている短編である。語り手の「自分」は、新潟の郷津温泉に滞在している。プロフィールは不明であるが、海辺で詩集を繙く姿からは、文学者らしい雰囲気が伝わって来る。「自分」がこの地を訪れたのは、「煩悶」（一）から逃れ、気を紛らわすためである。しかし、夜ごとの「空想」（七）は、「自分」を悩ませ続け、落ち着く機会を与えない。「自分」は、静代という婚約者を持ちながら、二年前に北陸の温泉場で出会った佐美子という既婚者への恋情を断ち切れず、婚約を解消しようとして、静代や自身の両親と衝突した。「自分」の旅は、冷却期間を置くためでもあろうが、佐美子への未練はなかなか治まらない。三角関係を一見扱っているかのような『荒磯辺』であるが、佐美子と「自分」との繋がりは、「しかし考へて見れば三度と遇はぬ知己で、語ることも音楽や、芸術に関したことのみである」（二）との反省が示すように、顔見知り程度のものである。この短編は、温泉場での出会いの不成立を、主人公がもう一つの温泉場で反芻する作品として理解するのが適当であろう。実際、本作で印象づけられるのは、主観的な日本海の記述であり、語り手の感傷である。そこで、海と「自分」とが周囲から切り離され、女性ジェンダー化されているのは、注目に値する。海については、「自分は海は、やはり女性であると思ふ。殊に夕暮れの雲、夕陽《せきよう》を浸し、真紅に燃える海波の景色は、恋の熱き血潮に漲る青春の美女であらう」（二）という、あからさまな表明がある。一方『自分』の女性性は、「港の入江に帰る舟には、暗《やみ》と戦つて来た勇士を乗せてゐる。女房や子供等は満腔の熱き涙と喜悦と……彼等の愛は健全であるし、彼等の生涯は男らしいと感じた」(四)のように、漁民との対比で暗示される。また、『荒磯辺』には、出征兵士の駅での見送りを目撃する場面がある。「自分」は、「悲壮の感慨に打たれ」ると共に、「大日本万歳」と叫び、汽車を追いかける「里の子供等」の姿に「粗野なる、雄偉なる、一種の或る力」を感じている(六)。日露戦争が進行中であることを端的に表すこの挿話は、戦争に関わっていない主人公の後ろめたさゆえに、作中に象嵌されているのかもしれない。ただし、これらの人々は、「異境万里の空にある気持」を抱いている「自分」にとって、あくまで無縁である。「自分」は、「悲哀」(五)の感情世界に自足し、そこから出て行こうとはしない。終盤静代が「自分」の下に駆けつけようとしていることが告げられるが、二人が対面を果たす前に作品は閉じられる。

　人の気配がなかった「私」の滞在地からは、さらに女性が排除される。そこに立ち入ることを許されるのは、同じ階級、同じ嗜好を持った男性だけである。旅は、ホモソーシャルな関係性[*20]を作り、その絆を確かめる機会として、新たな意味を帯びていく。島崎藤村『旅』(第一五巻第五号、一九〇九年四月一日)は、男同士の連帯感を強化する物語として読まれる必要があろう。「K君三十九、A君三十五、M君三十、私は三十八だ」という「吾儕《われわれ》」四人の一行は、「都会の空気」から離れるため、伊豆半島の周遊を行う[*21]。修善寺―湯ヶ島―下田―伊東を巡る旅は、土産物や絵葉書を行く先々で購入していることが表すように、観光そのものである。各地は通過点として、慌ただしく見物され、「土地の長処《ちやうしよ》を見つけて、その日〳〵の旅の苦痛を楽みたい」と願う「吾儕」に消費されていく。例えば、湯ヶ島の温泉での体験は、次のように記されている。

　夕方から村の人は温泉へ集まつた。この人達はたゞで入りに来るといふ。夕飯前に吾儕が温まりに行くと、湯槽の周囲《まはり》には大人や子供が居て、多少吾儕に遠慮する気味だつた。吾儕は寧ろ斯の山家の人達と一緒に入浴するのを楽んだ。不相変《あひかはらず》、湯は温《ぬる》かつた。容易に出ることが出来なかつた。吾儕の眼には種々《いろ〳〵》なものが映つた。

——激しく労働する手、荒い茶色の髪、僅かにふくらんだばかりの処女《をとめ》らしい乳房、腫物の出来た痛さうな男の口唇《くちびる》……

同じ湯に浸かりながら、「吾儕」と村人との関わりが断絶していることは容易に理解されよう。「吾儕」は、感興のために一方的な視線を投げかけている。作品中で「吾儕」という自称は、安定して使用されており、意見の食い違いが起こることなどはない。宿の部屋では、「東京に居る人のことや、未だ互に若かつた時のことや、亡くなつた友達のことなど」が語り合われ、親密感が高められている。旅の最終日、「楽しい疲労」を感じながら、「吾儕」の意識は、都会の騒音と「単調な、退屈な」日常生活に向かい出す。『旅』は、ホモソーシャルな関係性が都市と観光地との相互依存を、ひいては生産と消費との循環を維持するための装置であることが、明白に現れている作品である。花外『鰯雲』では、「漂泊思想家の一人」であり、都会で「憂愁の日」を送る「僕」が「海辺の小村」に止まり続ける友人の「君」に呼びかける。書簡体形式のこの作品において、「僕」が「都門へ再び還り来たまへ！」と、「君」の帰京を願っているのも、一つの参考となろう。

相馬御風『夢みる人』（第一三巻第八号、一九〇七年六月一日）や正宗白鳥『空想家』（第一三巻第一三号、一九〇七年十月一日）など、ホモソーシャルな関係を扱う小説は、この時期から目立つようになる。それらの作品が奥行きのある内面を備えた「私」を描き、「自己表象テクスト」・「「私」を語る小説」の源泉となっていることは間違いない。国家のために有意義の人となることを拒否し、芸術に親しみ、哲学的な議論を繰り広げる人物像が、現状に対する文学者の批判から生まれたものであるという見方は、むろん有効である。ただし、そこで描かれている「私」の深さが他者の抑圧と風景の横領とによって獲得されたものであることにも、留意が必要であろう。御風や白鳥の作品では寄宿舎や下宿といった閉じた空間が主舞台のため、外部との関係が不透明であるが、主人公は無垢なわけではない。観光地から生まれた「私」は、本来的に凡庸な存在である。

四、花袋が取り落としたもの

今一度確認しておけば、『太陽』の読者の中心は、中流階級であった。労働者階級が読むことを、作り手は、ほとんど想定していないように見える。小説に限っても、差別的な言辞は、枚挙に暇がない。「粗暴な下等人種とは謂へ、何と云ふ無礼だらう（引用者注——車夫に対する主人公「先生」の感情）」（小栗風葉『気持』（第一二巻第一号、一九〇六年一月一日））、「あんな下劣極まることばかりを連想してゐる動物等（引用者注——雑談に興じる職工に対する主人公吉本定蔵の感情）」（岩野泡鳴『日の出前』（第一四巻第五号、一九〇八年四月一日））、「諏訪町と云へば近来《ちかごろ》メッキリ寂れた日陰町《ひかげちょう》である。住むものは大抵砲兵工廠の職工連ばかり、少し間通り日当りを吟味する人だちは、工場の汽笛に煤煙に蒸気の地響に恐れをなして滅多に居付かない」（真山青果『男性』（同前））など、作家だけが強い偏見を持っている訳ではないだけに、事態は深刻である。『日の出前』の主人公は、恋愛に苦しんで教会を離れ、種々の不安に神経を疲労させている。その彼が職工への侮蔑を隠さないことは、「自己表象テクスト」・「「私」を語る小説」の構造を透視するのに、示唆を与えよう。「私」を人間たらしめているのは、「下等人種」・「動物」と蔑まれている多数の存在である。

田山花袋は、抑圧に積極的に関わった文学者であると言えるであろう。本節一で述べたように、花袋は地理書の編者、紀行文の書き手として、日本の領土の拡大や地域の分割を側面から援助してきたからである。そのことに伴い、花袋の表現態度は、徐々に変わっていく。「若狭道」（第一一巻第一三号、一九〇五年十月一日）で道中に出会う人々と隔てなく付き合っていた花袋は、寂れた宿場町に情緒を感じ、船頭の生活に「人生」を発見したり（「古駅」（第一二巻第四号、一九〇六年三月一日)、「辺境」の地でロシア人少女をロマンチシズムでとらえようとしたり(『アリユウシヤ』)するようになる。彼はまた、「清らなる詩人的生活を送ることが出来ると思」い(「郊外」(第一一巻第一六号、一九〇五年十二月一日))、郊外への移住を望む(事実花袋は、一九〇六年十二月に東京市外代々木山谷一三二に家を新築し、転居を果たしている)。[*22] これらの語り手の姿勢は、下の階級に属する者から遠ざかっていくことを意味していた。一九〇七年、花袋は『少女病』(第一三巻第六号、五月一日)、『蒲団』(『新小説』第一二巻第九号、九月一日)を続けて発表し、自然主義の作家としての地位を不動のものとする。女学生を窃視する杉田古城や女学校出身の弟子に欲望を抱く竹中時雄の描出に文壇は驚き、後者には「肉の人、赤裸々の人間の大胆なる懺悔録」[*23](星月夜(島村抱月))という評語が寄せられる。そのことを以て『蒲団』が「自己表象テクスト」として受容されたと判断するのは早計であるが、文学者の否定的な形象として新しいものを持っていたとは言えるであろう。ただ、時雄の醜態が自己対象化の所産としてどれだけの効力を持ちえたかも、考察されなければならない。例えば彼は、「ある書籍会社の嘱托」として「地理書の編輯の手伝」をしている(二)。小石川にある「工場の一つ、西洋風の二階の一室」が時雄の仕事場である。彼は、毎日「輪転機械の屋《をくママ》に撼《うごか》す音と職工の臭い汗との交つた細い間を通」り、そこに上がっていく訳であるが、それ以後、職工が姿を現すことはない。それと対応するように、芳子の残した蒲団に時雄が顔を埋めて泣く有名なラストシーンも二階で行われる。比喩的に言えば『蒲団』は二階で始まり、二階で終わる物語である。一階には、時雄に意識されない領域、[*24] さらに語り手(ひいては作者)が見落としている世界が存在する。

初期の『太陽』に掲載された小説作品の一つに、斎藤緑雨『あま蛙』[*25](第二巻第二号、一八九六年一月二十日)があり、緑雨らしい皮肉な態度で主人公の小説家荒子落雁が相対化されている。落雁は、隣の令嬢、芸者、吉原の遊女と次々と懸想するも、ことごとく不首尾に終わる。西欧思想にかぶれた者への反撥からか、落雁は徹底的に戯画化されているが、「特に文学者に限つて霞を喰《くら》ひ霧を吸つて立つにはあらず」は正論であろう。主人公の独りよがりな恋愛が相手の女性の立場から浮き彫りにされている点も、風刺を表面的に終わらせない配慮として素晴らしい。一一年後の花袋からは、緑雨のように他者の目で文学者をとらえる発想が欠けてしまっている。そのため否定的自画像は、アイロニカルな自己肯定への反転を容易に赦すことになる。権力との衝突の局面で反復される弱点は、「自己表象テクスト」・「「私」を語る小説」の誕生時にすでに刻印されていたものであった。そして、その弱点は、現在も克服されてはいない。「私」の自意識は、いよいよ屈折を深め、内向きの視線は、新自由主義の暴力を黙認している。文学者の自画像に親身に寄り添うことは、政治性を回避する身振りを反復することにほかならない。論ずる者の最小限の倫理として、それは避けられるべきであろう。「自己表象テクスト」・「「私」を語る小説」の起源と展開とを追う際、手放されてならないのは、一階への、すなわち「私」の外部への想像力である。

注

＊1　レーニン、宇高基輔訳『帝国主義』（岩波文庫、一九九一年二月五日第四三刷。原著発行は、一九一七年）「第九章　帝国主義の批判」一九六ページ。

＊2　E・W・サイード、今沢紀子訳『オリエンタリズム　上・下』（平凡社ライブラリー、一九九三年六月三十日第一刷（未見）。引用は、一九九五年十二月二十七日第四刷に拠る。原著発行は、一九七八年）。サイードは、「オリエンタリズムとは、オリエント的事物を、詮索、研究、判決、訓練、統治の対象として、教室、法廷、監獄、図鑑のなかに配置するようなオリエント知識のことなのである」（上―一〇一ページ）と規定し、西洋人が自己を優位に置く志向を明確にすると共に、「オリエンタリズムの諸観念は、いわゆる西洋人《オクシデンタル》、ヨーロッパ人、西洋人《ウエスタン》ばかりでなく、当のいわゆる東洋人《オリエンタル》の上にも影響力を及ぼすことになった」（上―一〇二ページ）と述べるように、抑圧される側がオリエンタリズムの言説を受容する局面も見落としていない。

＊3　福間良明『辺境に映る日本――ナショナリティの融解と再構築』（柏書房、二〇〇三年七月十五日）二一九ページ。

＊4　注3前掲福間良明書一五ページ〜一六ページ。

＊5　藤森清「明治三十五年・ツーリズムの想像力」（小森陽一・紅野謙介・高橋修編『メディア・表象・イデオロギー――明治三十年代の文化研究』〔小沢書店、一九九七年五月三十日〕所収）五七ページ。

＊6　注5前掲藤森清論文五七ページ。ただし、藤森が「郊外」を定点であるかのように扱っていることには不満が残る。一九〇〇年代、都市と「辺境」とを両極とする地勢図の再構成において、「郊外」は徐々に見出されていった空間であると解する方が適当ではないか。

＊7　藤田叙子「紀行文の時代（一）――田山花袋と柳田国男」（『三田国文』第三号、一九八五年三月三十日）。続稿の「〝紀行文の時代〟と近代小説の生成――習作期の田山花袋を中心に」（『国学院雑誌』第八七巻第七号、一九八六年七月十五日）は、旅において培われた傍観者的態度と事実重視の姿勢とが自然主義の小説の表現を準備したと指摘しており、参考になる。また、事実性を強調することで田山花袋と江見水蔭とが交叉すると言う、熊谷昭宏「「事実」としての「奇」と「危」――江見水蔭の「実地探検」群を手がかりに」（『同志社国文学』第六三号、二〇〇五年十二月二十日）の主張も興味深い。本稿では、藤田・熊谷の論考を踏まえつつ、事実と小説とを別の感度から関連づけてみたい。

＊8　五井信「書を持て、旅に出よう――明治三〇年代の旅と〈ガイドブック〉〈紀行文〉」（『日本近代文学』第六三集、二〇〇〇年十月十五日）。五井は、また、「鉄道・〈日本〉・描写――田山花袋の紀行文『草枕』をめぐって」（『二松学舎大学論集』第四三号、二〇〇〇年三月三十一日）で、鉄道網の拡大と歩調を合わすように紀行文が多産され、国土の範囲が不確定であった時期に、境界を意識させ、対象地域が日本であることを強調する役割を果たしていたという見解を示している。

＊9　鈴木貞美「明治期『太陽』の沿革、および位置」（鈴木貞美編『雑誌『太陽』と国民文化の形成』〔思文閣出版、二〇〇一年七月二十八日〕所収）一四ページ。

＊10　永嶺重敏『雑誌と読者の近代』（日本エディタースクール出版部、一九九七年七月十六日）「第三章　明治期『太陽』の受容構造」一三一ページ。

＊11　五井信は、「表象される〈日本〉――雑誌『太陽』の「地理」欄1895―1899」（金子明雄・高橋修・吉田司雄編『ディスクールの帝国――明治三〇年代の文化研究』（新曜社、二〇〇〇年四月二十日）所収）において、初期『太陽』における「地理」欄を調査し、「〈日本〉の境界／輪郭に位置する台湾や沖縄、八丈島や小笠原などはつねに〈日本〉との差異が強調され」、「〈日本〉の仮想の中心だけをより強固にする作用」が働いていると特徴づけている（二五四ページ）。

＊12　五井信は、注8前掲の「鉄道・〈日本〉・描写――田山花袋の紀行文『草枕』をめぐって」で、『草枕』所収の「鳥羽より大阪」（第八巻第八号、一九〇二年六月五日）における海と陸との闘争という比喩的な描写が、当時「陸」は〈日本〉と、「海」はロシア、ドイツをはじめとする西欧列強というように置きかえられ、読者には読まれたに違いない」と推定している。かつて海軍士官を志望し、「魯西亜」を「東洋の平和を障害する国」と敵視していた「自分」がとらえる陸や海にも、五井の指摘に当てはまるものがあろう。ただし、「日本海」の場合、その関係が成り立つのは、「自分」の過去においてである。日露戦争が終結し、軍人になりそびれた「自分」にとって、陸のイメージは、生気のないものに変容している。

＊13　福間良明は、注3前掲書「第二章　「地方」という差異の発見と統合の論理――方言学」の中で、「辺境」の日本語に古層が残っているという柳田国男の「方言周圏論」に批判的に言及し、「中心との空間的な距離」を「時系列に再構成」する作用が国家権力の編成と同調することを指摘する（九一ページ）。麗水や花袋の表現意識は、柳田の発想と質的に重なるものである。『アリユウシヤ』に関しては、五井信「柳田国男／田山花袋と〈樺太〉――花袋の『アリユウシヤ』『マウカ』をめぐって」（『日本近代文学』第五八集、一九九八年五月十五日）が詳細な検討を加えており、「「内地」とは異なる樺太の自然の特異性を語り、またそれによりロシア人・アイヌの排除を表象する」作品の志向性を抽出している。

＊14　「辺境」における風景と内面との関係をとらえる上で、注目される作品として、江見水蔭『虹の松原』（第一二巻第一二号、一九〇六年九月一日）がある。唐津の海浜院で知り合った医師田代秀一と教育者落合瀧子とは、結婚して、朝鮮に渡った。秀一は、現地で病院を経営して成功する。二部構成のこの作品は、後編で一〇年後、来し方を振り返る二人を描いている。田代夫婦が感慨に耽ることができたのは、彼らの家が「松原越しに海を抱えて居る」場所にあって、出会

いの記憶を刺激するからであり、「此方《こちら》の田も畑も、大概我々の所有であるし、それから此方の海の、あの船も、大概自分の物」とあるように、周囲が自己の領域になっているからである（後編／一）。既視感をもたらし、私有されている風景によって、二人の追憶は支えられている。

＊15　例えば、千葉県東葛飾郡の未整備道路を利用する病者や貧者をきわめて差別的に評する江見水蔭「悪道路」（第一三巻第二号、一九〇七年九月一日）や草津温泉のハンセン病患者収容施設の焼失を感傷的に紹介する児玉花外「焼かれたる癩病町」（同前）などが挙げられる。

＊16　以後は、表題から次第に「生活」が取れていき、「雛人形に関係の商工」（第一四巻第四号、一九〇八年三月一日）、「花見茶屋の生活」（第一四巻第五号、四月一日）、「車掌と運転手」（第一四巻第六号、五月一日）、「金魚屋」（第一四巻第八号、六月一日）、「氷屋の話」（第一四巻第一一号、八月一日）、「大工と左官」（第一四巻第一二号、九月一日）と続いていく。

＊17　国内旅行の場合、鉄道網の普及によって、移動中に人力車や馬を使い、休憩所を利用する機会が激減したことも影響していよう。

＊18　夏目漱石『三四郎』の冒頭の挿話を想起させるが、発表は、『濹気』の方が早い。

＊19　ハンセン氏病は、伝染病であり、しかも感染力はきわめて弱い。遺伝説は、当時の偏見がもたらした妄説である。作品においても、「癩病といふものは伝染するもので、血統などに関係はない」と正しい記述がなされている。

＊20　「ホモソーシャル」については、イヴ・K・セジウィック、上原早苗・亀澤美由紀訳『男同士の絆――イギリス文学とホモソーシャルな欲望』（名古屋大学出版会、二〇〇一年二月二十日。原著発行は、一九八五年）を参照した。セジウィックは、「同性間の社会的絆」を表す「ホモソーシャル」という概念をセクシュアリティに関わる無意識の政治を論じるために駆使し、「男性支配社会では、同性の（同性愛を含む）ホモソーシャルな欲望と家父長制の力を維持・譲渡する構造との間に、常に特殊な関係が――潜在的に力をもちうる、独特の共生関係が――存在する」（三八ページ）ことを、イギリスの近代小説の分析を通じて主張している。

＊21　「吾儕」四人とは、事実に即せば、島崎藤村・蒲原有明・田山花袋・武林無想庵である。

＊22　相馬庸郎編「年譜」（『日本近代文学大系　第一九巻　田山花袋集』（角川書店、一九七二年六月十日）所収）に拠る。
＊23　小栗風葉ほか「『蒲団』合評」（『早稲田文学』第二三号、一九〇七年十月一日）
＊24　その中には、時雄と芳子との関係を気に病む、時雄の妻の心情も含まれるが、それは語り手によって拾われている。
＊25　『新日本古典文学大系　明治編　二九　風刺文学集』（岩波書店、二〇〇五年十月二十八日）に、宗像和重校注による本文が収録されている。

第二節　「「私」を語る小説」をめぐる試行――「私」が「私」を語るまで

一、「世俗的な巡礼」が育む感性

前節では、都会に暮らす文学者が観光地を訪れ、滞在することで内面を獲得していったこと、また旅を通してホモソーシャルな共同体を形成していったことを論じた。文学者が自らの卓越性を確認する場所は、「辺境」を避けた安全な地に求められる。交通の担い手や地元民に対する彼らの蔑みは、階級や地域の既存の序列を補強するもので、ナショナリズムとは共犯関係にある。語られるべき「私」は、俗化した場所の自然を自由に解釈し、それを表現したものを友人に送り、また受け取ることによって生まれていった。都会と観光地との往還、そして知人との書簡の交換という運動が奥行きのある内面を作り出したと言える。日露戦争後の『太陽』の文芸欄から観察できたのは、ハビトゥスが意識を規定していることである。

ベネディクト・アンダーソンは、西欧を例に、中世における巡礼が聖地を訪れることで民族を越えた紐帯意識を信者に植えつける意味を持ったのに対して、絶対主義王制の台頭以降、旅の役割が変容したことを説いている。[*1] 封建時代の旅の様式が「叙任のための中心の旅と先祖伝来の領地への帰郷の旅」という往復で済んでいたのに比べ、絶対主義時代の役人は、さまざまな任地を渡り歩くことが求められた。出世に伴う「上昇らせんの道程」において、彼は、意欲的な同僚の役人たちと出会い、「相互連結の意識」を強めていく。[*2] アンダーソンが「世俗的な巡礼」と呼ぶ官僚制に伴う役人の国内移動は、むろん近代国家を準備し、ナショナリズムを作り出す素地となったものであり、日露戦争後の文学者の行動を考える上でも参考になる。地方出身の男性が上京して高等教育を受けた後、そのまま住み着き、故郷ではない観光地に赴き、また都心に戻ってくること、また、同じ行動を取る同性に親近感を持ち、絆を深めていくことからすれば、文学者の旅も「世俗的な巡礼」と名づけられてよい。この「世俗的な巡礼」こそは、「自己表象テクスト」・「「私」を語る小説」を育む重要な媒介であった。本節で取り上げる多くの作品には、舞台として避暑地や温泉が登場するが、それは成立の経緯からすれば何ら不思議ではない。主義や世代を越えた文学者の共通のふるまいが内面を準備し、自身に関心を向けた表現を生み出す。この時期の小説において、主人公が一人で、あるいは友人と観光地に滞在する展開が頻出するのは、語られるべき「私」が生成される経緯をなぞることが手続きとして必要と意識されたからであろう。

故郷と都との行き来だけで満たされなくなった青年を描いた作品の一例に、小山内薫『孫の巡礼』(『文章世界』第四巻第一四号、一九〇九年十一月一日)がある。小山内が一九〇九年自由劇場を創立し、近代演劇の普及に努めたのは周知のことであるが、彼は同時期、短編小説の制作にも力を注いでいた。小山内は、一八八一年広島で生まれるが、陸軍軍医であった父の死に伴い、五歳の時に東京に移っている。都会人としての育ちと学歴資本とによって培われた繊細な感受性が現れた作品群は、「自己表象テクスト」・「「私」を語る小説」の推移を見る上でも興味深い。

『孫の巡礼』は、法科の学生で二十三歳になる主人公の「青年」(名前は与えられていない)が初めて祖母を訪ねる話である。法科の学生である彼は、指導教授の里帰りで盛岡まで付き添う。「青年」は、青森に祖母が暮らしていることを思い出し、この機会に父の生まれた地まで足を延ばそうと決意する。不確かな記憶に頼ったために、無駄足を踏んだり、住所を尋ね歩いたりする苦労の末、彼はようやく祖母の家にたどり着いた。しかし、初めての対面は、彼にさほど喜びを与えない。方言がわからないため、祖母と意思の疎通が充分にできなかった彼は、居心地の悪い思いを抱き続ける。村人の身なりや祖母の家の様子に貧しさと不潔さとを感じたことも手伝い、彼は早々に祖母の宅を引き上げ、「僕には故郷が無いんだ」という感慨を持つ。肉親と会うことで血の絆を確認する彼の「巡礼」は、不首尾に終わる。ゆかりの場所になじめなかった彼の旅は、当然変質せざるをえないであろう。

『孫の巡礼』には後の展開が記されていないが、空白を埋める材料として『東京へ』（『新小説』第一五年第二巻、一九一〇年二月一日）が参考になる。母・弟・妹と暮らす主人公一郎は、大学卒業間際になってから、母から家に財産がないことを打ち明けられる。呆然とした彼は気持ちを整理するため、同窓の友人が働く福島、黒田原の地を訪れた。温泉に浸かったり、演劇を観たりしながら友人に説得された彼は、三等車で偶然相接した十七、八歳の少女に見とれるうちに帰京の決意を固めていく。行く末に悩む時、頼る相手が血縁ではなく友人であり、身の上相談と地方の見物とがないまぜになっているところに、一九一〇年代の日本における「世俗的な巡礼」の一類型が認められるであろう。「重い頭」を抱えた主人公において、福島行は「自由」を求めての旅であると意識されている。大袈裟な意味づけは、彼が気持ちの整理をする上で一度東京を離れることが不可欠な儀式であったことを示していよう。

小山内のように幼時にではなく、分別がついてから都にやって来た文学者は、学校や仕事を通じて自身のハビトゥスを組み替え、やがて故郷を別のまなざしでとらえるようになる。中村星湖（一八八四年生まれ、山梨県出身）の出世作『少年行』（『早稲田文学』第一八号、一九〇七年五月五日）は、「地方色《ローカルカラー》」の描写が賞賛を集めたが、冒頭部における自然の紹介のなされ方は、次のようなものである。

> 溶岩《ラヴ》の崩れの富士の裾は、実に広漠たる眺望《ながめ》である。駿河表の——所謂御厨在を旅する人は、黒褐色《こげちゃ》の焼砂の道路《みち》や、雪しろ川の乾床《からどこ》の外は、たゞ一面の茅野《かやの》で、偶に潅木の林がチヨボ〳〵と、くすねて生えてるを見るばかりであらう。雨の日なぞに孤独《ひとり》で通る時は、淋しい、見棄てられたやうな曠野の感想《かんじ》が犇々と迫ツて来

る。けれども、表だけに――南だけに、常には、明るい、開いた、而して大まかな、ゆとりのある心地を与へる。

さて、試みに須走から、春初《はるさき》ならば雪解の水の河をなす細長い無名谷《なゝしだに》を渡ツて、登り一里の籠坂峠を越して見給へ。誰も知ツてるとほり峠から北は甲州路で、天地は全然《まるで》一変する（一）

加藤禎行が「読者を小説世界に勧誘する手続き」[*3]ととらえているように、「少年行は茲に物語の端を開く」（一）という宣言の前に山梨の風景が入念に説明されるのは、土地と無縁の読者が想定されているからである。語り手は、初めてその地を訪れる者の立場になって、想像の旅を繰り広げる。案内人を務める「自分」は、むろん読者の関心に通じていなければならない。この『少年行』とまったく同じ語り口を採用しているのが、石丸梅外（一八八六年生まれ、大阪府出身）の『故郷』（積文社、一九〇九年七月一日）である。

阪鶴線に便つて神崎から北に旅する春の客は、伊丹池田を走る右手《めて》の車窓に、遙かに連なる青い大阪平原を突如横断して屹立する紫の山の霞に包まれた若き姿を見るであらう。秋こそ関西第一の紅葉《もみぢ》と、歌はるゝ箕面《みのも》の山は即ちそれである。

（略）

如何に暑い三伏の盛夏でも一度《ひとたび》足を入れて高さ十三状の涼しい瀑《たき》に打たれて居る青い楓を眺めて見たまへ。――秋が深くなつてその青い葉が紅く染め出される。瀑から流れ出た水は碧く深い淵を作つて渓道《たに》を走つて行く。（略）

（略）

瀑布《たに》から尚ほ山の奥に淋しい細い道を辿ると四五十戸の山村がある。諸君の見らるゝ地図にはこんな村の名が書いていないかも知れぬ。私の故郷はその山の中である。（一）

出身地を描写していくにあたって、観光客の目が仮構されている。その視線がとらえた自然を紹介していく手法の採用は、語り手がすでに都市生活者の側に身を置いていることを表す。『少年行』と『故郷』とは、いずれも少年時代に取材した、一人称形式の作品である。作者の実体験を「私」の過去として語るためには、空間の移動とそれに伴う感性の変革とが必要な手続きであった。二作の冒頭には、過渡期の小説ならではの語り手の揺れが痕跡として現れている。以後の考察においても、「私」における旅の習慣は、留意すべき要点となる。

二、先行する三人称形式

『少年行』は、一人称形式であるが、「「私」を語る小説」と言うには躊躇させられる。『少年行』の場合、語り手奈良原武の関心の中心は、友人宮川牧夫の悲劇的な生涯を紹介することにある。早熟の牧尾に引かれ、彼と同じように中学への進学を希望した武が家族と衝突し、家出を試みるといった挿話はあるものの、総じて武は、主人公と言うより報告者の色合いが強い。星湖が自身を明確に主人公に選ぶのは、長編小説『影』（今古堂書店、一九一〇年七月二十一日）においてである。W大学生で伯父の家に寄宿する小池精一は、卒業後雑誌社に勤めるが、世俗的な価値観を受け入れられず、さまざまな異性に惹かれつつ、結婚に踏み切ることができない。長編小説『裾野』が懸賞当選作となり、三百円の賞金を得る、あるいは、友人を題材にした『爺』という短編がモデルの憤激を買うなど、[*4]星湖にまつわる有名な話題がちりばめられた本作は、「自己表象テクスト」の要件を充分に満たしている。ただし、

『影』では三人称形式が選ばれている。友人を語ることができた「自分」は、ここでは姿を現していない。

『故郷』は、文科を卒業した「私」緑川文雄が、幼時から校正の仕事をしている現在までの、自身の履歴を語る。中学で知り合った親友山本良彰の身の上や精神的動揺に筆を費やすぎるところはあるが、まずは「「私」を語る小説」と呼ぶにふさわしい内実を備えた作品である。このような小説を梅外は最初から書けたわけではない。『故郷』の前に彼は、『淡潮』(緑水社、一九〇七年八月十五日)という長編を発表している。「自序」で梅外は、『淡潮』に一篇は悲惨なる事実の物語りである、その主人公は余の親友であつた、薄命なる天運に縛られつゝ一生を苦悶の中に過したが、今は亡き人となつた」と成り立ちを述べている。日露戦争で落命した友人が出征時に「もし僕が戦死したらどうか僕の一生をありのまゝに書いてもらいたい」と遺言したことが執筆動機であると、彼は言う。「余の親友」は作品では子爵家の後継ぎであり、「余」にあたる人物の境遇は、『故郷』の文雄と相当異なっている。『淡潮』は、偶然の出会いや大げさなせりふ廻しも目立ち、「事実の物語り」とはにわかに信じがたい。それにしても、梅外がまず友人を描こうと発想したことは、星湖と同じであり、注目に値する。

創作において作家が自身よりも友人への関心を先行させることは、上の世代の書き手にも見られた。例えばそれは、『水彩画家』(『新小説』第九年第一巻、一九〇四年一月一日)、『並木』(『文芸倶楽部』第一三巻第九号、一九〇七年六月十五日)から、『春』[*5](『東京朝日新聞』一九〇八年四月七日~八月十九日)を経て、『壁』(『早稲田文学』第三五号、一九〇八年十月一日)・『芽生』(『中央公論』第二四年第一〇号、一九〇九年十月一日)に至る島崎藤村(一八七二年生まれ、長野県出身)の歩みに認められる。丸山晩霞・馬場孤蝶・戸川秋骨の経歴を借りて、妻に対する疑惑や生活の疲労感を描出していた藤村は、青年集団の一人として自身を登場させ、次第に中心化させていく。創作姿勢の変化は、モデルとされた側の抗議[*6]に促されたところはあるが、文学場の影響も受けていよう。「『緑葉集』を編み、『破戒』を完成した明治三十八・九年ころまでの藤村は、自分自身をモデルにして、自己の裸身を赤裸々に解剖するというような自伝的方法を、まだ全く思いつかなかったのである」と推察し、『水彩画家』・『並木』について「藤村流のモデル小説は「虚空仮設」の小説と自伝的小説との過渡的な小説形態」と把握したのは、平野謙であった。[*7] 平野は、藤村の変貌の理由を「自然主義文学思潮の勃興とともに、「ありのまま」の真実を描くことが、ひろく自他を対象として認容されるようにな」ったことに求めている。作家当人と友人とを等しく扱っているところに難点はあるものの、平野の見解は、自己を描くことが自明なことではなく、認識の転換を必要としたことに着眼している点で示唆的である。

　藤村は、自身の小説化に乗り出してからも、直ちに一人称形式を使ったわけではない。『春』は、多元焦点化の、『壁』は、主人公に固定焦点化した三人称形式である。一人称の語りは、『芽生』に至って、ようやく実現している。なお、『壁』は、病人の兄の処遇で気苦労の絶えない弟を描く掌編であり、『家』（『読売新聞』一九一〇年一月一日連載開始）の内容を先取りしている。この作品は、主人公の内面に深く立ち入らず、親族との相談や金の工面などで奔走する様子が散文的に記されているのが特徴である。従来の藤村の作風との異なりは注目を集め、「従来の行方とは多少異つたもの」、「描写法に於ても出来るだけ、膩《あぶら》や艶を抜いて了つて、肝心な急所ばかりを現はしてゐる。従て深《ディプ》だ」[*8] と推奨した島村抱月を始めとして、おおむね好意的な評価が寄せられている。特記しておきたいのは、『壁』を「自己表象テクスト」として受け止めた同時代評がないことである。主な理由としては、友人関係ほど藤村の一族のことが読者に知られていなかったことが挙げられる。それに加えて、三人称形式が作者と主人公とを結びつけにくくしているという事情もあろう。「氏が信州から上京して、『破戒』の大作に筆を染めた前後の記憶を書いたものらしい」[*9] のように、『芽生』が「「私」を語る小説」とたやすく想像されていることも引き合わせて考えると、語りの形式が読者に及ぼす作用には無視できないものがある。

　三人称形式から一人称形式への移行、すなわち「自己表象テクスト」から「「私」を語る小説」への展開も、藤村に限らず、同時代に広く観察できる現象である。田山花袋（一八七二年、群馬県生まれ）の創作も、その図式に当てはめることができる。花袋は、一人称形式を好み、『蒲団』以前にも作品例は多い。ただし、『白鳥』（『太陽』第一二巻第一号、一九〇六年一月一日）・『秋晴』（『文芸倶楽部』第一二巻第一五号、一九〇六年十一月一日）・『隣室』（『新古文林』第三巻第一号、一九〇七年一月一日）・『初恋の人』（『中学世界』第一〇巻第一号、一九〇七年一月一日）などの語り手「私」は、周辺人物の動静や遭遇した事件を伝えるのみで、自身を話の俎上に載せようとはしない。館林の茶屋での芸妓遊びを題材にした『春の町』（『文章世界』第二巻第五号、一九〇七年四月十五日）は、「自己表象テクスト」に相当するが、三人称形式である。和田謹吾は、『蒲団』までの作品において「一人称小説と、「私」の出て来ない嘱目的な描写との二つの型が略々等量に生み出されていること」を確認しながら、「それらの何れを通じても、私小説的な要素、明瞭に自己自身が演戯者となるような態度は殆ど見ることが出来ない。一人称小説といえどもその「私」自体は全く描かれていないのである」と指摘している。[*10] また、五井信は、和田の議論を踏まえつつ、一人称を採用した当時の花袋の作品を「物語世界内に〈私〉は作中人物として存在するが、物語内容の中心は物語世界内のほかの作中人物の語りである形式」と「物語世界内に〈私〉が存在し、物語内容の中心は物語世界外の〈私〉の語りである形式（語る私／語られる私を区別すると、語る私は物語世界の外にいる）」との二つに整理し、それらの乗り越えを花袋が企図していたと考察している。[*11]

郷里に戻った「自分」が二人の女性のいずれを選ぶかで思い悩む『野の花』（新声社、一九〇一年六月十日）に見られるような浪漫趣味や感傷癖を追い払い、直ちに「「私」を語る小説」を創作することは、花袋には困難であった。性欲や生活の疲労感を抱えた自己を過不足なく表現するため、『少女病』（『太陽』第一三巻第六号、一九〇七年五月一日）や『蒲団』では、「渠」という三人称が選ばれ、時として同僚や妻の視点から主人公を批評的に眺めさせる手法が編み出されている。『蒲団』の場合は、内面描写の提示にも力が注がれ、それらの技法上の工夫は、「今迄自叙体に用ひて居た描写の手法を巧に客観の描写に利用して、一種清新な作風を見せた事」[*12]（相馬御風）として受け止められた。ただし、御風は、「「絶望」とか「性欲」とか「悲哀」とか「煩悶」とか云ふ抽象的なそして大攫みな言葉の多い事は、少なからず此作としての価値を損して居る。今一歩進んだ描写があつて欲しい」と、『蒲団』の内面描写の限界にも触れている。また、『蒲団』には、「客観化が不充分である」[*13]（片上天弦）や「主人公の心の趨く大局を失して居る」[*14]（水野葉舟）など、背景や人物関係の書き込みが足りないという不満も寄せられていた。

『蒲団』に対するこれらの評価は、以後の「自己表象テクスト」の執筆における花袋の二つの方向性を予示している。一つは、『生』（『読売新聞』一九〇八年四月十三日～七月十九日）に代表されるように、不定焦点化と多元焦点化との駆使によって登場人物たちを相対化してとらえ、事態の推移を観察的に記述していくものである。この叙法は、花袋自身によって「平面描写」[*15]と名づけられ、著名なものとなっていく。もう一つは、語り手が自らの内面を直截的に書き記すものである。後者の試みは、『不安』（『文章世界』第三巻第九号、一九〇八年七月十五日）、『白紙』（『早稲田文学』第三八号、一九〇九年一月一日）、『罠』（『中央公論』第二四年第一〇号、一九〇九年十月一日）に実例を見ることができる。日常生活の中で理由のない不安に苛まれる男の心の叫びを記した『不安』、「色情狂になつたある文学者の日記の中から出た反古の数々」を紹介する日記体小説『白紙』、夫婦関係を皮肉に眺めた「僕」の感想が綴られる『罠』は、いずれも性欲に拘束される苛立ちが全編を覆う作品である。ただし、書き手の自問自答を提示するのみの『不安』・『白紙』に比べて、『罠』は「僕」の日常生活の様子がわかるように構成されており、進境が感じられる。「花袋氏の「罠」は少し慌て過ぎた書方だと思つたが、平生《ふだん》の平面描写よりも力の響く所もある」[*16]や「本来の自然主義より一歩を外に出た作である」[*17]のように、異色作として受け止められた『罠』は、今日ではほとんど顧みられないが、花袋における「「私」を語る小説」の実践として重要である。[*18]『芽生』・『罠』・永井荷風『新帰朝者の日記』の三作を掲載した一九〇九年十月の『中央公論』は、時代の趨勢を象徴していると言えよう。

三人称から一人称へという順序は、『日の出前』（『太陽』第一四巻第五号、一九〇八年四月一日）を経て『耽溺』（『新小説』第一四年第二巻、一九〇九年二月一日）に至る岩野泡鳴[*19]（一八七三年生まれ、兵庫県出身）や、『枝』（『中央公論』第二四年第四号、一九〇九年四月一日）と同じ内容を『移転前後』（『新小説』第一四年第九巻、一九〇九年九月一日）でとらえ直した真山青果（一八七八年生まれ、宮城県出身）、『落日』（『読売新聞』一九〇九年九月一日～十一月一日）の後に『動揺』（『中央公論』第二五年第四号、一九一〇年四月一日）を執筆する正宗白鳥（一八七九年生まれ、岡山県出身）においても変わらない。『蒲団』に触発され、「中年の恋」をテーマに『恋ざめ』（『日本』一九〇七年十一月十八日～一九〇八年一月四日（未見））を書いた小栗風葉[*20]（一八七五年生まれ、愛知県出身）は、作家個人を越えた変則例として解釈してよいと思われる。

　作家自身を主人公とする小説の制作に乗り出す際、最初に三人称形式を選ぶのは、むろん、自然主義の圏内にいる作家だけではない。平塚明子との心中未遂事件で世間の注目を集めていた森田草平（一八八一年生まれ、岐阜県出身）も、その一人である。醜聞となっていた明子との恋愛沙汰をあえて小説に仕立てて世に問うた『煤煙』（『東京朝日新聞』一九〇九年一月一日～七月十六日）は、やはり三人称の形式であった。一人称の語り手「私」が登場するのは、続編『自叙伝』（『東京朝日新聞』一九一一年四月二十七日～七月三十一日）においてである。

　奔放な一人称の語りを自在に操り、口語による小説文体の定着に決定的な役割を果たした武者小路実篤（一八八五年生まれ、東京都出身）ですら、『お目出たき人』（洛陽堂、一九一一年二月十三日）にたどり着くまでには時間が必要であった。彼の第一創作集『荒野』（警醒社書店、一九〇八年四月三日）には五編の作品が収録されている。いずれも作者の体験に基づく話と推測されるが、「「私」を語る小説」と呼ぶには不充分なものがある。『彼』は、題名が示すように、旧友「彼」の放蕩と立ち直りとを描き、「僕」は報告者の位置にある。『二日』の「自分」の関心は、旧友二人の対照的な現在のありように注がれている。『聖なる恋』は、『お目出たき人』と内容は重なるものの、「ここに男と女があつた、二人とも恋を知りそめる年頃である」（一）と始まるように、男女の恋愛を超越的視点からとらえる形式である。『隣室の話』は、下宿屋の二階での若者二人の恋愛論を隣室の者が速記によって伝えるもの。『不幸なる恋』では、自身と正反対の性格の「彼女」に惹かれる「自分」の惑いが述べられる。この作品は、「私」を語る小説」に数えることも可能であるが、掌編である。また、「彼女」との会話を再現できず、「……（彼女と話す）……」と処理しているところに、語り手の技量不足が露わである。『荒野』から『お目出たき人』への武者小路の歩みは、一般にトルストイズムからの脱却の過程と説明されている。[*21] 同時にそれは、友人に対する関心を自らに移行させ、行動しつつ語る自己を創造しようとする努力の過程でもあった。出発期の武者小路には、「私」を語る小説」をめぐる同時代の動きが集約的に現れていると言えよう。

三、「私」を語る困難さ

「自己表象テクスト」の取り組みがまず三人称形式で始まったことは、「私」を語る難しさが書き手に自覚されていたからであった。「世俗的な巡礼」を通じて、奥行きのある内面を得た文学者たちは、西欧の小説や戯曲を教科書にしてあるべき自己を思い描き、現状を反省的にとらえていく。労働者や立身出世の価値観を疑わない人間に対する卓越を信じながら、彼らは自己像における理想と現実との落差を引き受けなければならなかった。自己の分裂は、さまざまな葛藤を生み出し、心身の失調をもたらす。「私」を語ろうとする場合、第一に書き手は、文学者固有の心身を描写しなければならない。第二に書き手は、行動する自己と観察する自己とを制御し、いずれかに偏することを避け、他人にも理解できる文脈を表現に与えることを求められる。書くことは、通常事後的な行為であり、現在の自己と過去の自己との対立を引き起こす。第三に書き手は、体験を反芻しながら、今の時点から往時を批評していく必要がある。書くことは、また、不定型の自己に形を与えていくことであり、そのことが書き手に新たな認識を与えることもある。第四に書き手は、記述が書き手自身にもたらす反作用を引き受けることを期待される。

三人称形式、あるいは傍観者的な立場で語られる一人称形式の小説に比べて、「「私」を語る小説」の課題は、格段に複雑である。

『煤煙』の予告で森田草平は、「如何にして書き得るか、終《つひ》に書き得ずしてをはるに非ずや」ということが「余の苦悶」であり、「自己を客観すとは即《やが》て自己を失ふことなり。堪ふべけむや。／余は其堪ふべからざる事に堪へたり」と創作の苦心を述べている。[*22] 小山内薫は、『粘土』（『趣味』第三巻第六号、一九〇八年六月一日）の語り手「自分」に「さて自分の紹介となると、少し困ります。他人の事は言へても、自分の事は言へないもんですからねえ」と述懐させている。これらの証言は、自己を対象化する作業の容易でないことを素朴に表明するものである。書き手が過去の体験を小説化する時、三人称を用いた方が適度な距離を保つことができ、主人公に皮肉を述べたり、戯画化を施したりするのも簡単であることは疑いえない。

「「私」を語る小説」は、一九〇七、八年の時点では、周知のものではなかった。一九〇七年の時点で田山花袋は、次のように書いている。

> 万物に主観的なところ、客観的なところか《ママ》あると均しく、描法にも主観的、客観的の二法がある。乃ち一人称で書く文章、『私は』と書き出して、自己の腹中を残す処なく描き出すものと、三人称で書く文章、『かれは』と作者が傍に立つで《ママ》客観的に人間と人間の社会とを描くものとの二つがある。
>
> 此の一人称で書く小説は、近頃非常に多くなつた。『私は何処の生《うまれ》で……』とか、『私の祖母にかういふ人がありまして』とか書く文章は、日本には単に叙事文としてはあるが、小説としては古来殆ど絶無である。西洋でも此の一人称小説はそんなに古くは無いといふ話だ。今では西洋の短篇作者は多く此体を用ゐる。ツルゲ子ーフ、ゴルキー、モウパツサン、ハイゼ、ドオテエ、総て近代の作者は好んでこの一人称小説を書く。

此の一人称小説は自己の心理を描くには非常に便利だ。ある人間のある時の感情とか悲劇とかと書くには、無駄を書かなくつても好いので、此法を用ゆるを便とする。短篇に此種の法を用ゐたもの、多いのは、自然の勢である。ツルゲ子ーフなどはこの描法を発達させて、自己以外の人間をも社会をも此一人称小説で充分に描いた。されどこれはツルゲ子ーフのやうな天才で始めて出来ることで複雑した社会人間を描くには、一般に三人称を用ゆるのが普通になつて居《を》る。
一人称小説が何うかすると、作者の立場と余り密接に過き《ママ》ることがあると共に、三人称小説は余りに客観に過ぎるといふ弊があつて、作者の立場が余り離れ過ぎるといふことが往々にしてある。前者は同情の弊に陥り易く後者は軽佻の弊に陥り易い、この二者は互に其長所を利用して、互に其短所を補つて行くやうにすることが必要だ。[*23]

花袋の論説は、一人称形式の小説の新しさを主張している点で、まず貴重である。加えて、彼は、一人称形式の小説が日本でも増えてきたと言う。この見解は、翌年の「自然派では一人称で書くのが流行する」[*24]（塚原渋柿）や「自叙体の小説は近頃殊に多く見るところである」[*25]（NK生）という証言とも呼応している。このうち、NK生の文章は、一人称形式の小説の問題点に触れていることでも注目される。

この形を用ひた場合には、その第一人称の人がある出来事を話すという為めに、その出来事の趣きを伝へると共に、これを話す第一人称の「私」という人の性格をも示すことになるのである。斯くの如き関係になつて行かねば面白くはないのである。事件の筋路《すじみち》だけは分つても、その話をしてゐる「私」といふ人の性格が少しも見えぬやうでは、その事件も生きては来ないし、第一人称の「私」といふ人と事件との間に、必ずしも密接な関係はなくとも可なることとなつてしまふのである。それでは何も必ずしも第一人称の「私」といふ調子で書き出す必要もないわけである。已に第一人称で話すといふ特殊の形をば選択したからには、その形を採るのが最も便利なわけなのであるから、是非ともその一定の形を生かして用ひなければならぬこと、思ふ。

この説明は、「「私」を語る小説」の特質をよく見きわめたものである。NK生が注意を喚起しなければならなかったのは、多くの一人称小説において語り手が傍観者的であったからと推察される。あるいは、その中には写生文も含まれているかもしれない。

一九一一年には、「外国文学の影響で、一人称で書くといふ新しい試みがされ、其れが清新なものでもあり、かつ書きよいものに思はれる所から、一人称は頻りに多きを加へて来て、短い文章などになつては殆ど一人称と極つたもの、やうに見える」[26]という発言が現れており、短編小説において一人称形式が定着している様子がうかがえる。花袋のように、外国文学の影響のみで理由を片づけてよいのかという問題はあるにしても、小説をめぐる状況が変化していたことは確かであろう。「主観的に書くのが便利だが、動《と》もすると小主観に陥り易」[27]いという制約を承知しつつ、多くの作家が一人称形式に挑んでいった。傍観者的な位置から、描かれた事象に主体的に関わる立場に「私」を移していく、「「私」を語る小説」の実現は、彼らにとって柱となる課題であった。[28]

一人称形式の小説の増加は、自然主義をめぐる評価の変容と並行して起きている。主観―客観を基本の構図としていた自然主義の理論は、一九〇九年頃より実行―観照の対立に軸を移動させていく。「描写方法の純客観的ならんとすること、題材の肉に及び醜に及ぶを避けざらんとすること」[29]（島村抱月）は、性欲に拘束される人間の現実を直視するために必要とされ、一度は積極的な評価を受ける。しかし、「紛々たる現実界に対して、何等の理想的判断を下さず、即ち解決を付与することなく、有りの儘を眺むるのが自然主義であつて、此処が芸術の範囲である」[30]

（長谷川天渓）と定式化されてしまうと、特定の題材を選ぶことひいては創作を行うことの意味づけができなくなってしまう。主観の排除の徹底を主張することで、自然主義の論客は矛盾に陥り、批判を招いた。彼らは、「実行なるが為に芸術なるに非ずして、実行の上に蒙らされる観照あるが為に芸術たるのである」[*31]（島村抱月）のように、生活を営む態度と作品制作時の姿勢とが異なることを提示し、理論の補強を図ろうとする。しかし、周囲の反撥は収まらなかった。とりわけ若い世代の文学者は、二項対立の発想に飽きたらず、現実と創作との結びつきの深まりを求めていくことになる。議論の過程で、「実行」の語義は、生活全般から次第に自身を表現することへと狭まっていき、それに伴い自己や主観の「告白」・「表白」が新たなキーワードとして浮上していった[*32]。

自然主義をめぐる論争の推移を追うのが難しい理由に、「わずか五、六年のあいだに〈主観〉の意味合いが二転三転しているということ」を挙げているのは、藤井淑禎である[*33]。当初「私念」・「我意」・「私心」を指示していた「主観」は、やがて「印象」・「心持ち」の意を加え、さらに「自我」・「自意識」・「自己意識」とほとんど同義に使われるようになったと、藤井は整理し、その背景に「自己伸張・〈自己〉発展の風潮が決定的になった」という「ひとつの大きな「事件」」があったと見なしている。「主観」の意味の移ろいは、自己を表現対象とした時に、描写論が技術の問題で済まされない剰余を生むからであろう。内面を抱えた少数者が魅力的な題材として新たに意識され、小説化される。描かれる対象が友人や知人から自身へと変わると、見る者と見られる者との距離をどのように保つかという課題が、たちまちに起こる。さらに、醜悪な自己像は書き手の現在にはね返ってこざるをえない。自身に対して無私の立場はありえず、作家は執筆の目的を常に問われることになる。当初は偶発的なできごとであった自身を描く選択は、創作内容と創作行為との関係を否応なしに緊密化していった。藤井の指摘する「自己伸張・〈自己〉発展」とは、「語られるべき「私」」が語られることによって起きた事態である。表現の行為性がこれまでになく意識されるようになったことにも、「私」を語ることが困難であった事情が認められる。厄介な事態に直面していたのは、一部の作家だけではない。論争において対立する立場のいずれも、創作の上では同じ難問を抱えていたのである。

四、「自己生成小説」に対する欲求

「「私」を語る小説」を手がけようとした書き手にとって、雛型となる作品は存在していなかった。ツルゲーネフやモーパッサンら海外の作家の仕事を模倣したり、同時代の他分野の著述を参照したりすることはできたが、語り手＝主人公でないものに作家が学ぶことには限界がある。「私小説」の語の定着以前、それに近い意味で使われていた名称について、山本昌一は、「「懺悔録」「告白」などとレッテルづけをされた小説が明治末年まではこれといった名称づけはなされなかった」が、森田草平『自叙伝』を兆しとして「自叙伝小説」と呼び方が現れ、「大正末年ごろまで使用されることになる」と述べている。[*34] 小説の内容や作家の意識の変化が「自叙伝」と「小説」という、本来なじまない二つの語を結びつけたと推測する山本の見解は示唆的である。「自叙伝小説」という言葉は、「「私」を語る小説」の登場からやや遅れて現れている。実作と名称との時差は、小説と別のジャンルとのすり合わせに要した時間を表していよう。時事新報社編『福翁自伝』(時事新報社、一八九九年六月十五日)、木下尚江『懺悔』(金尾文淵堂、一九〇七年十二月三十日)、トルストイ、加藤直士訳述『我懺悔』(警醒社、一九〇二年十月三日)、アウグスチン、宮崎八百吉訳『懺悔録』(警醒社、一九〇七年十二月十六日)などの書はすでに刊行されていたが、洋学者や宗教者が過去を振り返る姿勢は、作家がそのまま踏襲できるものではない。

石丸梅外『故郷』の主人公緑川文雄(「私」)は、文学の道を志望している。家業を継ぐことを望まず、東京に憧れる彼は、「「偉くなりたい」と云ふ野心」(第二十三)にあふれていた。文科の予科に入学した文雄は、その喜びを

「初秋！　身は将に挙《のぼ》らんとする得意の麓!!　時は将に実らんとする一帯の青稲！　希望は青年の生命也。努力は我等が成功の母也」（第三十一）と日記に記す。やがて「私」は、創作に手を染め、短編を何編か文芸誌に発表する。卒業後、文雄は、故郷に戻って第一長編を完成させようと思うが、友人に考えの甘さを指摘され、「中央文壇に旗上げ為やう」（第五十）という決意を新たにする。「私」は、学生時代に「真摯に『我』を回顧する時が多くなつた」（第四十四）らしいものの、その具体は記されていない。『故郷』は立身出世譚の話型に沿って組み立てられている傾向があり、「野心」・「成功」・「旗上げ」など世俗的な価値観を想起させる言葉と文学者を目指す内容とが齟齬をきたしている。卒業式に「新なる感慨」を催し、「学長は常よりも男振りがよく、総長の演説も何となく懐かしい気がした」（第四十四）と洩らす文雄には、既成の権威への依存心があり、それは語りの現在の時点においても充分に克服できてはいない。[*35]創作と物語内容との有機的な関連づけは、先行する自伝ジャンルにはない要素であり、作家が独自に追究しなければならない課題であった。

『故郷』に限らず、この時期の「自己表象テクスト」・「「私」を語る小説」は、主人公の創作と物語内容とのつながりが希薄であるという共通点を持つ。「ある著作」[*36]を完成させるために経済的な困窮を強いられた主人公が三人の幼い娘を相次いで喪う悲劇を描いた『芽生』は、「仕事」への言及は何度もあるものの、内容やモチーフが説明されることはない。従って、「ある著作」に打ち込む「私」の熱意を読者は抽象的にしか理解できず、感情移入を阻まれることになる。最後「私」は「事業の空しき」を感じ、「気でも狂《ちが》ひさうに成つて来た」と妻を残し、旅に出る。行き先である磯部の三景楼は、「信州に居る時分よく遊びに行つた温泉宿」である（ただし、余裕のない生活が語られる途中にはその話題は挿まれない）。創作をめぐる具体性の欠如は、「私」が何度も行う「世俗的な巡礼」の意味づけに否定的に作用する。旅に傷心を癒す以上の目的を読み取ることを読者ができないまま、作品は閉じられることになる。「作者が一切のものを犠牲にして、猶ほ悔ゆる所を知らざる、所謂「仕事」の意味が十分に説明されて居ない為め、作者の境遇を詳《つまびや》かにせざる一般の読者には、や、物足らぬ心地がせられる、であらう[37]」という反応は妥当なものである。藤村と既知の間柄の水野葉舟が「非常に感動した」と断りながら、「傑れた芸術品としては、欠点がある[38]」と批判していることからうかがえるように、『芽生』の欠陥は受容者の知識の問題で片づけられるものではない。

　主人公の創作活動が不明なことは、岩野泡鳴『耽溺』でも同じである。一夏を国府津の海岸で過ごした「僕」の当初の目的は「脚本」の執筆であった。「僕」はその後地元の芸者吉弥を女優に仕立てることを思いつき、彼女への執着を強めていく。しかし、上演に女優が必要とされる「脚本」の中身は最後まで謎のままである。真山青果『枝』の主人公岸田は、新聞連載小説を抱えている。惰性的な創作を続けていることを嫌悪する彼は、「一度昔の若々しい心に復《かへ》つて、芸術の前に恐れ戦慄《をのゝ》いて見たい」（八）と秘かに願う。しかし、自堕落な日常生活を改めることはできず、連載は滞りがちである。親や師に不義理を続けている彼は、「一切のものを抛つて旅に出たい」（十二）と湯河原に出かけるが、そこでも執筆が捗ることはない。締め切りに追われる作家の生態は細叙されるにもかかわらず、『枝』でも主人公の書く小説の紹介は省かれている。

　『落日』は、正宗白鳥にとって初めての新聞連載小説であり、小説家吉富進六が主人公に据えられている。この作品を、伊藤典文は、「作家として生きていくうえの微かな自信と大いなる必然性の筋道」を作者に与えたと評価する[39]。確かに、『何処へ』の菅沼健次を始めとするそれまでの虚無的な人物像に比べれば、「この次にはあれを書いて見ようなど、例になく意気込んで、再び暑い光の中へ出た」（二十七）と執筆の意欲を見せる作品終盤の吉富の姿は向日的である。吉富は、旧友夫婦の写真に触発されて『旧友』という小説を書き（二十六）、雑誌社に売り込む。彼は、「何だか不正な事をして金を取るやうな気」を起こす一方で、知人の激励を受けて、「自分の身に定りがつきかけた」と作家の自覚を強め、「希望」を感じる（二十七）。また、作品の末尾で吉富は、友人の帰郷を見送り、「沈み行く心、次第に世と離れんとする心」にかられ、「ふと今の気持を紙へ書いて見よう」と思い立つ（三十一）。これらの記述は、『芽生』や『耽溺』よりも作品の内容に触れており、友人から自身に小説の題材が移っていくことも面白い。しかし、創作に関する記述が短いために、主人公の回心が説得的に示されていない憾みは残る。三人称形式で吉富以外の人物にも焦点化が行われる形式にしても、求心性を欠き、作家誕生の物語には必ずしも適しているとは言えないであろう。[*40]

真山青果『移転前後』は、主人公の作家右田の、知人への手紙を集めた書簡体小説である。彼は、「生活難や放縦な思想所行を書く」ことで世間の反感を買っているが、「今の自分に最も痛切なる動きを付けるものは、この生活の苦しみに外ならぬ。活きる事が最も苦しい」という所信は変わらない。右田は、収入を得るための原稿執筆に追われる現状に満足せず、「この頭の底に欝積して居る或る物――僕は始終頭の底に何か尊いものの潜んで居るやうな気がする――その或る物を或いは描いて見る事」を希望として持っている。「捨身になつても真面目な作品を一つ書かなければならぬ」は、彼が私信の中で表明した決意である。「「私」を語る小説」として、『移転前後』は、『枝』よりも創作と生活との連続性を感じさせる作りとなっている。

『移転前後』に対する同時代評価は毀誉褒貶が相半ばしているが、最も共鳴を示したのは、小宮豊隆（一八八四年生まれ、福岡県出身）であった。[*41] 彼は、抱月の「懐疑と告白」と併せて論じ、抱月の「知性上の疑ひ」よりも『移転前後』の「感情の要求によつて、未来に大なる力に憧憬する点が、痛切に、我々に来るんである」と賛辞を送っている。「何物かに憧憬して不安なる心持」を作品の核心と見なす小宮は、「自己生成小説」の先駆をそこに認めているのかもしれない。小宮は、二年後に『淡雪』（『新小説』第一六年第一〇巻、一九一一年十月一日）という短編を発表している。この作品は、小鶴という雛妓に魅せられた主人公早川篤三が恋愛感情と性欲との分離に苦しむさまを描いたものである。彼は、以前より胸裡にある理想の女性像を言語化したいという望みを持っていた。作品の冒頭部、その宿願が「生涯に一度——唯の一度でい、から読んで自分の胸に徹《こた》へる程のものが書きたい、人が何と云つて貶《けな》なさうとも夫《それ》が書けたら夫唯一つで死んでも憾《うらみ》はない」（一）と吐露されているのは見逃せない。自己の意に適う創作の実現を切望する点で右田と早川とは一致する。小宮が『移転前後』を言挙げしたのは、小説を芸術としてとらえる視座が明確に打ち出されているからであったろう。右田も早川も、作中では念願を叶えられてはいない。そのことを含めて、創作行為を小説化する企ては、途上にあったと言える。しかし、「自己生成小説」に対する欲求が確実に高まっていたことは、『落日』・『移転前後』・『淡雪』からうかがうことができる。近松秋江が『別れたる妻に送る手紙』を世に問い、志賀直哉が『網走まで』でデビューするのは、そのような時期であった。

注

＊1　ベネディクト・アンダーソン、白石さや・白石隆訳『増補　想像の共同体——ナショナリズムの起源と流行』（NTT出版、一九九七年五月二十日初版第一刷〔未見〕。引用は、一九九九年七月三十日初版第六刷に拠る。原著発行は、一九八三年）「Ⅳ　クレオールの先駆者たち」

＊2　注1アンダーソン前掲書一〇〇〜一〇一ページ。

＊3　加藤禎行「中村星湖「少年行」試論」（『国文学研究資料館紀要』第二八号、二〇〇二年三月一日）。加藤は、『少年行』の前半部の語り手を「回想する語り手」、後半部の語り手を「回想される「自分」に距離をほとんど置かない語り手」と整理し、両者の質的な違いを指摘している。本論の文脈に即するならば、前者は、都市的な感性を身につけた「自分」、後者は、郷土の生活と結びついている「自分」と言い換えることができよう。『少年行』（および『故郷』）は、語り手の変容を、叙述に即して提示することができず、過去の「自分」と現在の「自分」とを分裂したまま放置しているという限界を持っている。

＊4　前者は、『少年行』が『早稲田文学』の懸賞の一等に選ばれたこと、後者は、『親』（『早稲田文学』第二五号、一九〇七

年十二月一日）のモデルとなった友人が衝撃で病を重くしたことに、それぞれ対応する。

*5　周知のように、『春』は、東京からやって来た青木・市川・菅と関西旅行から戻った岸本とが吉原の宿に合流するところから始まる。「世俗的な巡礼」が四人のつながりを支えることが印象づけられる開幕である。

*6　馬場孤蝶「藤村子の『並木』」（『趣味』第二巻第九号、一九〇七年九月一日）、原某（戸川秋骨）『金魚』（『中央公論』第二〇年第九号、一九〇七年九月一日）、丸山晩霞「島崎藤村著「水彩画家」の主人公について」（『中央公論』第二二年第一〇号、一九〇七年十月一日）、秋骨「デモ《ママ》ル問題」（『中央公論』第二二年第一二号、一九〇七年十二月一日）。

*7　平野謙「解説」（島崎藤村『旧主人・芽生』〈新潮文庫、一九六九年二月十五日〈未見〉〉所収。引用は、一九七六年八月十日一二刷に拠る）

*8　島村抱月「三人の作物」（『国民新聞』一九〇八年十月十五日）。同様の批評にはほかに、片上天弦「新作合評」（『文章世界』第三巻第一三号、一九〇八年十月十五日）、徳田秋声「最近の小説壇」（『新潮』第九巻第五号、一九〇八年十一月一日）などがある。

*9　無署名「十月の雑誌」（『時事新報　文芸週報』一九〇九年十月二十日）

*10　和田謹吾「「蒲団」前後」（『国語国文研究』第四号、一九五一年十二月十日。のち、和田謹吾『自然主義文学』〈至文堂、一九六六年一月二十五日〉に収録）

*11　五井信「花袋小説における〈人称〉の問題――明治40年前後の短編の分析」（『立教大学日本文学』第六六号、一九九一年七月二十五日）。なお、永井聖剛『自然主義のレトリック』（双文社出版、二〇〇八年二月二十日）は、写生文によって確立された言文一致の一人称の文体を踏まえながら、三人称によるフィクションの語りを用い、異質の時空間の構築を目指そうとした花袋の「明治三十年代」の方法的試行を検証している。「いま」「ここ」の視点に制約され、また、主人公、語り手、読み手が同質の存在と暗黙裡に想定されている写生文に飽き足らなかった花袋が、複数の見方を用いた立体的な表現を意図したことは間違いない。一人称から三人称への展開を注視した永井の考察は、三人称から一人称への転換を強調する本論の立場と一見対立するように受け取られるかもしれない。しかし、見解の相違は関心を向ける時期が異

なることに由来するものであり、本来的な矛盾を意味するものではない。例えば、竹中時雄のような「言表の統辞的な一貫性を明らかに欠く作中人物」(『自然主義のレトリック』二七三ページ)の心的葛藤を三人称で表象しえた『蒲団』の達成を認めつつ、それを当事者による内面提示として再定位し、小説の新たな次元を切り拓こうとする次の段階に、本書の興味はある。

＊12 小栗風葉ほか「『蒲団』合評」(『早稲田文学』第二三号、一九〇七年十月一日)。「在来の三人称の書き方とは、全然異つた技巧の新工夫を見ぬでもなく」と言う松原至文も、相馬と同様の見方である。

＊13 注12前掲合評

＊14 注12前掲合評

＊15 田山花袋「『生』に於ける試み」(『早稲田文学』第三四号、一九〇八年九月一日)

＊16 ABC「小説合評」(『読売新聞』一九〇九年十月十日)

＊17 無署名「創作短評」(『東京二六新聞』一九〇九年十月二十四日)

＊18 小林一郎は、同時代評を紹介しながら『罠』を考察し、「諸作品の根底を流れている問題を整理した仲仕切り的意味と、当時の理論を、証明しようとした実践的アプローチがあった作として、早稲田派の言うように、佳作とみてよいのではないかと思う」と結論づけている(小林一郎『田山花袋研究――博文館時代(三)』(桜楓社、一九八〇年二月二十五日)二三二ページ)。

＊19 髙橋敏夫は、「泡鳴「耽溺」序論――〈僕〉の転移をめぐって」(『国文学研究』第六六集、一九七八年十月三十日)において、『耽溺』以前に泡鳴が手がけた一人称小説を検討して、「異郷への異人を求めての「探索」であり、そうであるが故に、「好奇心」を持つ〈僕〉の日常は問いかえされることなく、従って、〈僕〉は物語の「案内者」(「恋隠者」)として安定を持ちえていること」という特徴を抽出している。髙橋が着目した他者への興味は、自身を語りえないという、能力の限界としてとらえ直すことができよう。

＊20 金子明雄「「恋ざめ」から「蒲団」へ――中年の恋の煩悶と時間の論理」(『語文』第一一三輯、二〇〇二年六月二十五

日）には、「一人称の語りそのものは、この時代において少しも珍しくはないが、同時代の花袋や藤村、さらには徳田秋声、岩野泡鳴、正宗白鳥など自然主義文学の中心的な存在と見られることになる作家の諸作品を参照項とすると、「煩悶」する当人が一人称で心境を語る形式は注目に値するといえよう」という、『恋ざめ』の語りの異質性に留意を促す指摘がある。

＊21 例えば、瀧田浩は、「以後、『白樺』創刊までの彼の二年間の道のりは、「トルストイ主義文学」からの脱却の過程であり、新しい文学の確立の過程であった」と概括している（瀧田浩「『荒野』――若きトルストイアンの本」（『解釈と鑑賞』第六四巻第二号、一九九九年二月一日））。

＊22 森田草平「〈小説予告〉煤煙」（『東京朝日新聞』一九〇八年十二月四日）

＊23 無署名「小説作法」（『文章世界』第二巻第一一号、一九〇七年十月一日。のち、田山花袋『通俗作文全書　第二四編　小説作法』（博文館、一九〇九年六月三十日）に収録）。花袋の見方は、「普通最もよく用ゐられるのは三人称で、昔の小説は大抵これだ。二人称や一人称は近頃になつて用ゐられて来た描法《かきかた》である」（九八三～九八四ページ）と言う、徳田秋声述「創作講話」（佐藤義亮編『新文学百科精講　後編』（新潮社、一九一四年四月二十日）所収）に踏襲されている。

＊24 塚原渋柿「自然派に対する注文」（『太陽』第一三巻第一四号、一九〇七年十一月一日）。塚原は、一人称形式が「短篇には都合が好くても長篇には如何《どう》であらうか」という意見に賛成し、「一人称では、作の形式上到底大きなものは書けぬのではあるまいか」と懸念を示している。

＊25 NK生「文章講壇　事実の観方と小説の形式・見たまゝ、とありのまゝ」（『文章世界』第三巻第一六号、一九〇八年十二月十五日）

＊26 「〈文話〉一人称と三人称」（『文章世界』第六巻第六号、一九一一年四月十五日）

＊27 SLV「新しき駄作は如何にして作るべき乎（続）」（『新文林』第三巻第二号、一九一〇年二月一日）「二四　描写」。この匿名の連載は、題名こそふざけているが、本格的な小説論である。

＊28 中丸宣明「「物語」を紡ぐ女たち――「自然主義」小説の一断面」（『国語と国文学』第七四巻第五号、一九九七年五月一

日）は、家庭小説における家族主義・道義性や西欧文芸にうかがえる「ロマンチック・イデオロギー」を拒否する姿勢を『耽溺』や『毒薬を飲む女』の語り手に見出し、「自然主義小説が、時代の「物語」を相対化しようとしたとき、一人称の統辞が使われやすいのは、つまり「私小説」という形式が盛んにもちいられたのは、「物語」を上位で統辞する審級の高い「物語」を構想しえなかったからに違いない」という解釈を提出している。「一人称の統辞」の使いにくさを本書はまず問題にしているが、大きな「物語」に充足しえない作り手の意識が一人称の使用を促すという見方は、「私」の内面の深まりに関する説明として参考になる。

＊29　島村抱月「文芸上の自然主義」（『早稲田文学』第二六号、一九〇八年一月一日）

＊30　長谷川天渓「〈文芸時評〉無解決と解決（芸術家的態度と実際的解釈）」（『太陽』第一四巻第六号、一九〇八年五月一日）

＊31　島村抱月「観照即人生の為也」（『早稲田文学』第四二号、一九〇九年五月一日）

＊32　例えば、島村抱月「懐疑と告白」（『早稲田文学』第四六号、一九〇九年九月一日）、生田長江「文壇の告白的傾向と厳粛なる態度」（『国民新聞』一九〇九年十月十三日）、松原至文「自己告白者の心事」（『新潮』第一一巻第五号、一九〇九年十一月一日）、片上天弦「自然主義の主観的要素」（『早稲田文学』第五三号、一九一〇年四月一日）、御風「告白と客観化」（『早稲田文学』第五七号、一九一〇年八月一日）などが挙げられる。

＊33　藤井淑禎「『行人』における同時代的課題――〈自我〉の出現〈主観〉の変質」（『国文学』第三九巻第二号、一九九四年一月十日。のち、「『行人』と二つの〈自我〉」と改題して、藤井淑禎『小説の考古学へ――心理学・映画から見た小説技法史』（名古屋大学出版会、二〇〇一年二月二十八日）に収録）

＊34　山本昌一『私小説の展開』（双文社出版、二〇〇五年八月十日）「「懺悔録」のゆくえ――「自叙伝小説」から「私小説」へ」一五ページ。なお、「明治末年の武者小路は花袋、あるいは秋江を受け継いでいる」（「『お目出たき人』ノート」二四八ページ）と述べるように、山本は、「私的なものの公表」において自然主義と白樺派とは連続しているという立場を採っている。

＊35　卒業式を半生の節目として重視する姿勢は、中村星湖『影』にも指摘することができる。

＊36　現実に即せば、島崎藤村の第一長編『破戒』（上田屋、一九〇六年三月二十五日（未見））を指す。
＊37　無署名「十月の雑誌（承前）」（『時事新報　文芸週報』一九〇九年十月二十日）。
＊38　水野葉舟「十月の創作壇」（『新潮』第一一巻第五号、一九〇九年十一月一日）。水野も注37前掲評と同じく、『芽生』を読んで、吾々が感じた程度に一般の読者には、響かないに違ひない」という見込みを示している。
＊39　伊藤典文「正宗白鳥『落日』の光景――転機としての明治四二年秋」（『論究日本文学』第七八号、二〇〇三年五月三十日）
＊40　「洋行」（七）や「束縛のない旅」（九）に憧れながら、帰郷したり避暑に出かけたりする友人たちを尻目に、吉富が東京に止まり続けるのは、他の作品と比較した場合、すぐれて批評的なふるまいであるととらえられる。ただ、そのような要素が前景化していないところに、『落日』の弱さがある。
＊41　小宮豊隆「「懐疑と告白」と「移転前後」」（『国民新聞』一九〇九年九月十日～十二日）

第二章　近松秋江における「「私」を語る小説」の展開

第一節　「別れた妻もの」の達成――逸脱としての書簡

一、批評と創作との乖離

近松秋江の初期の創作活動は、「「私」を語る小説」をいかに実現するかという、方法をめぐる模索の過程であった。秋江において、自身を小説の題材に選ぶ志向自体は、かなり早い時期から芽生えていたようである。序章の一で触れたように、『早稲田文学』第一三号、一九〇七年一月一日の「次号巻頭予告」には、「これ彼れが私生涯の一部を記録せるもの也」という紹介文と共に秋江の『京太郎』なる作品名が掲げられている。主人公の名を題名に冠していることから、この小説は、秋江の半生をまとまった形で扱うものであったと推察できる。この事実は、遠藤英雄が説明するように、「秋江にとって、自らの生涯の一部を記録したものが作品として、成立し得るという意識のあったこと」[*1]を示すものであろう。『蒲団』に先立って『京太郎』執筆が構想されたことは、秋江の創作意識の独自性を考える上で見逃せない。しかし、『京太郎』は、次号である第一四号、二月一日には発表されず、同号の「次号巻頭予告」に再び名前が挙がっている。「京太郎　徳田秋江／右は本号の巻頭に載する筈なりしが、読者清覧の壇上に供するに未熟の作を以てするは礼に非ざれば、尚ほ暫く推敲の時日を得たしとの作者の求めにより次号に延すこと、せり読者了せよ」という断りにもかかわらず、『京太郎』が誌面を飾ることはついになかった。『京太郎』執筆が挫折した理由は資料がないため判然としないが、この時期の秋江が自らの過去を対象化し、組織的に叙述していく方法をまだ会得していなかったことが、要因として推察できる。秋江が「私」を描くまでになおしばらくの時間を必要としたことは、この仮説の傍証となろう。

秋江の初期作品を形式面から分類すると、人格的な姿を備えた語り手が登場するもの、つまり顕在的な一人称を用いて語られるものが圧倒的に多い。にもかかわらず、これらの語り手たちは、自らの過去や内面を直接の話題にすることを避ける。彼らが語るのは、肉親（『人影』〔『新潮』第八巻第一号、一九〇八年一月二十二日〕）、自家の女中（『その一人』〔『早稲田文学』第三〇号、一九〇八年五月一日〕）、妻の遠縁の女（『お金さん』〔『文章世界』第四巻第三号、一九〇九年二月十五日〕）、隣家の女（『一人娘』〔『趣味』第四巻第三号、一九〇九年三月一日〕）、同郷の知人（『田舎の友』〔『新文林』第二巻第四号、一九〇九年四月一日〕）、同窓の友人（『同級の人』〔『早稲田文学』第四二号、一九〇九年五月一日〕）など、いずれも自己の周辺人物の動静に限られる。これらの作品の中では、『その一人』が女中にいたずらで接吻する兄に対して、容貌に自信がなく屈託する「私」が描かれていて目を惹くが、分量が短く、また末尾に「（トルストイ「生ひ立ちの記」一節翻案）」と断られているように、純粋な創作とは言いがたい。語り手と語られた事件とは基本的に交渉を持たず、「私」は常に傍観者の位置に止まるのである。この傾向は、同棲していた大貫ますに去られる以前の秋江において、作品のモチーフたりえる切実な自己体験が存在していないことの現れである、という解釈もありえよう。しかし、その場合『京太郎』が書かれようとしていた事実は説明できない。また、生活の不如意をめぐる主人公と妻とのいさかいを描いた『八月の末』（『早稲田文学』第三六号、一九〇八年十一月一日）が三人称形式を採っていることは面白い。『八月の末』について、秋江は「素材に近く芸術品に遠い」[*2]という感想を残している。秋江の不満は、自作に「芸術家の想像乃至主観の熱を以つて全然溶解し、変化を加へ」るという「晶化《クリスタルゼーション》」が不足していることに由来する。非人格的な語り手を用いた作品形式は、主人公と語り手との間に距離を設け、物語行為と物語内容との関係を希薄化する方向に作用した。『八月の末』における内容と形式との乖離は、『京太郎』の挫折と同様に、秋江が

「私」を語ることの困難に直面していたことを物語る。初期作品における「私」は、自己を語らないのではなく、むしろ語れないと言った方が適当であるかもしれない。

評論家としての秋江は、既にこの時期、「私」を語る様々な形式への関心を見せていた。例えば、「文壇無駄話」(『読売新聞』一九〇八年七月十二日)には、「私は文学者の論文や小説よりも、或る意味から、その自伝、日記、懺悔録、随筆じみたものを尊重す。何となればむしろ其等に個人の人生観が正直に表はれるからである」という発言があり、「文話十六片」(『文章世界』第三巻第一四号、一九〇八年十一月十五日)でも「文章も飾らず、敢て他人に見せやうともせず、その時世〻の世捨て人などが、平気で傍観的に書いて残した私乗、日記の類に吾々が今日の見地から見ても有益なのがある」という意見が述べられている。秋江が「私」を扱うジャンルを積極的に評価した理由は、それらが「人間の研究に最も材料上の都合の好い、自己の直接経験を主として取扱[*3]」うからであった。そして秋江は、評論においてそれらのジャンルを援用することを提唱する。

吾々は、芸術といふもの、与ふる興味をも享楽せねばならぬが、その興味のエッセンスが、人生批評であるといふ以上は、最も自由にして、最も直接なる方法に拠つて見るのもまた面白くあるまいか。……私は斯る意味から、自叙伝或は伝記といふものは、筆者の実験に基づいてゐるといふ点に於て、普通の評論の直截を有すると共に、また人間の券証をも併せ備へてゐるものではあるまいかと思ふ。[*4]

話者の私生活から話題を説き起こし、時として書簡体や日記体をも採用する秋江の「文壇無駄話」は、まさしくこのような見解に基づく実践であった。評論の分野で独自のスタイルを早くに確立した秋江が、しかし、創作においては「私」を語ることを回避し続けたのは興味深い。秋江の躊躇には、中尾務が「もともと彼は自己告白の可能性について信を置いてないのである」[*5]と指摘する事情があった。「幾許作者だつて、根が赤の他人の文壇の人——即ち世人に対して、自分の腹の底まで見せられるものか」[*6]と言い、『雪の日』（『趣味』第五巻第三号、一九一〇年三月一日）の語り手に「何となれば自己の私生涯を衆人環境の前に曝露して、それで飯《めし》を食ふといふことが、何うして堪えられやう！」と述懐させている秋江にとって、「私」を語ることの目的は、単に自身の暗部を曝露することではありえなかった。文壇を「赤の他人」の集合と見る秋江においては、感性や価値観を同じくする読者への寄りかかりは期待されておらず、包み隠しのない告白についても懐疑的な態度がうかがえる。

私自身に就いて言へば、これまであまり小説などゝいふものを書いてゐないが、唯今の処、自分を書くのが、最もよく知つてゐるから書き易い。けれども私は、それによつて、自己を、道徳的或は社会的に弁護しやうなどゝする卑怯な態度に陥ることを力めて避けるつもりだ。[*7]

この秋江の言明からは、告白や懺悔などと自身の創作との間に一線を画そうとする決意が読み取れる。「実際経験に重きを置く」[*8]という発想や「作家の主観によつて客観に変化を加ふること」[*9]を重視する芸術観から、「私」を語ることを要請されつつ、秋江は、自己正当化を基調とするジャンル以外の形式を模索しなければならなかったのである。

二、『別れたる妻に送る手紙』の揺らぎ

『別れたる妻に送る手紙』（『早稲田文学』第五三号、一九一〇年四月一日〜第五六号、七月一日）[*10]は、題名が指示するよう

に、家を出て、現在は所在も定かでない妻、お雪に宛てた書簡の体裁で始まる。「私」は、彼女が失踪した後、味気ない日々を過ごしていることを種々の逸話で訴えていく。しかし、お宮という娼婦との関係を語り出すに伴い、「私」の姿勢は変化を見せ始める。お雪への呼びかけの意識が薄れ、不特定多数の読み手を意識したかのような描写が優勢になっていくのである。この傾向は、お宮をめぐり友人長田《おさだ》との対立が表面化するところで頂点に達し、終盤まで維持される。[*11]平野謙は、「『別れたる妻に送る手紙』の致命的な弱点はテーマがふたつに割れ、その割れかたが常識ではほとんど救うべからざるものに思える点である[*12]」と述べている。公約数的と言える平野の見方は、語りの変化に即しても、ひとまずは肯われるものであろう。

『別れたる妻に送る手紙』における前半後半の分裂は、執筆時の状況が主因と考えられてきた。雑誌連載から来る物理的制約、[*13]あるいは長田のモデルとされる正宗白鳥が『動揺』(『中央公論』第二五年第四号、一九一〇年四月一日)を発表したことによる構想の修正[*14]などがそれに該当する。いずれも妥当な見解であり、作品が外部要因によって揺らぐ脆弱さを抱えていることは否めない。しかし、執筆をめぐる環境の変化がそのまま小説の表現に反映する事例は、ありふれたものではない。話題が転換し、叙述の様相も移ろっていくにもかかわらず、なお物語の続行が可能なのは、もともと作品にそれを許す条件が備わっているからではなかろうか。

『別れたる妻に送る手紙』について、のちに秋江は、「あの作で、あの女(引用者注——お宮のモデルとなった女性)ばかりを描こうとは最初から決して企てなかつた。別れたる妻に自分の近状を書いて送らふといふ動機であつたのだ[*15]」と弁明している。この回想が着想を正確に述べているかどうかは判断できず、また、最初の時点で作者が見積もっていた枚数を知るすべはない。しかし、結果的には、本作は、中編の規模となり、その時点で一通の手紙としては過去に例のない長さの書簡体小説となった。『別れたる妻に送る手紙』は、分量の面ですでに、同時代の規範に沿わない異形の作品であったのである。待遇表現を始めとする文体の維持が、書く量の多さゆえに困難となっていく要素も無視できない。

もちろん、書き手「私」の対他意識の弛緩は、不用意の一言で片づけられるものではない。最初からあった内面の揺らぎが記述行為を通じて顕在化していくと受け止めるのが適当であろう。手紙の枠組から逸脱しようとする傾向は、冒頭部において既に芽生えていた。

拝啓

お前――別れて了つたから、もう私がお前と呼び掛ける権利は無い。それのみならず、風の音信《たより》に聞けば、お前はもう疾《とつく》に嫁《かた》づいてゐるらしくもある。もしさうだとすれば、お前はもう取返しの附かぬ人の妻だ。その人にこんな手紙を上げるのは、道理《すぢみち》から言つても私が間違つてゐる。けれど、私は、まだお前と呼ばずにはゐられない。どうぞ此の手紙だけではお前と呼ばしてくれ。また斯様《こん》な手紙を送つたと知れたなら大変だ。私はもう何《ど》うでも可いが、お前が、さぞ迷惑するであらうから申すまでもないが、読んで了つたら、直ぐ焼くなり、何《ど》うなりしてくれ。

ここには、元妻であった女性にどう関係を結ぶかで困惑する「私」の意識が露呈している。離別後「やがて七月《なゝつき》になる」「私」にとって、彼女は隔たりを感じさせる他人である。「拝啓」という起筆は、そのために選ばれたのであろう。ところが「私」は、次の瞬間に「お前」と呼びかけている。共に暮らしていた時に用いていた呼称は、「拝啓」と対応していない。不安定な受け手の像がもたらす表現の乱れは、最初から生起している。

「お前」の多用には、「私」の功利的な計算がある。作品前半部で「安火」・「新聞」・「茶碗」など、身の回りの道具を挙げながら不如意を訴えるのは、かつての二人の暮らしを映像的に喚起することで彼女の気持ちに働きかけるためである。「私は最後の半歳ほどは正直お前を恨んでゐる」と告げながら、詳細を記さないのも、再縁を期待するからであろう。「お前」は、「私」の記憶によって作られ、理想化された存在である。当然、「お前」は、現在消息が知れない生身のお雪とのずれを生じていくことになる。会うことが叶わない現状は、「お前」の抽象化を加速させる。「私」は、実際的な狙いから徐々に書くことそのものへと、手紙の目的を移すようになっていく。

だから今話すことを聞いてくれたなら、お前の胸も幾許《いくら》か晴れやう。また私は、お前にそれを心のありつたけ話し尽したならば、私の此の胸も透くだらうと思ふ。

「私」は、相手に謝罪しつつ、過去を綴ることによって自分がカタルシスを得られる予感を明かしている。それ以後の記述では、特定の相手に向けた意識が希薄になっていく。手紙は、本来的に形式性が脆弱なジャンルである。「お前」の抽象性は、その傾向をさらに強める役割を果たす。『別れたる妻に送る手紙』は、受け手への連絡が自身の不遇の再確認に転化していく変化を、手紙の表現特性を活用して提示している。描かれているできごとだけでなく、表現の変転にも「私」の内面が現れていることは見逃せない。

『別れたる妻に送る手紙』の後、『執着（別れたる妻に送る手紙）』（『早稲田文学』第八九号、一九一三年四月一日）や『疑惑』（『新小説』第一八年第一〇号、一九一三年十月一日）が書き継がれ、「別れた妻もの」連作が形成されていく。このうち、『執着』に「けれどもあの手紙は、お前の兄さんの処へ送つたから、そのまゝ留め置くか、反古にするかして、お前は遂に見なかつたさうである」という一節があるのは興味深い。相手に届かず、効力がないことを認識しながら、「私」はなお手紙を書こうとする。「私」が書簡体形式にこだわるのは、「お前」という受信者を想定せずに自己を物語ることは難しいと自覚されていたからであろう。「「私」を語る小説」の実現にあたり、書簡体は、秋江にとって不可欠の方法であったと言える。

妻に逃げられた「私」は、やがてお宮も長田に横取りされてしまう。相手の心をつなぎ止められない「私」は、常に空虚感に襲われている。女性への執着と失った後の落胆とは、『別れたる妻に送る手紙』の叙述を振れ幅の多いものにしている実際的な要因である。女に振られることが繰り返されるのは、「私」が「文学者」であることと無縁ではない。詳細は不明であるが、「私」が文筆に携わる者であることは、新聞社から原稿料の前借りを求める記述などから容易に読み取ることができる。加えて、「私」は、二人の女性から「文学者」と呼ばれている。お宮は、「私」に宛てた手紙で「流石は、同情を以つて、その天職とせる文学者」と持ち上げ、歓心を買おうとしている。お雪は、失踪の直前に「仮令《たとひ》月給の仕事があつたつて私は、文学者は嫌ひ。文学者なんて私風情にはもつたいない」と言い残した。「文学者」として「私」をとらえている点で、お雪とお宮とは共通する。お雪の宣告が「その時から一層自分ほど詰らない人間は無いと思はれた」という衝撃をもたらしていることから、「文学者」は「私」にとってアイデンティティの根幹であったことが理解できる。お宮への好意を募らせていくのは、「私」がお雪の代役を求めていたという理由もあろう。

「お宮」との出会いによって、「私」は「文学者」として自身をまなざす他者を得て、精神的危機を回避できたはずであるが、自尊心の回復は執筆活動の活性化につながらない。「心の間切れるやうに好きな女でも見附つたならば、意気も揚るであらう」という見込みのはずが、お宮を知ってから「私」にはかえって「新らしい不安心が湧いて来」る。「私」は、「辛抱して銭《ぜに》を拵《こし》らへる間が待たれな」いようになり、それまで愛蔵していた「書籍《ほん》」を処分する動きさえ起こす。充足感の有無という違いはあっても、第三者の目から見れば、終始「私」は生活無能力者として変わらない。この現象を、「自分は平常懶惰者《ふだんなまけもの》で通つてゐる」という「私」の性向だけで説明するのは性急であろう。お雪の「文学者」への嫌悪感には、もう少し根深い事情が感じられる。

「自分は何うも夢を真実《ほんたう》と思ひ込む性癖《くせ》がある」と自認する「私」は、お雪から「貴下は空想家だ。小栗風葉の書いた欽哉にそつくりだ」などとからかわれていた。生硬な理想主義を振り回す『青春』の主人公に擬せられた「私」には、実際、現実を物語の世界に読み替えようとする志向が目立つ。例えば、「私」は、お宮が針仕事をしている母親を養っている話を聞くやいなや、「紙屋治兵衛の小春の「私一人を頼みの母様。南辺の賃仕事して裏家住み……」といふ文句を思い起し」ている。また、お宮と一夜を過ごし、朝を迎えた実感を「私」は「きぬ〴〵の別れ」と形容している。娼婦と客との間柄を、「私」は近松の浄瑠璃や王朝物語に描かれた男女の仲に見立てようとする。中尾務は、『別れたる妻に送る手紙』の基調を「現実の不如意の中で構成された〈イリユウシイヴの世界〉である」[*16]と説明する。見立てにより、現実をより理想的な世界に変換しようとする「私」の心性は、「文学者」であることと不可分である。

「あゝ詰らない〳〵」という味気ない日常生活から逃れるために、「私」は、お宮にのめり込んでいく。その際、女との関係の美化に「文学者」としての教養が利用されている。お宮と会う金の工面に困り、「私」は、「座右を放さなかつたアミイルの日記と、サイモンヅの訳したベンベニユトオ・チェリニーの自叙伝」を始めとする洋書の処分を思い立つ。このふるまいは、お宮への気持ちが遊びでないことを自他に証明するためであろう。むろん、長田に「耽溺」と評される「私」の行動は、山本芳明が指摘するように、「現実の生活や出来事を演劇的にとらえる視点」[*17]に支えられており、意識的に誇張されているところもある。お宮の話を「へッ！　甘いことを言つてゐる」と内心醒めた思いで聞く「私」は、常に状況に没入しているわけではない。しかし、お宮の本心を摑めず不安を拭えない「私」は、いよいよ現実の物語化に務めようとする。「文学者」であるゆえに「私」は、日常の規範を越えた恋愛を目指し、さらに純粋さを示すために「文学者」としての徴である書籍すら手放そうとする。お雪が忌み嫌ったのは、「私」のこのような、自己否定にたどり着く行動の型であったと思われる。

作中には、気まぐれな表情を見せるお宮に「私」が、「こりや好い女を見付けた。此の先どうか自分の持物にして、モデルにもしたい」と願望する場面がある。ここでの「私」には、創作と生活とを結びつける発想が見られる。けれども、「私」は、両者の関係を安定化させることはできなかった。演技的な身ぶりを含みつつ、「私」は、「文学者」としての基盤を捨て、女を選ぼうとする。西欧的な教養を犠牲にして、日本の古典的な恋愛をなぞろうとする志向は、一つの個性であった。「文学者」であることから遠ざかろうとする「私」を語る小説」として、『別れたる妻に送る手紙』は特徴づけられる。[*18] 相手への伝達という目的から逸脱した書簡体小説であることと共に、それは、前例のない達成であった。

三、『執着』・『疑惑』の黙想

秋江が「「私」を語る小説」の実現をひとまず果たしえたのは、『別れたる妻に送る手紙』においてであった。[*19] 書簡体形式の採用によって、秋江の小説は、初めて自身のことを正面から扱うことのできる語り手を獲得したことになる。「私」を語る諸ジャンルの中から書簡が選択されたのには、内縁の妻大貫ますとの関係を修復したいという実際的な事情以外に、不定形の自我が具体的な形を取るのに、特定他者への呼びかけである書簡が適していること、また、自伝や告白などに比して自己正当化の傾向が相対的に低いことなどの、原理的な理由が考えられる。『別れたる妻に送る手紙』における書簡の枠組は脆弱なものであるが、それは、「私」の心理の移ろいを提示する機能を担い、同時代の書簡体小説の中で異彩を放つ特色として評価しうるものであった。書くことが自己目的化する過程がとらえられている点を含め、『別れたる妻に送る手紙』は秋江的叙法の原型と呼ぶに足る実質を備えている。ただし、本作の出現は、秋江の開眼を直ちに意味するものではない。『別れたる妻に送る手紙』は、その時点では秋江文芸の中で孤立した、異色の作品に過ぎなかった。形式の破綻が表す魅力も、当初からの意図ではなく、偶発的にもたらされた結果である一面は否定できない。次に発表されている『主観と事実と印象』(『文章世界』第五巻第一一号、一九一〇年八月十五日)は、題名からもうかがえるように、創作における事実のあり方をどう認識すべきかに悩む主人公雪岡を描いた、小説をめぐる小説と呼ぶべき内容の短編である。このような作品が執筆されたことは、秋江の不安定な姿勢を示していよう。元々秋江には、幼時より親しんできた硬文学の影響から、客観小説への志向があった。そのため、秋江の創作観はしばしば矛盾を孕んだ様相を呈するのであるが、『別れたる妻に送る手紙』の発表前後は、特に揺らぎが感じられる時期の一つである。『別れたる妻に送る手紙』について、当初「あの手紙で細君を引き戻さうといふ半分道楽な企て[20]」のように、功利的動機のみを語っていたことも、秋江の自作に対する屈折した感情の現れと解することができる。

自身の創出した「私」を語る形式に対して、秋江が自信を深めるのは、一九一三年に入ってからのことになる。この年秋江は、『別れたる妻に送る手紙』の続編である『執着』・『疑惑』を相次いで発表している。書簡体形式を踏襲するこの二作の出現は、秋江的叙法の定着を告げる出来事であった。「文壇無駄話(芸術上の新開拓地並にシュニツレールの作法)」(『早稲田文学』第九一号、一九一三年六月一日)において、秋江は、シュニッツラー『みれん』を推奨しつつ、「個人の黙想」に着目した心理描写に「芸術上の新開拓地」があるという自説を披瀝している。時として状況から逸脱する「私」の内面にも焦点を据える『執着』・『疑惑』は、シュニッツラーの手法を換骨奪胎する試みでもあった。事実、秋江は同評論の中で『執着』執筆に際して『みれん』を参照したことを明かしている。むろん、『執着』・『疑惑』の成立要因のすべてをシュニッツラーからの影響に帰することはできない。『別れたる妻に送る手紙』にも「個人の黙想」が挿入されていたことからすれば、文脈から逸脱した人間の内面への興味は、以前から秋江の中で胚胎していたと言える。とはいえ、既発表の自作に対して積極的な価値づけがなされるのは、あくまでこの時期の発言においてである。

私は、此のシュニツレールを精読するに及んで、前年の自作（引用者注――『別れたる妻に送る手紙』を指す）に、個人――即ち小生自身が主人公なれば、私といへる個人――の黙想を長く書いたことを、今更らの如く、決して芸術創作上の謬見ではなかつたと自信するに至り。[*21]

『別れたる妻に送る手紙』の芸術上の狙いを説明する秋江の態度は、それまでの言及の仕方と対照的である。シュニッツラーとの出会いが、秋江に「「私」を語る小説」の意義を認識させる契機となったことは確かであろう。『執着』と『疑惑』とは、『別れたる妻に送る手紙』から多くの要素を受け継ぎつつ、「私」の心理の提示方法に一層の進展を見せた作品であった。「個人の黙想」に関して言えば、『疑惑』では、日光の旅館で妻と書生との名を発見した「私」が妄想に駆られ、さらにその「私」が回想する過去の「私」が幻視を体験するという重層的な展開に『別れたる妻に送る手紙』との差異が認められる。また、回想の二重化において『疑惑』は、大橋毅彦が「回想世界に組みこまれている明治四十二年六月上旬の〈私〉が、明治四十四年五月の〈私〉の回想動機の支配圏を抜け出してしまっている現象の不可解さ」[*22]と指摘する、時間を遡るほど「私」の存在感が増すという逆説的な構造を持つ。この現象は、語り手の「私」にとって過去が濃密な意味を湛えているのに対して、現在が虚ろであることから起こっている。「私」の心性によって書簡体の形式や回想の枠組すらも無化される点に、秋江作品の独特さがある。[*23]「私」を語ろうとする「私」の情熱が時間的に錯綜した叙述を生み出し、結果として当初の意図や目的が忘れ去られてしまう秋江的叙法は、『執着』・『疑惑』において、より強度を増して現れている。この二作において、秋江の「「私」を語る小説」は、また一歩、進展したと見なすことができよう。

注

＊1　遠藤英雄「近松秋江初期作品研究――「食後」を中心に」（『日本文学研究』第一七号、一九七八年一月二十日）

＊2　徳田秋江「ウォルター・ペータア氏の「文芸復興」の序言と結論（印象批評の根拠）」（『趣味』第四巻第六号、一九〇九年六月一日）

＊3　徳田秋江「香の物と批評」（『文章世界』第三巻第一六号、一九〇八年十二月十五日）

＊4　徳田秋江「人生批評の三方式に就いての疑ひ（劇、小説、評論）」（『秀才文壇』第九年第一二号、一九〇九年六月一日（未見）。引用は、『近松秋江全集　第九巻』（八木書店、一九九二年六月二十三日）に拠る）

＊5　中尾務「近松秋江（三）「別れたる妻に送る手紙」の構図」（『たうろす』第四三号、一九八〇年十一月二十五日）

＊6　注4前掲徳田秋江批評

＊7　徳田秋江「思つたまゝ」（『読売新聞』一九一〇年五月十三日〜十五日）

＊8　徳田秋江「作家と天分」（『新潮』第一一巻第四号、一九〇九年十月一日）

＊9　徳田秋江「芸術は人生の理想化なり（西鶴と近松）」（『現代』第一巻第二号、一九〇九年六月一日）

＊10　のち、『別れたる妻に送る手紙　前篇』（南北社、一九一三年十月十六日）に収録。その際、お雪の名前がおスマに変更された。

＊11　ただし、お雪を意識した物言いは、「生田といふのは、自家に長田の弟と時々遊びに来た、あの目の片眼悪い人間のことだ」のように終盤にも観察でき、書簡の枠組が完全に消失しているわけではない。なお、作品中には、お雪を「お雪」・「彼女」と名指す箇所があるが、それらが登場するのは、往時の「私」の内面が再現されている部分である。現在の「私」の呼びかけが変わったと解釈するのは適当でない。

＊12　平野謙「作家と作品　近松秋江」（『日本文学全集　一四　近松秋江集』（集英社、一九六九年二月十二日）所収）

＊13　『別れたる妻に送る手紙』の連載第四回の末尾には、「（前篇終り）」との但し書きがある。また、単行本収録の際には、「（明治四十三年六月十五日）」という日付が添えられている。この点について、中島国彦は、『日本近代文学大系　第二二巻　岩野泡鳴・近松秋江・正宗白鳥集』（角川書店、一九七四年一月二十五日）の注釈で「発表月等を考慮すると、この日付は脱稿日付であろう。（略）脱稿日付だとすると、「早稲田文学」七月号が七月一日付で発行されているので、秋江は締切間際まで書いていたことになろう。さらに「（前篇終り）」を考慮すると、もっと書きたかったが途中でいちおうまとまりをつけた、とも考えられる。（略）作品の世界は、主人公の気持ちとしては結末のないまま終わった」（二六六ページ）と解説している。

＊14　蛎殻町の娼婦（『別れたる妻に送る手紙』のお宮のモデル）をめぐる秋江との対立を描いた白鳥の『動揺』が『別れたる妻に送る手紙』に与えた影響について、中島国彦は、注13前掲書の「補注」で、「秋江は書きはじめた時点で、お宮をめぐっての部分をこれほど書くことになるだろうとは思っていなかったかもしれない。長田との問題も、頭注に何回か引用した白鳥の「動揺」の存在に左右されるのではあるまいか。（略）あの長田のいかにもにくにくしげな描写は、「動揺」の存在なしには考えられない。つまり、「別れたる妻に送る手紙」は執筆途中に現われた外的条件によって、作品世界が揺れてしまっているのである」（四五三〜四五四ページ）と指摘している。中尾務は、「〈資料紹介〉「別れたる妻に送る手紙」草稿」（『京都橘女子大学研究紀要』第一六号、一九八九年十二月十日）において、中島の見方を追認しつつ、連載第一回分の草稿における待合の記述に長田の名が一度抹消されながら、復活している事実を挙げ、「予定変更は、〈一度長田の友達といふので行つた待合〉と記された時点で、既に胚胎していたのではないか」という解釈を示している。

＊15　近松独居庵「本間久雄君と加能作次郎君とに対つて芸術談を仕掛る書」（『ホトトギス』第一五巻第一〇号、一九一二年七月一日）

＊16　注5前掲中尾務論文

＊17　山本芳明「ある三角関係の力学――「動揺」と「別れたる妻に送る手紙」をめぐって　正宗白鳥ノート　4」（『学習

院大学文学部研究年報』第三八輯、一九九二年三月二十日）。山本は、蛎殻町の娼婦をめぐる正宗白鳥と近松秋江との対立を西欧文芸に描かれたコキュを模倣する欲望によって引き起こされたと分析し、「彼らの間で働いていたものは通常の三角関係とは違う力学なのだ」と言う。物語を模倣する欲望は、『別れたる妻に送る手紙』の「私」に対しても指摘できよう。

＊18　『疑惑』には、「お前（引用者注――お雪を指す）のことが思はれて、物足りなくつて仕様がない。さうして勉強するのが何だ？　勉強といふことは西洋人の書いた小説を読んだり、自分でも小説を書いたりすることだらうか。それが其様なに高尚な職業だらうか、私には、それよりもお前の後を探すことが、生きて行かねばならぬことの、唯た一つの理由である」という記述がある。創作よりも女性への執着を高次に位置づける意識は、「別れた妻もの」を通じて一貫している。このような秋江の発想は、「自己生成小説」の論理とは対極的である。

＊19　「別れた妻もの」の最初の作品に位置づけられている『雪の日』（『趣味』第五巻第三号、一九一〇年三月一日）においては、「私」の役割の中心は、まだ「女」の体験談を引き出す聞き手の部分にある。

＊20　注15前掲近松独居庵批評

＊21　近松秋江「文壇無駄話（芸術上の新開拓地並にシュニツレールの作法）」（『早稲田文学』第九一号、一九一三年六月一日）

＊22　大橋毅彦「「疑惑」試論――明治四十二年六月上旬の〈私〉を支えるもの」（紅野敏郎編『近松秋江研究』（学習研究社、一九八〇年八月二十日）所収）

＊23　『疑惑』は、初出時にあった前置きの部分が単行本収録の際に削除されている。作者の改稿をどう評価するかという問題は別として、そのような処置が容易に行えた要因に、語り手である「私」の現在が空虚であり、「私」の存在がほとんど形骸化していたことが挙げられるであろう。

第二節　『途中』・『見ぬ女の手紙』の可能性——近代書簡体小説の水脈の中で

一、書簡体小説の季節

　小説という、柔軟で自由なジャンルの変容や発展は、画期的な作品や批評の出現によってのみ起こるわけではない。時には同時代の人間にすら明瞭に意識されないまま、一つの事態が進行する場合がある。本節で検討する日本近代における書簡体小説の定着も、その一例である。[*1]書簡体小説は、日本では、一九〇〇年代後半から盛んに試みられるようになる。島崎藤村や国木田独歩によって散発的に試みられていた創作は、一九〇七年頃から数が増え始める。当時どれぐらいの書簡体小説が存在したかの目安として、本節の最後に表I「一九〇〇年代～一九一〇年代の書簡体小説」を掲げておいた。簡単な調査に基づくものであり、網羅的ではとうていありえないが、無視できない数の作品が毎年作られていたことは了解されよう。書簡体小説は一過性の流行に終わらず、それ以後も毎年相当数の作品が発表されている。点数を追う限り、一九〇七年前後に一つの転機があったことにあるが、この現象に注目した同時代の証言は少ない。正面から取り上げた文章はなく、わずかに時評欄において「近頃よく日記式手紙式の小説がはやる」[*2]や「近頃は小説と云ふ形式を離れた小説が流行して来た」[*3]などの短い発言が見られるだけである。それゆえ、この時期の書簡体小説の流行は、後の文芸史の記述からは完全に抜け落ちてしまう。この時期に関して、永井荷風『監獄署の裏』・近松秋江『別れたる妻に送る手紙』の二作を挙げるに止まっている曾根博義[*4]・中村三春[*5]

の論考は、現在における認識を代表するものであろう。

書簡体小説の浸透が同時代においても自覚されなかった原因の一つは、西洋の作品を基準に置く発想が支配的なためであった。「ゲーテの『ウエルテルの悲しみ』」や「ドストイエウスキーの『哀れな人々』やツールゲーネフの『文通』」などが念頭に置かれれば、確かに「書束体の小説などは古い形といへばいはれるものである」[*6]ことになる。ヨーロッパやロシアを起源と見なした場合、日本の固有性が顧みられることはない。ただし、このような事情は副次的なものであり、より本質的な原因は、さまざまな要因が複合的に作用して書簡体小説の登場を促したことに求められる。書簡体小説の流行は、汎文壇的な現象であった。当然その基盤も、特定の思潮を越えた広がりを持つことが予想される。表現意識をめぐる構造的な変化であるがゆえに、事態が気づかれにくかったという理由が考えられよう。

書簡体小説の隆盛は、まず書簡自体の質的変化によって準備された。言文一致体の確立期であるこの時期、日常生活と密接に関わる書簡は、「文章なるものが、果して、言文一致ならざるべからず、否、寧ろ願くは言文一致たらしめたいと云ふならば、（略）先づ書翰文から、俗語の儘を移して、差し支へ無いやうに致したい」[*7]（下田歌子）というように、新しい文体の実践の場として位置づけられ、言文一致体への移行が急速に進められたジャンルであった。当時の啓蒙的解説の類を見ると、「辞句は整はずとも、直截に、真率に、真情の流露するまゝに、露骨に書く」[*8]こと、あるいは「誠心、誠意、自己の真情を吐露すること」[*9]（泉鏡花）などのように、自己の思いを率直に述べることが書き手に最も望まれる態度として再三強調されている。言文一致体は、未成熟であるがゆえに、形式的に整った美文体よりも、かえって真情吐露という要請に応えることの出来る文体であった。とりわけ、文化資本の蓄積によって内面の深さを獲得した青年層にとって、新しい言文一致体は、同世代の絆を強めるための道具として魅力を持っていた。口語に近く、より話者の身体性を感じさせたり、言いよどみや言葉足らずがかえって心の複雑さを示唆したりすることも、言文一致体の魅力として受け止められていったと思われる。「書簡文の書簡文たる所以は、（略）これを示すべき相手が、天下公衆でなくて、唯だ一人であることに存する」[*10]や「手紙は双方《ママ》の心を打開いた形になる」[*11]のように、私的な領域でのコミュニケーションが書簡の本来性であると強調されることと相まって、言文一致体の書簡は、書き手の内面を提示する表現として、次第に認知されていく。そのことで当時大きな影響力を持ったのが、『新小説』・『新潮』・『文章世界』などの主要文芸誌が設けていた書簡文の投稿欄であった。雑誌の性格上、読者から寄せられる作品は、実務的な用件よりも、細やかな心情を綴ることに比重を置いたものがほとんどであり、またその大部分は言文一致体を採用していた。そのような書簡が優秀作品として選ばれ、紹介されることで、内面の表出と言文一致体との結びつきは強まり、制度化していったと思われる。

印刷媒体との関わりは、書簡にさらなる変容を迫ることにもなった。実際の手紙は、筆記具の種類、筆跡、筆致、用紙の質や色、封筒の種類といった「物的アスペクト」[*12]（トドロフ）を必ず伴う。それらの要素は、受け手に対して少なからぬ影響力を持つが、活字で表現された場合、そのほとんどは翻訳不可能なものとして脱落せざるをえない。結果として、書簡の伝達機能は、文面のみが特権的に担わされることになる。雑誌に積極的に取り上げられることによって、書簡は変容し、内容至上主義とでも言うべき方向へ再編成されるのである。[*13]また、誌面に掲載された際、書簡は、当然のことながら、元々の文脈から切り離されてしまう。書簡は、本来の受け手に向けた呼びかけとしてだけではなく、第三者にも開かれた表現として受容されるのである。書簡は、読解の対象となり、書き手の内面のありようを伝える作品の様相を呈していく。投稿者は、誰かに宛てた手紙を装いつつ、選者の作家や読者に理解可能な表現を、掲載されるために探る必要があった。題名を掲げ、個別特殊な関係から切り離された文面は、小説の言語に接近していくことになる。書簡の小説ジャンルへの浸透を促し、書簡体小説の量産を可能とした下地は、印刷メディアによって整備されていったと言えるであろう。

書簡は、ジャンルとしての異質性を形式において残しつつ、内容的には濃密な内面性を帯びるようになる。書簡体小説が狙いとしたのは、書簡の持つ、読者にリアリティを感じさせ、求心的な読解に向かわせる磁力の利用であった。次の同時代評は、書簡の枠組が有効に機能していたことを示す証言である。

なぜ正宗君のが好いかと言ふと、嘘が書いてないからである。元来日記とか手紙とかは、最も其人自身を現すものである。そして其人が嘘を書いて居ない以上、日記や手紙で書かれた物はやがて最も自然なものと言はねばならぬ。*14（正宗白鳥『強者』〔表Ⅰ13〕評）

生中下手な細工を加へぬ、生な材料だけに生命がある。思想の経路は断続して居るが、纏めて見て是認される悲痛な消息が潜む。*15（相馬御風『自殺者の手紙』〔表Ⅰ22〕評）

二人の発言は、素材が事実であることを承認し、書き手の態度に真摯さを読み取ろうとしていることで共通する。また、これらの評価は、書簡体小説が当時の文壇や読者の期待に適う形式であったことを示唆している。実際、書簡体小説は、多様な要求に応えることができた。例えば、書簡体小説は、「描写方法の純客観的ならんとすること、題材の肉に及び醜に及ぶを避けざらんとすること」*16（島村抱月）という、自然主義の基本理念に沿うことができる。「作者」が書簡の発見者・紹介者である型の書簡体小説では、客観性を維持しつつ、書き手が近しい人にのみ洩らした秘密の開示が可能である。続いて、書簡体小説は、書簡の書き手と「作者」との境界線を曖昧にすることによって、自然主義退潮後の「作者独自の主観の匂ひの、清新強烈なる印象刺激を与へるものの出でんことを望む」*17（片上天弦）という、自己告白的な作品を待望する風潮にも順応していった。一九一〇年代に入っても、毎年一定数を超える作品が発表されているのは、そのためであろう。さらに、この時期より顕在化する、作品外の事実と小説世界とを連続的にとらえる読解[*18]に対しても、書簡体小説は訴える力を持っていた。「上司小剣氏の『閑文字』の中の、東と云ふ人のモデルは、多少知つて居る人だけに、余程興味深く読んだ[*19]」という評は、作中の書簡の実在を前提にしているが、書簡の紹介という作品体裁が、読み手のそのような連想を一層促したことは疑いえない。

同時代の文芸思潮の動向に沿いながら、書簡体小説は数多く生み出され、内容もさまざまな広がりを見せることになる。日常生活の報告（上司小剣『畜生』。表Ⅰ24）、海外を含む旅先からの連絡（島崎藤村『椰子の葉蔭』。表Ⅰ5、高浜虚子『雑魚網』。表Ⅰ10）、異国の知人への通信（永井荷風『監獄署の裏』。表Ⅰ15）、病気療養者の保養地からの消息（長田幹彦『鎌倉より』。表Ⅰ33）、死者が生前に残した手紙の紹介（相馬御風『自殺者の手紙』。表Ⅰ22）など、主要な発信パターンは、ほぼこの時期に出揃っている。しかし、このような実績を挙げながら、書簡体小説は一つのジャンルとして認知されるような成熟を遂げることはなかった。表Ⅰに掲げた作品は、大部分が今日では忘れ去られているものである。この時期にのみ書簡体小説を発表し、以後同じような試みをしていない作家が少なくないことを思えば、書簡体小説という方法が安易に消費されている側面は否定できない。書簡体小説の流行という歴史的事実が埋もれてしまった最大の要因は、惰性的な創作が横行したことに求められる。例えば、この時期の作品は、多くが一人の発信者の書簡のみで構成されており、相互発信型の創作はわずかしか見られない[*20]。この傾向は、小説家の興味が書簡の往復によって生み出される当事者間の葛藤や緊張にではなく、もっぱら自身の内面に向けられていたことを表している。高等教育を通じて西欧文化を摂取し、独自の感受性を育んだ者たちは、同質の人間を求めて、盛んに書簡を利用した。そこでは、定着して間もない言文一致体と真情吐露との結びつきが疑われず、発し手と受け手との非対称性や手紙の誤配・遅延の可能性も意識されていない。創作と書簡との接近は、実在の手紙の安易な利用を呼び込み、作品の水準を低める現象も招いた。ただし、この時期の書簡体小説は、消極的な意味だけを持つものではない。例えば、以下で検証する近松秋江の作品は、書簡体小説の季節がもたらした一つの達成として評価できるものであろう。

近松秋江は、野上弥生子や田村俊子と並び、同時代の中で抜きん出た書簡体小説の作り手であった。いわゆる「別れた妻もの」に属する『別れたる妻に送る手紙』（表Ⅰ26）・『執着（別れたる妻に送る手紙）』（表Ⅰ51）・『疑惑』（表Ⅰ62）が自分の下を去った妻に宛てた書簡の体裁を採っていることは、よく知られている。とりわけ、『別れたる妻に送る手紙』は、雑誌連載中に早くも「別れたる妻より秋江に送る書」[*21]というパロディを生み、田山花袋『鶯に（ある男の手紙）』（表Ⅰ60）に明らかな影響を与えていることから分かるように、書簡体小説における一つの範型を打ち立てたものであった。秋江にはこのほかにも、『生家の老母へ　女房よりも下女の好いのを』（『文章世界』第七巻第一五号、一九一二年十一月一日。表Ⅰ46）・『松山より東京へ』（『大正公論』第四巻第四号、一九一四年四月一日。表Ⅰ71）・『春のゆくゑ』（『文章世界』第九巻第六号、一九一四年六月一日。表Ⅰ73）・『或る女の手紙』（『新潮』第二一巻第二号、一九一四年八月一日。表Ⅰ75）・『女』（『新潮』第二三巻第二号、一九一五年八月一日。表Ⅰ91）・『京都へ』（『文章世界』第一〇巻第九号、一九一五年八月一日。表Ⅰ92）などの作品がある。書簡体小説の多作は、その形式が時代の趨勢に促されたものであると同時に、秋江の創作活動の根幹に関わるものであることを予想させる。秋江における書簡体小説の持つ意義について、本節では『途中』（『早稲田文学』第七四号、一九一二年一月一日。表Ⅰ37）[*22]・『見ぬ女の手紙』（『婦人評論』第二巻第一六号、一九一三年八月十五日。表Ⅰ61）[*23]という、あまり論じられることのなかった二作品の分析を通じて考察する。それはまた、同時代の書簡体小説が孕んでいた可能性を解明する作業でもある。

二、『途中』──停滞する心理の提示

従来の研究では、『途中』が発表された一九一二年は、秋江の創作不振期と把握されてきた。中尾務は、秋江の「私がオリヂナルの名誉を担ふことは出来ないのです。唯いくらか女にしては粗暴な文章を和げて修飾したまでなのです」[*24]という発言を踏まえて、『途中』を「この時期の低迷をあらわ」す作品としてとらえている。[*25]秋江の純粋な創作として認めがたい点において、『途中』を秋江の「スランプ状態」の産物とする中尾の見解は、妥当なものであろう。「自分達が発表するつもりで書いた物でないのを、他人が公表した点に趣味があれば、あるといふまでゞす」[*26]という弁明からは、書簡体小説の流行に便乗し、他人の書簡を勝手に利用した後ろめたさも感じられる。とは言え、否定的にのみ作品をとらえることには疑問が残る。『見ぬ女の手紙』や『或る女の手紙』など、情人に宛てた女性の書簡を集めた同趣向の作品を、秋江は『途中』の後も発表している。そのことからすれば、『途中』の書き手のありようには、秋江の積極的な関心が向けられていると判断できるのではないか。

『途中』は、「ふとしたことから斯うい ふ手紙が手に入つた。他人の秘密を曝露するのは善くないが、私は科学者の態度を持して、そのまゝ此処に発表する」という短い但し書きとむら子という女性の筆による一二通の書簡とで構成されている。むら子は、田舎（現在の兵庫県三木市）の学校教師である。彼女は以前に別れた丸尾恭三という二歳年下の男からの手紙により、恋愛関係を復活させる。上京中の男が帰省する機会を利用して、二人は逢瀬を重ねていく。手紙からは、おおよそ以上のような経緯がうかがえる。作中では約半年の時間が流れ、最後の通信にはむら子が自身の妊娠を懸念する記述がある。けれども、題名が表すように、二人の関係に劇的な進展はないまま、作品は閉じられる。『途中』は物語の起伏に乏しく、同時代評でもストーリーを評価したものはない。「私が此の少し

もえらくない女主人公の通信文を読んで面白く感じたのは何よりも自然に描かれてある事実の力であつた」[27]や「ヒユーマン、ドキユメントとして見て更に興の深《ふかき》を思ふ」[28]のような賛辞がある一方で、あるいは「好くある手紙小説である」[29]や「形式も、内容も、批評すれば潰れて了ひさうなものである」[30]という酷評が寄せられるなど、評価は毀誉褒貶半ばしているが、いずれもドキュメント形式を問題にしていることでは共通する。方法に注目するこれらの批評は、作品分析の際にも一つの手掛かりとなる。

『途中』で顕著に現れているのは、停滞や反復の局面である。恭三の依頼により、むら子は一度は「兎に角写真は送ります」（四信）と自身の肖像写真を送る約束をする。しかし、次には「写真、もういゝでせう」（五信）と渋りを見せ、以後も「写真は今朝家を出かけにあはてゝ忘れました」（六信）、「写真は神戸で送り損ねて、今手許にあります」（八信）と言い訳を重ねるだけで、彼女は、最後まで写真を送らない。理由は不明であるが、男に届けられない写真は、順調に発展しない二人の関係を象徴するものである。

不安定な状態が続く中、むら子は不在の相手に対して、次々と自己像を変化させていく。当初男の呼びかけに対して、彼女は「見にくい愚たら女」、「ヒステリーの女」とことさらに自己を卑下し、「私はもう人の妻になどなり得る者ではありません」（一信）と拒絶しているが、男と再会し、一夜を共にした後は、「私はもはやあなたの妻たるべく候」や「あなたのおかげにて新しき生命を得たる私」（三信）と記し、一転して従順さを見せている。男に対する構えを徐々に解くにつれて、女は、さらに「ジュリエットの覚悟をせよとおつしやつても、私は、あんな若い人ではありませんもの」（四信）や「こんな弱い、あなたに縋つて活きやうといふ女」（五信）のように口語的な言葉遣いを用いるようになり、「ねえ、許して下さい」（五信）、あるいは「おゝ恋しい〳〵」（九信）と、肉声に近い媚態を示すようにもなるのである。『途中』において、むら子の手紙の宛名は、「丸尾恭三様」→「恭三様」→「恭様」と転じており、また恭三の方でも彼女を「姉様」→「御身」→「むらちやん」→「お前」と呼び変えていることが読み取れる。むら子の自己像の変化は、この呼びかけ方の推移にほぼ対応している。それに伴い、彼女の文章は、形式ばった候文から俗語を含む言文一致体まで多様に展開していくが、一定の方向性は見出せない。例えば、「二信」で「私、いく度か、くりかへしては、嬉しさに泣きましたわ」と書いていたむら子は、恭三との再会を果たした後の「三信」で候文を選択している。文体の揺らぎは、手紙を認める現在において、不在の相手の像が彼女にとって安定を欠いているためであろう。必ずしも秩序立っていない女性の心理の移ろいを複数書簡の配列によって提示しえているところに、『途中』の核心はある。

『途中』と似通った題材を扱い、同様の趣向を狙った作品として、水野葉舟『ある女の手紙』（表Ⅰ16）や小山内薫『芸者の手紙』（表Ⅰ19）が先行して存在する。しかし、文体変化のはなはだしさにおいて、『途中』にはそれらよりも際立つものがある。とりわけ注目されるのは、次のような箇所である。

駅で汽車が動き出さうとするとき、あの人の、最後のやさしい視線が窓から注がれた時、私は、何もかも忘れて走り出したかつた。でも意思の弱い私には父母をあざむいて一日の旅をすることはむつかしかつた。（七信）

家に帰つた頃は点燈頃《ひともしごろ》であつた。喜び迎へてくれる父や母に土産話もなかつた。たゞあの人の面影が、何時までも眼に見えてゐるのだもの。（十一信）

いずれも、東京に戻る恭三を見送った後の心境を綴ったものであるが、むら子の記述は、待遇表現を欠き、独白のようになっている。傍線部のように、本来「あなた」とでも呼ぶべき手紙の相手に「あの人」という言葉を用いていることを始めとして、ここでの表現は、日記の文章に近い。もう一人の自己に向けて書かれる日記と不在の相手に対して記されていく書簡とは、書き手が想像上の受け手を意識しながら「私」の記述を進める表現形式であることで共通する。ここで起こっている文体の交代現象は、相手との精神的距離がなくなり、受け手の像がもう一人の自己と同質化したためと解せられる。むら子の表現は、他者意識を希薄にすることで、内向きの言葉に変質していった。これらの箇所は、「出せないと覚悟しながら、たゞ手紙を書いて見るのがせめてもの楽みなのです。それで今も斯うして手紙を書いております……」（七信）という、書くことが自己目的化する地点に彼女が到達していることを表すものである。そこにおいてむら子は、自らが紡ぎ出した回想に浸り、現実の文脈を忘れてしまっている。時間の進行が停止したかのような、意識のたゆたいをとらえている点に、同時代の書簡体小説に比べて『途中』が卓越している理由を求めることができよう。書簡として起筆されながら、書き手が過度に書くことにこだわり続けることで書簡の枠組が破壊されてしまう逆説が、そこには見出せる。

記述が進むに従って、受け手との関係意識が低まり、書簡の設定が消失していく展開は、『別れたる妻に送る手紙』に既にあった。このような事態が起こる源は、「また私は、お前にそれを心のありつたけ話し尽したならば、私の此の胸も透くだらうと思ふ。そうでもしなければ私は本当に気でも狂《ふ》れるかも知れない」と述べる「私」の志向に求められる。表現によってカタルシスが得られる予感は、妻への呼びかけと同時に「私」の中に芽生えていた。様相は異なるものの、『別れたる妻に送る手紙』と『途中』とは、目的意識の揺れが書簡の文体に作用していくことを体現している点で共通する。書簡では、書き手と受け手とが通常同じ場にいないため、記されてから読まれるまでに時間が経過することは避けられない。書き手は、受け手の像を自ら作り、それに向けて文字を綴っていくわけであるが、書き手の姿勢や置かれている環境などさまざまな条件によって、想像である相手の姿は、刻々に変化しうる。秋江の書簡体小説の多くは、書き手の心理の振幅によって文体が劇的に変化する様相を見せ、書簡というコミュニケーションが本質的に抱いている不安定さを指し示すものであった。このような特徴は、対他関係における失調や破綻の局面を作品から排除している他の書簡体小説には見ることができない。安定した枠組の中で提示される書き手の内面が一種の虚構であり、同質の受け手に依存することで成り立っていることを浮かび上がらせる批評性を、秋江作品は有している。

三、『見ぬ女の手紙』——男性作家と女性読者との物語を越えて

『途中』の「一信」において、むら子は、「一度は、小説の材料になさるつもりかと、腹が立ちましたが」と書き、「四信」でも「物語りの材料になさるつもりでせう」と述べている。彼女が恭三に完全に心を許さない理由の一つには、自身が小説のモデルにされることへの警戒がある。既知の間柄であるため、あまり目立つことはないが、むら子と恭三とは、読者と作家との関係にもあった。『途中』よりもその関係が前景化するのが、『見ぬ女の手紙』である。この作品では、書き手と受け手との間に直接の面識はない。

未知の女性読者が作家に手紙を送り、積極的な交渉を求めることは、田山花袋『蒲団』に描かれていることからもわかるように、文芸ジャーナリズムが成熟する日露戦争後に起こる現象である。そのような話題を取り上げた作品の一つに正宗白鳥『都の人』（『早稲田文学』第七四号、一九一二年一月一日）がある。『途中』と同じ号に掲載されたこの短編は、女学校出身の地方在住者であり、文学に強い関心を抱く木股ひで子を主人公とする。「二三種の文学雑誌と、文学に縁の深い東京新聞を購読」して小説類に読み耽るうち、彼女の興味は、「次第に新しい作家の名に親み、その人達の動静を知る」ことに移っていく。「文士の放蕩振と題した新聞の記事や、雑誌の片隅に冷笑的の口調で書いてある文士の不品行の消息を見ても、浅間しいとも恐しいとも感じないで、却て心が唆かされるように

なつた」とあるように、彼女は、派手なゴシップを振り撒く作家のイメージに憧れ、上京の願望を募らせていった。ついにひで子は、「多数の作家の年齢や住所や職業などを列記した或雑誌の臨時号」の入手を契機に、同郷の作家の一人であるKに手紙を書くことを決意する。しかし、微妙な恋情をほのめかしながら、私的な交際を求めようとした彼女のもくろみは、その不心得を説くKの返信によって脆くも潰えてしまう。ひで子のように、作品世界から作家の実生活へと関心を向ける読者は、文学者の動向を詳細に伝えるジャーナリズムが生み出したものであった。一般読者とは異なる定期的な雑誌・新聞購読者がさらに特別な地位を求めて、作家と交渉を持とうとすることは、それ自体小説の新しい素材となりえた。『蒲団』や『都の人』は、代表例と言えるであろう。『見ぬ女の手紙』も、それらの作品と同じ話型を持つ。ただし、書簡体小説の観点からとらえた場合は、未知の読者からの来信を扱った例はまだ珍しく、先駆的な作品という評価も可能である。

『見ぬ女の手紙』は、四国の松山に住む下村佐代という女性が東京の作家櫨村雪波[*31]に宛てた八通の書簡から構成されている（『後の見ぬ女の手紙』では、六通）。生活の不遇を訴える雪波のある作品を読んだ佐代が、「まことにあのやうに御暮し遊ばされ候ならば、私を下女にやとつて頂きたい」（一）と申し出たのが機縁となり、二人は頻繁に手紙を交換するようになる。しかし、彼女の上京の希望に対して、彼は曖昧な態度を取り続け、大阪に滞在している間も彼女に会おうとはしない。二人の間に進展が見られない間に、突然雪波は、佐代から受け取った手紙をまとめ、小説として雑誌に発表する。『後の見ぬ女の手紙』では、掲載誌を送られ、憤怒に駆られた彼女が、彼を詰り続ける。

下村佐代の経験は、『都の人』の木股ひで子のそれに酷似する。「読売新聞をとつて貰つたり、文芸雑誌をのぞいてみたり」（三）する読書環境、「わかりもしないくせに文学がすきなものですから、文士の先生達を、どんなにか崇拝いたして居ります」（二）に見られる作家への憧憬、「先生のお処は、文章世界の消息で知りました」（二）という作家をめぐる情報の入手経路など、対応する部分は多い。さらに、佐代の小説の読み取り方にも、見過ごせないものがある。二人を結ぶ発端となった作品は、具体的には、秋江の『生家の老母へ』を指す。これは、妻と別れた男が独身生活の気楽さを述べつつ、「東京見物がしたいといふ女にてもあれば、かた〴〵女中にして置いて遣はすべく候間心掛けおき下され度候」と、身の回りの世話をする女性の紹介を実家の母に依頼する内容の書簡体小説である。この小説中の求人に対して、佐代は名告りを挙げたわけで、彼女の行動は、作品中の「私」（名前は明かされていない）と現実の近松秋江とが等質の存在であるという判断に基づいている。作家の実生活が直接作品に描かれていると理解する下村佐代は、やはり新しいタイプの読者に属していよう。

『都の人』との比較で明らかになったように、『見ぬ女の手紙』は、男性作家と女性読者との関係を描いた先行作品の内容的反復と言うべき側面を持っている。この類似は、下村佐代に関する限り、手本となるような小説を意識した形跡がないため、あくまで同時代の共鳴現象として解釈するのが適当であろう。しかし、櫨村雪波の対応に目を向けると、様相は変わってくる。佐代は、「東京に行つて文学者先生の家へ置いてさへ頂けば、他の先生のお家でも好いと思つて居りました」（八）と図らず洩らしているように、上京を最大の望みとする女性であった。小説を愛読しているのは確かなようであるが、「あの千代子といふ女がすきでございます」（夏目漱石『彼岸過迄』について。四）や「その中のいせ子といふ女がきらひで、」（徳田秋声『血縁』について。四）という読後感からは、感性的で月並みな読者という感じを受ける。その彼女に、櫨村は、種々の書物を具体的に挙げて読むことを勧め、また「何かまとまつたものを書いてみよ」（三）と創作を促すのである。さらに、彼は、相手の呼称を「貴女《あなた》」と切り替えて女を途惑わせ（四）、女に写真を送るように要求もしている（五）。『途中』と同じく、結局この依頼は拒絶されるが、櫨村は、相手の容姿も知り得ぬままに、佐代を異性として意識していることを告げ、彼女を動揺させるのである（八）。男の画策からは、下女としての奉公を希望する女性との関係を、文学上の師と弟子との間柄に移行させようとする意図が見え隠れする。断定はできないものの、おそらく、男の脳裏には『蒲団』の竹中時雄と横山芳子とが想起されていたと推測される。女の手紙から透視できる男の動静は、先行する男性作家と女性読者との物語を模倣する志向に貫かれており、そのことが『見ぬ女の手紙』の先行作品との連絡を一層密なものにしているのである。

櫨村のふるまいは、『見ぬ女の手紙』の成立背景を考察する材料ともなる。この作品は、素材的には『途中』と同じく、実際の手紙に秋江が若干の潤色を加えたものである。二人の名前こそ仮構されているが[*32]、それ以外は、現実の情報がそのまま取り込まれている。例えば、「先日の新聞の記事」（三）は、『読売新聞』一九一二年十二月二十六日の「〈喫煙室〉」に該当し、「七日の「よみうり抄」で葦屋村とかへおうつりになつたとよみまして」（四）の「よみうり抄」は、同じ『読売新聞』の一九一三年一月七日の消息記事を指す。「一月の文楽座」（七）や「天の網島」（八）など、櫨村が書いたとされる文章も、すべて秋江の評論として現実に存在する[*33]。改変されないまま記された情報は、読者に櫨村が秋江その人であることを想起させる徴憑として作用するものであろう。最初目立たない場所[*34]に発表されたとはいえ、『見ぬ女の手紙』は、後に『人の影』に収録されることによって、文学に関心のある読者に向けて、改めて提出されている。現実の痕跡を残した作品を短編集に加えた措置は、「多恨多感の秋江君」[*35]と見なされ、「秋江君に惚れるやうな女が日本にあるか知らん?」[*36]と揶揄されていた秋江が、自身も男性作家と女性読者との物語の担い手たりえることを世間に知らしめようとした意図によると考えられる[*37]。作家に接触しようとする女性読者と先行作品の世界の実現を願う男性作家との交渉を扱う『見ぬ女の手紙』は、作品の記述を作家に還元させる読み取りを読者に求めている作品であり、小説の享受をめぐる同時代の空気を内容と形式との両方において反映しているのである。

『見ぬ女の手紙』における書簡体という枠組は、ひとまず作品と現実とを地続きにする機能を果たしていたわけであるが、この作品の書簡体小説としての魅力は、それだけに尽きない。これまで述べてきた表層的な話題の背後に、『見ぬ女の手紙』は、下村佐代の見せる無秩序な心理変化の提示という、もう一つの趣向を内包している。それが顕在化するのは、『後の見ぬ女の手紙』においてである。断りなく手紙を公開された彼女は、怒りの赴くままに櫨村を糾弾する。彼女の書簡は、毎日のように書き継がれ、彼の弁明が追いつかない速度で言葉を増殖させていく。その過程で現れる佐代の自己像は、無限循環的な変化を見せる。例えば、最初櫨村の仕打ちに対して、「女は世の中に自分の外には一人もないやうにい、気になつて一生懸命まじめだつた可愛《かあい》らしい私」（一）のように、自己の純粋さを訴え、相手を非難していた彼女は、翌日になると「いやみばかり目について私は、あんな女がきらひでございます」（二）と、一転して自己嫌悪に陥っている。極端に揺れ動く佐代の感情は、一つの書簡内にも観察でき、「変な女」（六）を自認しながら、奉公した際に「い、女中でなかつたら、どうしやうかと」（六）不安をのぞかせていることなどは、明白な矛盾と言える。彼女の記述が一貫性を欠くのは、想起する櫨村の像が分裂しているからであろう。小説発表の意図が理解できない佐代にとって、未見の櫨村は不可解さを増した存在となる。自己をどのように関係づければよいのか定められない彼女は、次第に混乱の度合いを深めていく。それに伴い、佐代の手紙は、伝達機能をいちじるしく逓減させ、常識的な書簡の枠からはみ出していくことになる。「もうかくまいと思つたのですけれど、寝られもしませんし、書かずにはゐられませんから」（三）という記述は、彼女において書くことが自己目的化したことを端的に告げている。文体の劇的な変化こそないものの、書簡が書簡でなくなっていく過程を扱っていることにおいて、『見ぬ女の手紙』は、『途中』と本質的に重なるのである。ジャーナリスティックな話題を提供しつつ、書簡体小説に対する秋江の関心が保持されている『見ぬ女の手紙』は、傍流に位置づけられて済む作品ではない。

四、パラドックスの生成

『途中』と『見ぬ女の手紙』とは、いずれも書き手である女性の心理の揺らぎを、書簡の継起的配列によって提示していることに中心が認められた。これらが近い時期に続けて発表されているのは、両作が秋江の創作理念、ひいては彼の人間観によく適っていたからであろう。その意味で注目されるのは、「個人の黙想」への関心を示している同時期の評論である。

個人の黙想は、人間生活の上に非常に多い事実である。否な吾々日常の生活を考へて見て、二十四時間中、自己の黙想の時間の方が多分を占め、且つその生活の内容に対して、他人と語を交へてゐる間よりも遙かに重要なる意義を以つてゐる。[*38]

続けて秋江は、「個人の黙想」を巧みに表現化しえた文芸作品としてシュニッツラーの『みれん』(森鷗外訳。『東京日日新聞』一九一二年一月一日～三月十日)を推奨し、自作『執着』執筆に際して、『みれん』を参考にしたことも打ち明けている。実際、相手と向き合う状況にありながら、文脈から離れた思考に耽る主人公たちの内面が全編にわたって展開される『みれん』と、他者意識を希薄にした書き手の自己目的的な記述に焦点を据えた秋江の書簡体小説とは、内的独白に近い文体を獲得していることで類似性を持つ。また、別の場所において、秋江は、徳田秋声の「叙述を秩序的にしないで一寸した事件の係属から思い出されたことをアット・ランドムに片端から書いて行つてそれで可なりに複雑なる意味を味はしめる[*39]」手法を称賛している。書き手の自由な連想によって紡がれる叙述が肯定的に評価されるのも、「個人の黙想」との連絡を感じさせるからであろう。創作と並行して書かれたこれらの評論からは、理性の制御をはみ出す人間の情動性の領域に対する秋江の興味がうかがえる。そのような秋江にとって、書簡体小説は、魅力的な形式であったろう。他者への伝達を出発点としながら、時として相手の存在が見失われてしまう局面をも含む書簡の枠組は、不安定な心のありようを描出する手段として、きわめて有効であるからである。秋江の書簡体小説の多くが形式的に破綻しているのは、むしろ当然であった。対他関係に拘束された日常生活の意識が常に逸脱可能性を秘めていることは、表現の枠組が揺さぶられることによって、初めて説得的に提示されるのである。書簡体小説の定着期における秋江の試みは、書簡というコミュニケーションにおける振幅の様態を対象化していることで独自の地位を占め、そのジャンルの持つ潜在能力の一つを引き出したものとして意義づけられよう。

秋江の書簡体小説が開拓したもう一つの可能性を、最後に指摘しておきたい。『後の見ぬ女の手紙』には、佐代が「最後の手紙は、よく私の心持をいつて下さいました」（一）、あるいは「今夜また先生のお書きになつたおしまひの手紙だけ読んでみました」（三）と書き記している部分がある。彼女は、櫨村が発表した小説中に自身の筆によらない偽の書簡を発見し、怒りを一層募らせている。彼女の言葉に従えば、『見ぬ女の手紙』の「八」信は、捏造されたものということになる。ただし、この書簡と他のものとの間に語彙や言い回しなどの違いはなく、真贋を判断するための徴憑を見つけることはできない。『見ぬ女の手紙』の場合は、『後の見ぬ女の手紙』の記述がメタレベルの証言となりえたために決着をつけることができるが、通常ならば同様の事態が起こっていても、読者は偽の書簡が入り込んでいることを認知することさえできないはずである。このことは、書簡体小説における真実性が、受容者の側の素朴な信頼性に支えられていることを浮かび上がらせる。作者が編集者の位置に止まり、書簡をそのまま提示しているか、あるいは、作品内に介入し、書き換えを行っているかを読者が知ることは、原理的に不可能である。『後の見ぬ女の手紙』が『見ぬ女の手紙』の偽書性を告発していることは、書簡の与える本当らしさの印象が無根拠なものであることを暴露する効果を持っていよう。

『後の見ぬ女の手紙』の記述がもたらした亀裂は、『見ぬ女の手紙』にだけではなく、それ自体にも及ぶ。なぜなら、「おさよといふ女はちよつとかあいらしいやうですけれど、なか〳〵どうしてほんとのお美代は、か愛気《あいげ》などちつともなくて、いつもお母さんに叱られて、みんなつまらない人間ばかり」(一)という記述が、書簡の書き手である女の名前が実は美代であることを明かしているからである。これが事実とすれば、『後の見ぬ女の手紙』に収められた下村佐代名義の手紙も、すべて偽物である可能性が出てくる。しかし、その証言がほかならぬ佐代の署名を持つのであるから、それ自体が嘘であることもありうる。結局真相を確定させることは不可能であり、この書簡の書き手は、佐代か美代か判然としない。このような自己言及のパラドックスが生じている『後の見ぬ女の手紙』には、例えば中村三春が太宰治の書簡体小説の基調に見出した「再帰性」[*40]の萌芽を認めることができるであろう。むろん、それは結果として起こったことであり、秋江が最初からそのような意図を持っていたとは考えにくい。したがって、『見ぬ女の手紙』のメタフィクション性を指摘することには、留保が必要である。しかし、偶然の産物であるにせよ、書簡体小説の構造的問題を問いうる作品の出現が、時代の自覚的な方法意識で構築された創作の下地として、文芸史的な意味を持つことは確かであろう。

秋江にとって、『途中』・『見ぬ女の手紙』は、内面の深さを表現するための参照項であった。女性という他者の書簡を通して、彼は、陶酔、不安、憤怒といった心情を綴る具体に触れることができた。過去の想起が部分でしかなかった『別れたる妻に送る手紙』からそれが作品の根幹となる『執着』・『疑惑』への展開に、二つの作品は不可欠の通過点であったと思われる。

注

＊1　本論では、書簡体小説の範囲を、一、単複数の書簡のみで構成されているもの、二、単複数の書簡に加えて、冒頭や結尾などに但し書きや注記が添えられているもの、の二つに限り、考察を行う。書簡が作品の大部分を占めていても、地の文によって物語が進行しているもの（例えば、高浜虚子『三十五歳』〔『ホトトギス』第一一巻第五号、一九〇八年二月一日〕や島崎藤村『伯爵夫人』〔『趣味』第四巻第一号、一九〇九年一月一日〕など。森鷗外『興津弥五右衛門の遺書』〔『中央公論』第二七年第一〇号、一九一二年十月一日〕も、遺書が提示された後に地の文が現われていると判断することができる）は対象から外してある。もとより、この措置は、便宜的なものに過ぎない。また、文芸雑誌の誌面を見ていくと、書簡体小説であるか、書簡そのものであるかの区別がしがたい作品がしばしばある。そのような場合、目次で創作欄に入れられていたり、「小説」と銘打たれていたりするものは書簡体小説と見なし、判断のつかないものは除外した。

＊2　無署名「〈最近文芸概観〉小説」（『帝国文学』第一五巻第四号、一九〇九年四月一日）

＊3　三人会「〈六号文壇〉合評記」（『新潮』第一一巻第四号、一九〇九年十月一日）

＊4　曾根博義「日本の書簡体小説」（『高校通信東書国語』第三一五号、一九九一年九月一日）

＊5　中村三春「言葉を書くのは誰か――現代書簡体様式の再帰性」（『昭和文学研究』第二四集、一九九二年二月二十五日。のち、中村三春『フィクションの機構』〔ひつじ書房、一九九四年五月三十一日〕に「言葉を書くのは誰か――「猿面冠者」と再帰的書簡体小説」として収録）

＊6　NK生「文章講壇　事実の観方と小説の形式・見たまゝとありのまゝ」（『文章世界』第三巻第一六号、一九〇八年十二月十五日）

＊7　下田歌子「女子の書翰文に就て」（『文章世界』第一巻第一号、一九〇六年三月十五日）

＊8　無署名「〈新式作文法〉書簡文作法」（『文章世界』第二巻第一一号、一九〇七年十月一日）

＊9　泉鏡花「〈日記と手紙と〉真情吐露に限る」（『文章世界』第一巻第六号、一九〇六年八月十五日）

＊10　注8前掲文

＊11　無署名「〈文話〉手紙の雰囲気」（『文章世界』第六巻第六号、一九一一年四月十五日）

＊12　T・トドロフ、菅野昭正・保苅瑞穂訳『小説の記号学――文学と意味作用』（大修館書店、一九七四年十二月一日。原著発行は、一九六七年）一六ページ。トドロフは、「字義的アスペクト」と異なる「言表のもう一段高い不透明さを示す別のアスペクト」として「物的アスペクト」を想定し、「手紙の場合には、このアスペクトは手紙が書かれている便箋、インク、書体といった形をとる」と例示している。

＊13　内容至上主義の書簡の典型的な例として、夏目漱石『こころ』（一九一四年）の「先生」の遺書を挙げることができる。「私」に宛てられた「先生」の長大な書簡が「四つ折に畳まれて」いるというありえない設定は、書簡の「物的アスペクト」への意識が希薄なゆえに起こった事態である。亀井秀雄が、「手紙が手記に近づき、そのモチーフがアイデンテティの確認に移った現れ」として、この問題を把握していることは注目されてよい（亀井秀雄「アイデンテティ形式のパラドックス」（『昭和文学研究』第二四集、一九九二年二月二十五日））。

＊14　小杉天外「最近の文学界所感（談話）」（『太陽』第一五巻第二号、一九〇九年二月一日）

＊15　霹靂火「九月の小説界」（『国民新聞』一九〇九年九月十二日）

＊16　島村抱月「文芸上の自然主義」（『早稲田文学』第二六号、一九〇八年一月一日）

＊17　片上天弦「清新強烈なる主観（三）」（『国民新聞』一九〇九年九月十七日）

＊18　中山昭彦「〝作家の肖像〟の再編成――『読売新聞』を中心とする文芸ゴシップ欄、消息欄の役割」（『文学』第四巻第二号、一九九三年四月十二日）、金子明雄「新聞の中の読者と小説家――明治四十年後の『国民新聞』をめぐって」（同前）は、日露戦争後、販売拡大のために個性的な紙面作りを競った新聞社のいくつかが文芸欄の充実に力を注いだこと、その結果飛躍的に増えた文学者の周辺情報が小説モデルへの関心を促し、作家と作品との結びつきを強めたことを指摘している。

＊19　秋田雨雀「最近の創作壇」（『新潮』第一一巻第一号、一九〇九年七月二十五日）

＊20　恋人同士の往復書簡で構成される江南文三『手紙（一）』（表Ⅰ32）は、相互発信型の数少ない例の一つである。

＊21　小田野蛙「〈読者論壇〉別れたる妻より秋江に送る書」（『新潮』第一三巻第一号、一九一〇年七月一日）
＊22　近松秋江生前の作品集には収められなかった。
＊23　のち、徳田秋江『人の影』（忠誠堂出版部、一九一四年四月二十三日）に収録された。『人の影』において、『見ぬ女の手紙』と『後の見ぬ女の手紙』（『婦人評論』第二巻第二〇号、一九一三年十月十五日）とが連続して収録されている（目次では、一括して「見ぬ女の手紙」と題されている）ことから、本節では『後の見ぬ女の手紙』も検討の対象に含めることにする。なお、『見ぬ女の手紙』および『後の見ぬ女の手紙』の初出本文を中尾務氏のご厚意により、参観することができた。記してお礼申し上げる。
＊24　近松秋江「手紙」（『ホトトギス』第一五巻第六号、一九一二年三月一日）
＊25　中尾務「近松秋江（四）　模索期としての豊饒——明治四四、四五年」（『たうろす』第四五号、一九八一年六月三十日）
＊26　注24前掲近松秋江文。
＊27　野上臼川「青鉛筆——新年の文芸その他」（『ホトトギス』第一五巻第五号、一九一二年二月一日）
＊28　永田王台「〈国民文学〉新年の小説（七）」（『国民新聞』一九一二年一月十四日）
＊29　時評記者「新年文壇の重なる事実」（『文章世界』第七巻第二号、一九一二年二月一日）
＊30　無署名「新春文壇の鍍金作」（『無名通信』第四巻第二号、一九一二年一月十四日）
＊31　初出本文では、宛名がすべて「△△△先生」と処理されている。櫨村雪波という名前が現れるのは、『人の影』に収録されてからである。
＊32　下村佐代の実際の名は、地元新聞の報道によると、津田千代子と言う（「見ぬ恋足懸け三年／松ヶ枝町蔦屋の娘」（『海南新聞』一九一四年二月一日））。
＊33　「一月の文楽座」（『演芸画報』第七年第二号、一九一三年二月一日）、「近松座の『天の網島』（此の鑑賞文を秋田雨雀氏に送る）」（『早稲田文学』第八七号、一九一三年二月一日）。
＊34　『見ぬ女の手紙』の掲載誌『婦人評論』の希覯性については、紅野敏郎「初出誌「婦人評論」について」（『近松秋江全

集月報』六、一九九三年二月（刊行日なし））参照。

＊35　「〈文壇風聞録〉」（『新潮』第一七巻第四号、一九一二年十月一日）

＊36　ＡＢＣ「〈麦酒の泡　其四〉文壇艶福家徳田秋江氏」（『新潮』第一九巻第二号、一九一三年八月一日）

＊37　注36前掲匿名座談会では「伊予とかに秋江君を大分熱心に慕つて居る女性があるさうぢやないか」とあるように、『見ぬ女の手紙』のモデルとなった津田千代子が話題になっており、ある出席者の「僕は其の女の手紙を見た」という発言が見られる。『見ぬ女の手紙』が発表される以前に、既に秋江は、周囲の人間に彼女の手紙を披露していたらしい。このことも、作品発表に関する秋江の自己顕示的な動機を説明する傍証となろう。

＊38　近松秋江「文壇無駄話（芸術上の新開拓地並にシュニツレールの作法）」（『早稲田文学』第九一号、一九一三年六月一日）

＊39　近松秋江「文壇無駄話」（『文章世界』第八巻第一〇号、一九一三年八月一日）

＊40　注5前掲中村三春論文

〔表Ⅰ〕一九〇〇年代～一九一〇年代の書簡体小説

	作者	作品名	掲載紙誌	巻号数	発表年月	構成書簡数	タイプ	内容	備考
1	国木田独歩	湯ヶ原より	やまびこ	二号	一九〇二年六月五日	一通		宿屋の女中への片思いの打ち明け	
2	国木田独歩	鎌倉夫人	太平洋	三巻四三号～四五号	一九〇二年十月二十七日～十一月十日	一通		前妻と偶然に再会し、懺悔をされた報告	前書き
3	国木田独歩	第三者	文芸倶楽部	九巻一三号	一九〇三年十月一日	一三通	双方向	友人の離婚問題をめぐる相談と事態の急変	
4	泉鏡花	軍人の留守宅見舞の文（後に『留守見舞』と改題）	日露戦誌	一巻一号、二号	一九〇四年三月（未見）	一通		宿を提供した家人から見た出征軍人の立派さ	候文
5	島崎藤村	椰子の葉蔭	明星	辰年三号	一九〇四年三月一日	一七通	一方向	インド旅行中の僧の現地での見聞と発病	
6	徳田秋声※	独り	新小説	一二年二号	一九〇七年二月一日	一通		知人の娘との縁談が不首尾に終わった報告	
7	蘆風生	岸うつ波（都なる友へ）	帝国文学	一三巻四号	一九〇七年四月十日	五通	一方向	過去の恋人と遭遇した富士箱根周遊の記録	
8	国木田独歩	都の友へ、B生より	趣味	臨時増刊	一九〇七年七月十五日	一通		温泉地の様子と地元民との交流の挿話	
9	国木田独歩	都の友へ、S生より	中央公論	二二年八号	一九〇七年八月一日	一通		田園生活を続けることに関する自問自答	文語体
10	高浜虚子	雑魚網	ホトトギス	一〇巻一二号	一九〇七年九月一日	一通		海辺に滞在中の書き手と地元漁師との交渉	
11	小山内薫	姉妹	新小説	一三年五号	一九〇八年五月一日	一六通	一方向	愛人を持つ父に悩むキリスト教信徒の訴え	
12	正宗白鳥	故郷より	太陽	一四巻一二号	一九〇八年九月一日	五通	一方向	久しぶりの帰省で感じた故郷の退屈さ	
13	正宗白鳥	強者	中央公論	二三年一一号	一九〇九年一月一日	五通＋日記	一方向	強者を自認する書き手の恋愛における蹉跌	
14	窪田空穂	生れたる村（田舎より都へ）	新潮	一〇巻二号	一九〇九年二月一日	一通		久しぶりに帰省した村の貧しさをめぐる感慨	
15	永井荷風	監獄署の裏	早稲田文学	四〇号	一九〇九年三月一日	一通		日本の生活・文化水準の低さをめぐる呪詛	

16	水野葉舟	ある女の手紙	中央公論	二四年三号	一九〇九年三月一日	三六通	一方向	従兄との恋愛関係と婚約者出現に伴う動揺	
17	児玉花外	鰯雲	太陽	一五巻六号	一九〇九年五月一日	一通		海浜に滞在中の友に対する帰還の呼びかけ	
18	上司小剣	閑文字	早稲田文学	四三号	一九〇九年六月一日	六通	一方向	共通の知人HとM女史との醜聞への批判	
19	小山内薫	芸者の手紙	帝国文学	一五巻七号	一九〇九年七月一日	六通	一方向	芸者から得意客に向けた恋情の訴え	
20	鮫島大浪	女の手紙	新文林	二巻七号	一九〇九年七月一日	一通		過去を懺悔し、夫との関係を悪化させた女の嘆き	前書き（発見型）
21	人見東明	地震の夜	新文林	二巻九号	一九〇九年九月一日	五通	一方向	共通の友人の、下宿の娘に対する片思いの報告	
22	相馬御風	自殺者の手紙	新潮	一一巻三号	一九〇九年九月一日	二四通	一方向	芸術志望の貧書生を襲う失明などの不遇	
23	真山青果	移転前後	新小説	一四年九巻	一九〇九年九月一日	二四通	多方向	知人や家族との関係に悩む放蕩作家の日常	前書き
24	上司小剣	畜生	中央公論	二四年一二号	一九〇九年十二月一日	一通		愛犬の死とそれをめぐる挿話の披露	
25	小林愛雄	雨の降る夜	帝国文学	一六巻一号	一九一〇年一月一日	六通	一方向	修辞過多の文辞による関係の深まりの要求	
26	近松秋江	別れたる妻に送る手紙	早稲田文学	五三号～五六号	一九一〇年四月一日～七月一日	一通		自家を出た妻への復縁の呼びかけ	
27	上司小剣	矛盾	文章世界	五巻一〇号	一九一〇年八月一日	一通		教職を辞して帰郷した男の東京・友人への違和感	
28	武者小路実篤	生れ来る子の為に	白樺	一巻五号	一九一〇年八月一日	一通		姦通を犯し、新聞沙汰となった事情の弁明	前書き・日記との融合
29	小山内薫	後悔	中央公論	二五年九号	一九一〇年九月一日	二通	一方向	過去の女に出した求婚の手紙が生んだ波紋	
30	水野葉舟	手紙の断片	中央公論	二五年九号	一九一〇年九月一日	六通	一方向	関係していた女への愛憎の表明	（未投函）
31	永代美知代	ある女の手紙	スバル	二年九号	一九一〇年九月一日	一通		元恋人や先生との関係をめぐる葛藤	前書き
32	江南文三	手紙（一）	スバル	三年二号	一九一一年二月一日	二二通	双方向	小説家と未知の読者との往復書簡	

33	長田幹彦	鎌倉より	スバル	三年二号	一九一一年二月一日	一一通	一方向	病気療養中の書き手の孤独と感傷	
34	蒙生（安倍能成）	田舎の友への手紙	ホトトギス	一四巻六号	一九一一年二月一日	一通		充たされぬ内面を抱えた文学士の近況と雑感	
35	小泉鉄	Bの死	白樺	二巻一〇号	一九一一年十月一日	一通		自殺した親友の周囲との摩擦をめぐる報告	後書き
36	鈴木三重吉	別れたる女への手紙	新潮	一五巻五号	一九一一年十一月一日	一通		自分を棄てた女からの手紙に対する途惑いと未練	
37	近松秋江	途中	早稲田文学	七四号	一九一二年一月一日	九通	一方向	東京に出た男との疎遠な関係をめぐる不安	
38	武者小路実篤	ある兄の返事	白樺	三巻二号	一九一二年二月一日	一通		妹と友人との恋愛を仲介できた満足感	
39	野上弥生子	曙の窓より	新小説	一七年四号	一九一二年四月一日	八通	一方向	縁談を契機に知った両親の結婚の経緯	
40	島崎藤村	幼き日	婦人画報	六九号～八一号	一九一二年五月一日～一九一三年四月一日	一通		書き手とその二人の子の半生の報告	
41	真山青果	悔	新潮	一七巻一号	一九一二年七月一日	四通	一方向	自殺教唆罪で服役中の書き手の懺悔	
42	長田幹彦	小樽より	趣味	六年二号	一九一二年七月十五日	一通		漂泊中に泊まった宿屋の主人の半生の紹介	
43	田村俊子	わからない手紙	趣味	六年二号	一九一二年七月十五日	三通	双方向	他の男との結婚を勧めるTをめぐる葛藤	
44	阿蘇男	南国より	帝国文学	一八巻一〇号	一九一二年十月一日	三通	一方向	地元に感じる疎隔感や東京生活の回顧	
45	岡本春潮	都の友に	奇蹟	一巻二号	一九一二年十月五日	一通		田舎での謡曲流行に馴染めないことの報告	
46	近松秋江	生家の老母へ　女房よりも下女の好いのを	文章世界	七巻一五号	一九一二年十一月一日	一通		一人暮らしに不自由する男の自家への注文	
47	武者小路実篤	Aの手紙三つ	白樺	三巻一二号	一九一二年十二月一日	三通	多方向	結婚問題に関わる世間の風評への反発	
48	森田草平	女の一生	文章世界	八巻一号	一九一三年一月一日	一通		初恋の娼妓と一五年ぶりに会い、幻滅する経緯	
49	尾島菊子	その朝	新潮	一八巻一号	一九一三年一月一日	一通		一年ぶりに再会した元恋人への恨みと好意	

50	島村抱月	断片	早稲田文学	八七号	一九一三年二月一日	二通	一方向	「お兄様」を介した三角関係をめぐる葛藤	
51	近松秋江	執着（別れたる妻に送る手紙）	早稲田文学	八九号	一九一三年四月一日	一通		家出した妻の居場所を探し歩く徒労の行為	
52	真山青果	籠	新潮	一八巻四号	一九一三年四月一日	一通		交友を断ち、創作に専念する書き手を襲う生活苦	
53	水上瀧太郎	心づくし	スバル	五年四号	一九一三年四月一日	一通		両親に内緒の創作活動が露見した嘆き	
54	白石実三	兵舎生活	早稲田文学	九〇号	一九一三年五月一日	一通		一年間の兵役を終えた書き手の軍隊生活の回顧	
55	田山花袋	波の上より	新潮	一八巻五号	一九一三年五月一日	一通		愛人と別れ、中国へ向かう書き手の感慨	
56	岩野泡鳴	小僧	サンデー	二二四号	一九一三年五月十八日	一通		大阪から連れてきた飼い犬「小僧」の変化	
57	江馬　修	乞食の夫婦	スバル	五年六号	一九一三年六月一日	一通		散歩で出会った乞食夫婦の仲良さへの感動	前書き
58	相馬泰三	妹	早稲田文学	九二号	一九一三年七月一日	一通		容貌・身体の劣等感を持つ妹の自殺	候文
59	平出　修	絶交	スバル	五年七号	一九一三年七月一日	一通		大学同期の二人と知人の女性をめぐる三角関係	
60	田山花袋	鶯に（ある男の手紙）	新日本	三巻七号	一九一三年七月一日	一通		関係のあった娼妓への感傷的な呼びかけ	
61	近松秋江	見ぬ女の手紙	婦人評論	二巻一六号	一九一三年八月十五日	八通	一方向	地方在住の読者から文学者へのアプローチ	
62	近松秋江	疑惑	新小説	一八年一〇号	一九一三年十月一日	一通		書生と妻との不貞の証拠を摑むための探索	
63	前田　晃	霽れた日	早稲田文学	九五号	一九一三年十月一日	一通		妻子ある書き手から夫と死別した女性への告白	
64	近松秋江	後の見ぬ女の手紙	婦人評論	二巻二〇号	一九一三年十月十五日	六通	一方向	私信を公開された書き手の作家への憤り	
65	田村俊子	恋の手紙	我等	一年一号	一九一三年十二月二十六日	六通	一方向	相手への親密な感情の披露と家族の紹介	

66	小山内薫	第二の女	新小説	一九年一号	一九一四年一月一日	一通		捨てられた男と六年ぶりに再会した際の幻滅	前書き
67	野上弥生子	手紙	婦人画報	九二号	一九一四年二月一日	一通		退院後に振り返る、出産までの赤子への心配	
68	野上弥生子	婦代の讃美	婦人画報	九三号	一九一四年三月一日	一通		勤勉で質朴な女中へ四年目に送られた感謝	前書き
69	岩野泡鳴	信より玉江へ	中央公論	三〇年三号	一九一四年三月一日	一通		一三年ぶりに会った女性との姦通未遂の経緯	
70	上野竃太郎	蘇生	帝国文学	二〇巻三号	一九一四年三月一日	五通	双方向	幼なじみの変心を知った男の自棄的な行動	
71	近松秋江	松山より東京へ	大正公論	四巻四号	一九一四年四月一日	一一通	一方向	相手の恣意に翻弄された書き手の絶交宣言	
72	野上弥生子	御返事	婦人画報	九四号	一九一四年四月一日	一通		『婦代の讃美』に対する読者の手紙への返事	
73	近松秋江	春のゆくゑ	文章世界	九巻六号	一九一四年六月一日	三通	一方向	関西で文通相手の女性読者と会った報告	
74	野上弥生子	染井より	婦人画報	九六号	一九一四年六月一日	一通		知人の女性と近所の森を散策した一日の報告	
75	近松秋江	或る女の手紙	新潮	二一巻二号	一九一四年八月一日	三通	一方向	現在および過去の交際相手からの近況挨拶	
76	野上弥生子	ある女の手紙	新日本	四巻一〇号	一九一四年九月一日	一通		一〇年前の文通相手の求愛に対する拒絶	
77	野上弥生子	手紙を書く日	婦人画報	一〇〇号	一九一四年九月一日	三通（各一通）	一方向	卒業後の味気ない生活に関する各自の訴え	
78	小川未明	鉄橋の下	中央公論	二九年一一号	一九一四年十一月一日	一通		かつての近所の知人への生の苦痛の吐露	
79	仲木貞一	生存否定者の遺書	生活と芸術	二巻五号・八号	一九一五年一月一日・四月一日	一通		老人を殺し、自殺した男が知人に送った手記	
80	長田秀雄	妄執	秀才文壇	五巻一号	一九一五年一月一日	一通		姦通の相手と結婚した書き手の精神錯乱	前書き

81	野上弥生子	故郷より	婦人画報	一〇六号	一九一五年三月一日	一通		死んだ父の実家の生業である酒造の紹介	
82	田村俊子	男の先生へ	新潮	二二巻三号	一九一五年三月一日	四通	一方向	未見の作家に対する女学生の憧れと依頼	
83	中村星湖	死刑囚の話	太陽	二一巻三号	一九一五年三月一日	一通		青年が二人の女性を殺害した事件の報告	
84	小山内薫	Tokio の消印	中央公論	三〇年四号	一九一五年四月一日	一通		仏帰りの書き手の従順な日本女性への不満	
85	野上弥生子	K男爵夫人の遺書	中央公論	三〇年四号	一九一五年四月一日	一通		フランス人との秘めた恋の病死直前の告白	
86	岩野泡鳴	金に添へて	新潮	二二巻四号	一九一五年四月一日	一通		初恋の女の落魄ぶりへの同情と覚めた意識	
87	長田幹彦	蓮英尼へ	新潮	二三巻一号	一九一五年七月一日	一通		以前の取材が興味本位であったことの暴露	
88	長田秀雄	死に臨みて	ARS	一巻四号	一九一五年七月一日	一通		失恋した男が自殺前に綴った女への恨み	
89	久保田万太郎	半日（ある男の手紙）	三田文学	六巻七号	一九一五年七月一日	一通		知人と浅草散策と芝居見物とをした一日の報告	
90	有島武郎	宣言	白樺	六巻七号〜一二号	一九一五年七月一日〜十二月一日	三七通＋一手記	双方向	友情と恋愛との葛藤に悩む青年二人の交信	
91	近松秋江	女	新潮	二三巻二号	一九一五年八月一日	一一通	一方向	娼妓から懇意の客に宛てた感謝や釈明	
92	近松秋江	京都へ	文章世界	一〇巻九号	一九一五年八月一日	一七通＋一通話	一方向	京都の女に対する愛着と創作活動の進捗	
93	正宗白鳥	書斎の人より	早稲田文学	一一九号	一九一五年十月一日	一通		死の恐怖を払えずに退屈を持て余す心境	
94	田村俊子	緑色	新潮	二四巻六号	一九一六年六月一日	五通	一方向	相手への感情の揺らぎと創作活動の停滞	
95	有島生馬	陳子へ	新潮	二五巻一号	一九一六年七月一日	一通		実家に呼び返された妻への復縁の呼びかけ	

96	相馬泰三	羽織	新潮	二五巻四号	一九一六年十月一日	一通		子爵邸の祝宴に借り着で臨んだきまり悪さ	
97	吉田絃二郎	秋一人	早稲田文学	一三一号	一九一六年十月一日	一通		自殺した友人の無念の、初恋の相手への伝達	
98	小泉鉄	婚約から結婚まで（ある男の手紙）	白樺	七巻一二号	一九一六年十二月一日	二四通	一方向	恋人との関係の深化と理想的生活への決意	
99	相馬泰三	処女	文章世界	一二巻一号	一九一七年一月一日	一一通	双方向	帰省中の「俺」と隣家の女中との恋の応答	
100	芥川龍之介	尾形了斎覚え書	新潮	二六巻一号	一九一七年一月一日	一通		切支丹の祈りによって死者が蘇えった奇跡	前書き
101	近松秋江	未練	新公論	三二巻二号	一九一七年二月一日	一通		貢いだ娼妓に振られ、都落ちした男の愚痴	
102	有島生馬	父の死	新潮	二六巻四号	一九一七年四月一日	一通		留学中の弟に向けた父の臨終の報告	
103	江馬　修	S夫人へ	文章倶楽部	二年五号	一九一七年五月一日	一通		友人の作家との対立から関係修復までの報告	
104	有島武郎	平凡人の手紙	新潮	二七巻一号	一九一七年七月一日	一通		妻の一周忌に際しての周囲の配慮への反発	
105	吉井　勇	句楽の手紙	文芸倶楽部	二三巻一一号	一九一七年八月一日	一〇通	一方向	狂死した落語家の発病前後の書簡紹介	
106	芥川龍之介	二つの手紙	黒潮	二巻九号	一九一七年九月一日	二通	一方向	妻の不貞から自己像幻視に陥った男の妄想	前書き・後書き
107	久保田万太郎	藤と睡蓮（亡き妹へ）	三田文学	八巻一〇号・一二号	一九一七年十月一日・十二月一日	一通		祖母との会話を通じて振り返る一家の苦境	
108	井汲清治	姉に送つた手紙	三田文学	八巻一〇号	一九一七年十月一日	五通	一方向	母親が実母でないと知らされた書き手の動揺	
109	田村俊子	ある時に	中外新論	一巻一号	一九一七年十月一日	一二通	一方向	寄宿舎にいる若い恋人に対する執着と苛立ち	
110	谷崎潤一郎	ラホールより	中外新論	一巻二号	一九一七年十一月一日	一通		インド滞在中の僧による見聞した奇談の披露	

111	正宗白鳥	兄より	早稲田文学	一四四号	一九一七年十一月一日	一通		実家に骨を埋め、一家を支えた弟への感謝	
112	有島武郎	小さき者へ	新潮	二八巻一号	一九一八年一月一日	一通		三人の子に向けた母の記憶の反芻と激励	
113	武者小路実篤	ある父の手紙	新潮	二八巻一号	一九一八年一月一日	一通		塾で肺病に罹患した娘を持つ父親の告発	
114	近藤経一	弱き男の手紙	白樺	九年一号	一九一八年一月一日	一二通	一方向	結婚した従妹への恋情を捨てきれない男の逡巡	
115	有島武郎	石にひしがれた雑草	太陽	二四巻四号	一九一八年四月一日	一通		姦通した妻を狂気に追い込んでいく夫の嫉妬心	
116	平塚らいてう	長い手紙	中外	二巻二号	一九一八年二月一日	一通		先輩に向けた結婚生活の不如意の訴え	
117	田山花袋	山鳥一羽	中外	三巻三号	一九一八年三月一日	一通		富士見高原で生活する知人への激励	
118	豊島与志雄	或る独身者の手紙	青年文壇	三巻三号	一九一八年三月一日	一通		友人の妻に惹かれて苦悩する男の告白	前書き
119	鈴木善太郎	鷲見の手紙	黒潮	三巻五号	一九一八年五月一日	一通		小間使い殺害犯による精神正常の主張	前書き
120	正宗白鳥	悪しき方へ	中外	二巻一一号	一九一八年十月一日	一通		財産を恃んで身を持ち崩す若者の紹介	
121	有島生馬	非事実	新潮	三〇巻一号	一九一九年一月一日	一通		実家に帰った妻を連れ戻すまでの経緯	
122	菊池　寛	ある抗議書	中央公論	三四年四号	一九一九年四月一日	一通		犯罪被害者家族による死刑囚の悔悟の弾劾	
123	野上弥生子	母親の通信	大阪毎日新聞	夕刊	一九一九年六月八日～六月二十九日	一通		三人の子供たちの成長に関する喜びと感慨	
124	谷崎潤一郎	富美子の足	雄弁	一〇巻七号・八号	一九一九年六月一日～七月一日	一通		フット・フェティシズムの老人の末路に関する報告	

1、（前書き）＋単複数の書簡＋（後書き）の形式を満たす作品をリストアップした。

2、書簡であることを題名、作品中で明言しているものを選び、特定の相手への呼びかけのみが見られる作品は省いた。

3、書簡体「小説」であるかどうかの判断が難しい場合、掲載紙誌の目次の分類を一つの目安とした。

4、『手紙雑誌』（一九〇四年～一九一〇年）に掲載された書簡体小説五二編については、龍野俊太朗「『手紙雑誌』における書簡体小説」（『繍』第一七号、二〇〇五年三月三十一日）にリストアップされており、ここでは割愛した。

※徳田秋声『独り』（6）は、真山青果の代作であると言われている。

第三節　「大阪の遊女もの」の意義——叙法の形成と確立

一、連作の多様性

『執着』と『疑惑』とによって、近松秋江の「「私」を語る小説」の様式はほぼ完成したが、しかし、そのことで秋江の創作活動が一元化したわけではなかった。一九一四年以降、秋江の作品は複雑な展開を見せる。中島国彦の言葉を借りれば、「大正三、四、五年頃を見ても、そこには種々の傾向の作品がまるで無造作に散らしたのではないかと思われるような形で並列的に存在している」[*1]のである。この現象が何に基づくのか、また種々な傾向を示す作品群をどのように把握すべきかという問題を解明するために、ここでは「大阪の遊女もの」連作を対象として考察を試みる。

「大阪の遊女もの」とは、一九一二年から大阪に長期滞在した秋江が当地で出会った遊女との交渉を素材とするもので、短編集『閨怨』（植竹書院、一九一五年七月五日）に収められた『流れ』（『文章世界』第八巻第一四号、一九一三年十二月一日）・『黒髪』（『新潮』第二〇巻第一号、一九一四年一月一日）・『津の国屋』（『中央公論』第二九年第三号、一九一四年三月一日）・『仇情』（『早稲田文学』第一〇〇号、一九一四年三月一日。『閨怨』収録時に『仇なさけ』と改題）・『青草』（『ホトトギス』第一七巻第七号、一九一四年四月一日）・『男清姫』（『中央公論』第二九年第一二号、一九一四年十一月一日）・『うつろひ』（『文章世界』第一〇巻第三号、一九一五年三月一日）七編の総称である。この連作については、既に中島国彦の優れた考察がある。[*2] 中島は、六年にわたって書き継がれた「別れた妻もの」との相違点として、「大阪の遊女もの」には「一年余りという短期間の連作で比較的作者秋江の心情の動きが生の形で反映されていること、その作品展開にはっきりとした質的な多様性が見られること」を挙げている。中島が整理しているように、「主人公の名や遊女の名、更には舞台の一つである茶屋の名が文字通り混乱とでもいえる程作品毎に違いを見せているという事実」は、作品の多様性を示す有力な徴憑であろう。また、「大阪の遊女もの」を生み出した秋江の感興に「陶酔」と「認識」との二つの軸があり、両者の結合の仕方が作品ごとに異なっているという理解も示唆に富む。ただし、中島の論考では、通時的な連作の変化についてあまり関心が払われていないところがある。確かに、『閨怨』における配列が発表順ではなく、「実際の体験の流れに沿った形」になっていることや、その際に『仇なさけ』の冒頭部分などが削除されたことは、初出時の問題を目立たなくさせている。しかし雑誌発表の際の意識と短編集が編まれる時点での論理とは、まずは切り離して論じられるべきであろう。「大阪の遊女もの」連作は、集中的に発表されているとはいえ、『青草』と『男清姫』との間には半年以上の空白期間がある。創作の中断は、作者に何らかの逡巡があったことを想像させる。「大阪の遊女もの」の多様性を生み出した流動的な作者の姿勢は、何に起因しているのであろうか。本節では秋江を取り巻く同時代評のあり方に着目してみたい。

二、〈人格主義的批評〉との闘争

『疑惑』発表前後より、秋江作品に対する批評には、それまでになかった新しい型が登場する。それは、秋江の描く男女関係や主人公の感性・思考に激しい嫌悪感を示し、作品を全面的に否定するのに加えて、作者の人格をも非難する類のものである。典型として、例えば次のようなものが挙げられる。

茲に唯一つ秋江氏に対して自分が感服措く能はざる事がある。其は「青草」の如きかくまで愚劣な作品を平然として読者の眼前に提供し得る其厚顔と無恥とである。否提供しただけならまだしもである。提供しつつ其作品の中で愚劣極る手前味噌を並べるづうづうしさである。此一時だけは吾吾若い者の到底学び得ざる所である。[*3]
（江口渙）

江口の攻撃は、この時期主調になりつつあった人格主義的発想に基づくものであろう。[*4] 阿部次郎や安倍能成らの著作に触れた当時の青年たちが自我の拡充を目指し、内省的な生活態度を重視したことは周知のことであり、彼らにとっては芸術もまた、人格発展のための場であった。「芸術の内容は人生である。故に芸術家は大なる人生を経験したものでなければならない」、あるいは「芸術家は個性の修練によつてその芸術的形式を獲得し精煉する」（阿部次郎）[*5] という見地からすれば、作品は作者の人格の反映であり、両者は不可分の関係にある。江口の批評において、作品の酷評がそのまま作者の品性の否定に移行しているのは、人格主義の立場からすれば当然であった。

人格主義は、技術よりも精神を重んじる近代的な芸術観を定着させるのに大きな貢献をしたが、一方で観念的な言説が独善に陥ることもしばしば見られた。人格主義的批評の中心的な担い手は、第一高等学校出身などの文科系の高学歴者たちである。彼らは、世間から隔絶された学寮で猶予期間を与えられ、教養を身につけていくことのできた自分たちを尺度にして、判断を下しがちであった。向上意識や内面の葛藤の見られないものは、それだけで価値が低く見積もられるなど、彼らの物言いは柔軟性を欠くことが多かった。江口の批評にも、題材だけで判断を下す性急さが感じられる。そのような構えは、かつて『別れたる妻に送る手紙』に対して苦言を呈しながらも、相応の評価を忘れなかった阿部次郎[*6]や小宮豊隆[*7]の姿勢と比べて対照的である。

全面否定の人格主義的批評に対して、秋江は敏感に反応した。「評論の評論」（『中央文学』第二巻第一号、一九一四年一月一日）では、石坂養平の「徳田秋江氏の『疑惑』（新小説）から私は汚い感じを得た。さうして作物の基調たる作者の人格と云ふことを想つた」[*8] という短評を取り上げ、「その汚ない感じを現はさうとしたのが私の趣意であつた」と弁明しながら、「大学の文科を出たての青二才の生若い哲学者が、本を読んで考へて居るよりも、も少し私の方が人間といふものに対して深く観て居るといふ自信はある」というように、秋江は強い調子で反駁している。同様の文章には、ほかに山田檳榔に宛てた「喧嘩の売買（山田檳榔といふ仁）」（『読売新聞』一九一四年七月二十六日）や赤木桁平の批判に応えた「牛込にて」（『読売新聞』一九一五年九月五日）などがあるが、いずれも相手の議論の観念性を揶揄しながら、批判が不当であることを説いているのは同じである。秋江の立場はほぼ一貫しており、応酬を見る限り両者に歩み寄りの気配は感じられない。ただし、これまで自作の反響にさして拘りを見せなかった秋江が、これらの攻撃に個別に応対していることは目を惹く。

　人格主義的批評を秋江が黙殺できずにいる原因の一つには、彼らの物言いに自らの批評との類似性を見出したことがあったのではないか。かつて「作者の人格を離れたる所謂芸術上の自然主義といふことが殆ど無意味《ノンセンス》に近いものとなる」[*9] ことを理由に島村抱月の観照論を斥け、また「凡ての価値は自個に対する主観的関係に他ならぬ」[*10] というウォルター・ペーターの説を根拠に印象批評の優位性を力説した秋江の思考には、人格主義に通ずる部分があった。むろん、一九〇〇年代の青年知識層に衝撃を与えた藤村操の自殺を「無意味《のんせんす》」、「犬死」[*11] と批判していることからわかるように、秋江は抽象的な思索を重視する立場とは無縁である。秋江の評論は、常に文壇の動向に密着した具体的なものであった。しかし、見かけは対極的な、観念色の強い批評も、作者と作品とを連続的にとらえる点においては、秋江の発想と重なるのである。主観的な芸術を主張する共通性が若い世代の秋江への非難を激化させ、かつ秋江がそれに対して無関心な態度を取れなかった事情であったと推測される。

「大阪の遊女もの」が一作ごとに変容していく背景には、人格主義的批評の出現による秋江の揺らぎがあった。第一作の『流れ』では、有馬温泉に逗留している作家真島が馴染みの遊女を呼び、二人きりで寛ぐ様子が描かれている。主人公の意識が過去に向かわず、女と過ごす現在に集中している状況は、秋江の作品として異例である。この特徴は、「再び見ることを欲しないほどイヤであつた小説[*12]」と自ら振り返っている『疑惑』執筆の反動として、理想的な男女の交渉を小説化しようとする狙いに基づくかもしれない。形式的にも三人称の語りが採用され、「私」を語る小説」からの脱皮が図られている。

『流れ』は、秋江にとっては新しい試みであったが、周囲の評価を変えることはできなかった。『疑惑』の時と同じく、この作品に対しても「これは作家自身の今日《こんにち》の生活が描いて有るけれども、其れが余りに馬鹿々しくつて深い意味も何も有りやあしない。（略）斯《こ》んなものを創作だと考へる作家は、真の意味の創作の解らない作家であると言へる[*13]」（中村孤月）のように、全面否定の論評が寄せられている。理解を拒絶する批評家層の存在は、以後の秋江の創作活動に微妙な影を落とすことになった。

続く『黒髪』・『仇情』は、中島国彦が要約するように、「〈大阪の遊女もの〉連作の世界のいわばストーリー軸とでもいうものを形成している[*14]」作品である。『流れ』が短期間（直接には二日間）の出来事に話題を限定していたのに対して、この二作では遊女との出会いから別れまでの経緯が扱われている。いずれも主人公の語りによって物語が提示されていること、『仇情』に「それは過日も話した通りです」と『黒髪』の挿話に言及する部分があることから、名前こそ異なるが、両作の語り手は同一人物と見なしてよいであろう。ただし、同じ一人称形式でも、これら二作における叙法は、『疑惑』などに比べて異質なものを感じさせる。『黒髪』における語り手「S」が「君達」に向かって語りかけ、『仇情』の語り手「勝山」が「貴君《あなた》」と対座する形で話を進めているように、二作には聞き手の存在が顕在化している特徴がある。語り手が『黒髪』の記述を相手が承知していることを話の前提としているので、『仇情』の「貴君《あなた》」は、『黒髪』の「君達」の内の一人に該当することになる。この聞き手に関する詳しい情報は作品内にないが、「君達はまたショルツの「負けたる人」を見ましたか、またサロメを見ましたか」（『黒髪』）と問いかけられていることや主人公の書いた「『疑惑』といふ小説」（『仇情』）の読者であることからすれば、文壇に所属するか、もしくはその周辺に位置する人間であろう。「君達」（「貴君《あなた》」）は、聞き手に選ばれている以上、語り手にとって無縁の存在ではないが、一方で完全に心を許せる相手でもない。

・斯ういふ話をすると、君達は、（またSが女難《によなん》に罹《かか》つた。）と、いつて笑ふでせうが、構ひません。少許その女との事を語りませう。（『黒髪』）
・君達は僕が足利の姉に逢ひに行つたのをお笑ひなさんな、（『黒髪』）
・それが痴呆《たわけ》ですか、それを痴呆と言ふ人は、天性愚鈍な人です。（『仇情』）

これらの箇所からは、遊女に執着する主人公のふるまいを愚行としてとらえる聞き手の態度が透視できる。語り手は、冷笑的な視線を送る相手に対して、自己の行為の価値を理解させるために長い体験談を語り、様々な文芸作品を例証として挙げているのである。この「君達」（「貴君《あなた》」）には、秋江を批判する若手の評論家たちが投影されていよう。『仇情』には文明の象徴である飛行機に関する印象が述べられている部分がある。主人公は「若き飛行機乗り」の墜落事故に「汝は何故に今少し人間らしい地上の幸福を享楽せざりしか」という感慨を抱き、「斯の如き無謀の挙は廃して、それよりも吾々は寧ろ柔軟なる地上の陥落を耽り味はう《ママ》ではありませんか」という呼びかけを行う。この「若き飛行機乗り」にも、人類の発展を夢想し、抽象的思索に耽る青年たちが寓意されている。『黒髪』・『仇情』は、秋江の小説に拒絶反応を示す読者を説得し、理解を求めようとする意識が構図からうかがえる作品である。しかし、この狙いは、語り手の過剰な説明によって享受者が物語世界に入り込むことが阻害されるという皮肉な結果を招くこととなった。『仇情』の論評部分が『閨怨』収録時に大幅に削除されたのは、作者にもその弊害が自覚されたからであろう。人格主義的批評家の反応は、「ぞんざいな物の言ひ方が、此の作者の人品の程をよく表明して居る。（略）いかにも下卑た文学です。斯んな下等な遊治郎生活に対して私共は些の同感をも持つ事ができません」[*15]（山田檳榔）という発言に代表されるように、まったく変わりがなかった。

『仇情』と同じ月に発表されている『津の国屋』にも、「実を結ばぬ仇花のやうな恋愛を楽しみたい」という、主人公千草の願望を正当化するために、語り手は内外の文芸作品を引き合いに出しながら長い説明を挿入している（六）。また、『青草』にも、「小説の中に議論を挟むことは、この作者も極力排斥する方であるが」（二）と断りながら、「作者」が「さういふ情緒と理解とを天性有ち得ない読者」を意識して、「恋と愛とその変形とを以て人間の生命《いのち》とし、人生の姿と」する見解を披露する破格の記述がある。自身を糾弾する批評を無視できずにいる秋江の心情は、これらの作品でも引き続き観察できるが、『津の国屋』と『青草』とにおける受け手を意識した記述は、紹介した部分に限られている。論評が断片的なものに止まっていることや三人称形式が採用されていることは、これら二作が『黒髪』や『仇情』の単なる延長線上に属する作品ではないことを表していよう。『津の国屋』とその後の『青草』とは、遊女との関係がまだ破局を迎えていない時期を扱っている。そのため、女との交渉が微細に綴られているのは当然であるが、一方で女と会っていない時の男の心理描写にも筆が費やされているのは見逃せない。二作にはいずれも、女との交際を主人公が振り返る回想場面が相当の分量で挿入されている。このことは、男の意識において、女との過去の関係が一つの理想となっていることを意味する。男にとって、女との逢瀬を重ねる目的は、記憶の中で美化された二人の姿を繰り返し再現することにあった。このような男の願望は、相手が遊女であること、また自らの資力が乏しいことからすれば、いささか現実離れしたものである。『津の国屋』で、二人の間に次第に不協和音が生じて来るのは、過去の形に拘り、状況に即した柔軟な対応を取れない男の感性に遠因があろう。

『青草』の場合は、主人公と遊女との交渉に一見翳りはないようであるが、「どうかして少しも早く遊女を、わが物とする身受けの金を作るに、効なき心を焦してばかりゐる」（七）浅海は、やはり現在を空虚に生きている人物である。浅海は、「五年前に七年の間同棲した妻に死別れ」（三）ている。彼が出会った遊女は、「彼の心の奥の何処かに姿を留めてゐる、死《な》くなつた妻の亡き影を排して、その後に強い鮮かな形を印し」（三）た存在であった。しかし、作品の末尾近く、料理旅館で食事をする場面で、男は女の仕種から妻の面影を思い起こす（八）。女と対面している状況に没入できない男は、過去への志向性を有していることで『津の国屋』の勝山と重なる。主人公の黙想に関心を向けていることや現在の時間が帯びる意味が希薄になっていることは、前節・前々節で検討してきたように秋江的叙法の核心を担う要素であり、「大阪の遊女もの」連作は、この二作で方向転換が図られたと把握することができる。それは、人格主義的批評家に対する意識の抑制によって実現したことであった。

三、回想の二重化

『青草』発表後、「大阪の遊女もの」連作はしばらく中断している。その間も、秋江への辛辣な評価は途切れることはなかった。『津の国屋』・『青草』に対する江口渙の罵倒は、前掲の通りである。『新潮』第二一巻第二号、一九一四年八月一日は、「新人月旦」の第三回目として「徳田秋江論」を特集し、内田魯庵・相馬御風・水野葉舟・徳田秋声の意見を掲載しているが、そこでも「徳田君の作品に、特色として尊敬す可きやうなところは殆んどない」（水野葉舟）や「俗の俗なる人」（相馬御風）などの否定的言辞が見られる。自然主義の退潮期に「私」をめぐる表現を短編や小品で試みていた葉舟や御風が秋江に冷淡なことは目を惹く。人格主義の浸透は、文壇の再編成を促し、「「私」を語る小説」に対する評価の幅を急速に狭めていったように見える。秋江と山田檳榔との応酬も同時期のことである。秋江が、相手の不遜な物言いを高等学校の生徒の「粗服を纏ひ、弊帽を戴き、猶且つ傍若無人に、凡ての人間をば恰も俗人視せる如き調子にてデツカンシヨを高唱する」[*16]様子に見立て咎めたのに対し、山田は比喩をまともに受け止め、「私は、かの、物質的欲求の満足を出来るだけ尠くして、専ら精神的欲求の満足を多くしようと心掛けて居る「三太郎」の生活方法に対して、心の底から感心して居るものである」[*17]と見当違いの返答をしている。発言は嚙み合わず、両者の対立は根深い。秋江の働きかけによって事態の改善が見られなかったことは、彼に人格主義的批評への関心を失わせることになった。秋江の本領が発揮されるのは、それ以降である。

これまでの論述では、意図的に言及を避けてきたが、「大阪の遊女もの」には、積極的な評価も当然寄せられていた。次の中村星湖の意見は、代表例である。

> 徳田秋江氏の『津の国屋』(中央公論)といふのは、氏が『流れ』『黒髪』などに取り扱つたと同じ難波新地の一遊女と一文学者との間を書いたものである。この種の物はすべて私には面白く思はれたが殊に『津の国屋』といふ作は、別にかうといふ脚色があるのでもなければ、烈しい心の葛藤があるのでもなければ、また強い色彩があるのでもないけれど、愛してをる女の一言一動をも余さずに自分の胸へ溶け込ませようとする男の心持がしみ〳〵と書き列ねられてあるのを嬉しいと思つた《ママ》 別の言葉で言へば作者の磨きのかゝつた趣味が、どんな意味のなさゝうな言葉の上にも浮んで来るのを多とするのである。それでありながら、その優しい趣味生活を追つてをる男が、ある感情の齟齬に出逢つた場合にギロリと剝き出す生地の心持には恐ろしくイヤな所があるやうに思はれる。それは一方からこの作者が単なるイリユージヨニストでない証拠になるであらう。[*18]

（中村星湖）

星湖の批評は、志向する情緒と無視できない現実とに引き裂かれている主人公を立体的に描く秋江作品の機微をとらえており、題材だけで拒否反応を示す人格主義的批評とは一線を画している。肯定的立場の論者としては、他に「大阪の遊女もの」に「近松の浄瑠璃的情調を基本とした新情緒主義[*19]」の文学の誕生を認めた本間久雄や、『黒髪』を「女と男の柔らかな気分がよく出てゐました[*20]」と評した田山花袋などが挙げられる。秋江の作品に理解を見せたのは、年齢的に彼と同じか、もしくは少し上の人々が中心であった。図式的に言えば、「大阪の遊女もの」を書き継いでいた時、秋江は新旧二つの世代の対照的な評価を受けていたことになる。秋江は、当初は若手の読者も意識していたが、途中からは姿勢を変え、好意的な意見に従う形で創作を展開させていく。秋江が取った措置は例えば、「何うも物語になつてゐるところが多い[*21]」（田山花袋『黒髪』評）と指摘された過剰な論評を控えることであり、「あの姉を尋ねて行く心持をもつと突込んで書くかして貰ひたかつた[*22]」（中村星湖『黒髪』評）という、心情の詳細な描写を望む声に応えることであった。『男清姫』と『うつろひ』とは、正にそのような実践が行われた創作にほかならない。

『男清姫』は、ある年の夏避暑に訪れた日光の地で、主人公加茂が、遊女との来し方を想起する形で始まる。設定は『黒髪』や『仇情』と等しいが、男の過去への執着の度合いにおいて、『男清姫』とそれらの作品とには相当の違いがある。『仇情』の勝山が「一年の間、彼女《あいつ》の為に、大阪にゐて熱病に罹つてゐたやうなものです」と短い感慨を洩らすのみであったのに対して、加茂は現在もなお自分を裏切った女への嫉妬や憎悪の念に囚われ続けている。そのこだわりの強度は、女の幻像を出現させ、彼をして女を殺さしむる妄想に耽らせるほどのものであった。主人公が殺人の情景を思い描く場面は、『疑惑』を容易に連想させるが、『男清姫』には他にも『疑惑』との多くの類似がある。一つは、回想が二重化している点であり、『男清姫』の場合は、現在の加茂が甦らせた記憶の中の加茂が、改めて遊女の追憶に浸るという展開になっている。「それを明歴《まざまざ》と想像に描き、幻影を見詰めて、強ゐて求めて厭な感覚に苛噴《さいな》まれてゐた」（過去）、「暗い〳〵闇の中から、また遠くに行つてゐる女の姿が明歴《あり〳〵》と浮んで来た」（現在）とあるように、異なった次元に所属するそれぞれの加茂は、女への執着に関して等質の存在である。現在の加茂の不安が無媒介に過去の加茂の焦慮を呼び起こすため、作品の時間構造は重層的になっている。共通点の二つ目としては、「個人の黙想」の提示がある。『男清姫』には、「それにも係らず来ないのが気に懸る。今に来たら、その理由《わけ》を糺してうんと脂を搾つてやらねば気が澄まぬ。……」のように、主人公の意識に即した心理描写が随所に織り込まれている。頻繁に独り言をつぶやき、思い出に引きずられる加茂は、『疑惑』の「私」と同様に、現在に積極的な意味を見出しえない人物である。過去への執着は、既に『津の国屋』や『青草』の主人公にも徴候が見られたが、加茂の場合にはその傾向が加速的に強まっており、現実の文脈から逸脱して狂気に陥る危険性すらうかがわせている。そのような男を主人公に据えた『男清姫』は、厚みのある過去と点としての現在との対照を構造として持ち、三人称形式が採られているとはいえ、『別れたる妻に送る手紙』や『疑惑』を彷彿とさせる作品である。皮肉なことに、「大阪の遊女もの」の中で『男清姫』は、人格主義的批評家たちから初めて好意的な見方を受けている。全体的な論調は相変わらず否定的であるものの、「主人公が大阪のお茶屋で勝山を呼んで、長時間その来るのを待つてゐるもどかしさやその間に起る疑惑や嫉妬や幻影にはすつかり享楽欲に身を浸たしてゐる作者の心持ちや病的に鋭くなつたセンスが出てゐるので面白い」*[23]（石坂養平）などのように、部分的な評価が現れてくるのである。このことは、「自分の芸道未熟を悲」しみ、「一つの作物を、さういつた形式——即ち書き方や結構の側から分析して見る」*[24]習慣のあった秋江にとって、自らの叙法に対する自信を回復させる効果を持っていたであろう。「大阪の遊女もの」の掉尾を飾る『うつろひ』では、「「私」を語る小説」が復活する。『男清姫』と質的に重なる世界を扱いつつ、この作品ではそれが主人公の語りによって構築されている。『うつろひ』における「私」は、遊女から彼女の姉に関心を移行させているが、その姉とも思うように連絡が取れない境遇にある。現在「私」は、久しぶりに姉と会うために、足利へ向かう汽車の乗客になっているのであるが、「私」の意識は過去に向きがちである。思い出に耽る資質を持つ「私」が語り手であるために、『うつろひ』では、『男清姫』と同様の、回想の二重化が惹き起こされている。

A、現在

・冬の初《はじめ》であつた。

・私は、静《ぢつ》と車窓《まど》に顔を向けて沿線の其等の冬の野景色にや、暫く見惚《みと》れてゐたが、心を転じてまたいろ〳〵な甘い思ひ出に耽つた。

B、過去

・去年の秋のことであつた、

・私は汽車に身を凭せて、（略）其等の高朗な田舎の景色に見入つて、そしてこれから行つて会ふ姉のことを種々《いろいろ》に想像して楽しんでゐた。

呼応する表現は、作品の多元性と二つの時間軸における「私」の等質性とを明瞭に示すものであろう。過去の「私」がさらに回想を行ったり、「さう言つて懇々と頼んで行つたぢやないか」のように、肉声に近い形で「私」の内面が地の文に現れて来たりするのも、『男清姫』との、ひいては「別れた妻もの」との共通点として取り出すことができる。また、主人公が過去を立ち現すための道具が登場していることで、『男清姫』・『うつろひ』の二作は連絡している。『男清姫』においては、「女の写真」がその役割を担い、『うつろひ』では「私」が「精神の糧のやうに読返へ」す姉の手紙がそれに該当する。姉の手紙については『仇情』にも言及があったが、そこでは特別な意識が払われている様子はない。二作の相違は、時間の経過による主人公の変容を指示するだけでなく、「大阪の遊女もの」における創作動機の転換を表すものとして受け止められる必要があろう。『流れ』から始まった連作は、「私」を語る小説」への回帰によって幕が閉じられる。それは、秋江的叙法の確立を告げる出来事でもあった。

四、到達点としての『うつろひ』

「大阪の遊女もの」連作は、秋江にとって自らの叙法を模索する場であった。人格主義的批評の攻撃などの外部的要因にも左右されながら、秋江は一作ごとに作品のスタイルを変える実験を行っている。その試みは、結局『疑惑』の方法に自覚的に立ち戻ることで収束することになった。発表順に作品を追った時に、自らが創出した「「私」を語る小説」の様式に次第に接近していく過程が見られることは、既に検討してきた通りである。

本節では、『うつろひ』に秋江的叙法の確立を認めた。そのゆえんは、以後の創作に与えた影響力の大きさにある。既に『疑惑』において基本的な要素は出揃っていたものの、その成果が直ちに一つの水脈を生み出すことはなかった。「大阪の遊女もの」が書き継がれている間、「別れた妻もの」の系列では、『その後』(『新日本』第四巻第七号、一九一四年六月一日)一編のみが発表されている。この時期の秋江は、「別れた妻もの」をどのように終息させるかについて、まだ明瞭な見取り図を持ちえていないようである。『うつろひ』の後で秋江は、『閨怨』(『新小説』第二〇年第六号、一九一五年六月一日~第七号、七月一日)と『愛着の名残り』(『中央公論』第三〇年第一二号、一九一五年十一月一日)

とを書いて、「別れた妻もの」を完成させる。このうち、『愛着の名残り』は『その後』と内容的に重なる作品である。ただし、中尾務が「前者（引用者注――『その後』を指す）では「妻」の肉体が問題にされており、後者（引用者注――『愛着の名残り』を指す）では彼女を自身の前に据えることによって憤りをはらしたいという〈私〉の内面だけが強調されている点で、それぞれの欲求の内実は大きく異っている」[*25]と概括するように、二つの作品には質的相違がある。『愛着の名残り』では「私」の行為の無目的性がより純化されている。二作の間に『男清姫』と『うつろひ』とが発表されていることは、注目されてよい。「別れた妻もの」の主人公の変貌は、遊女への執着が自己目的化している『男清姫』の加茂や、女の姉へと関心が屈折していく『うつろひ』の「私」の心境への接近を意味するものであった。連作として先に完結した「大阪の遊女もの」は、継続中であった「別れた妻もの」に対して、方向を指示する役割を果たしたと考えられる。『うつろひ』と『愛着の名残り』とが、いずれも「私」の回想形式によって記され、かつ秋江作品には珍しく冒頭と結尾とが呼応しているという一致を見せていることも、「大阪の遊女もの」が一つの範型となっていたことの証左となろう。

「大阪の遊女もの」の影響は、『舞鶴心中』（『中央公論』第三〇年第一号、一九一五年一月一日）から『住吉心中』（『中央公論』第三〇年第四号、一九一五年四月一日）への変化にも見出すことができる。『舞鶴心中』が客観小説を志向して執筆されながら、様々な限界を露呈していることは、中島国彦[*26]や笹瀬王子[*27]の研究に詳しい。作者自ら「『舞鶴心中』は余り大事を取り過ぎて、何んとなく思ふやうに書けなかつたといふ気がして居る」[*28]と述懐しているように、この作品は主人公の心理描写が抑制されたために、心中に至る経緯が不透明な印象を読者に与える。その原因は、思考・感性を異にする第三者を主人公とした時に、秋江の叙法が円滑に機能しないことにあった。『舞鶴心中』は、一般読者に歓迎された作品であるが、一方では「作者は入りたいところを入らずにゐる。『疑惑』や『男清姫』の手法ならグングン入つて行かれるところを入れずにあとへ引返して行つてゐる」[*29]（田山花袋）といった批判を浴びてもいる。『住吉心中』は、そのような『舞鶴心中』での失敗を意識した秋江が新たな方法で臨んだ作品である。ここでは、散歩の途中で目撃した男女の心中死体を目撃した語り手「私」の、放恣な想像を紹介するという大胆な試みが行われている。作中の言葉を借りるならば、「私」の「悪夢《ゆめ》」の提示に『住吉心中』の核心はある。その趣向は、主人公の「幻影《まぼろし》」（『男清姫』）や「魔夢」（『うつろひ』）を描いた「大阪の遊女もの」から受け継がれたものであった。『うつろひ』と『住吉心中』とに題材的な関連があることは、既に笹瀬王子[*30]が指摘しているが、両者は方法的にも通底するものを持つのである。

「大阪の遊女もの」が完結した翌年の一九一六年には、赤木桁平の「遊蕩文学の撲滅」（『読売新聞』一九一六年八月六日、八日）に端を発した遊蕩文学論争が文壇を揺るがすことになる。その結果、例えば長田幹彦は大衆文芸への転身を余儀なくされた。赤木によって名指しされた作家が沈黙する中で、ただ一人秋江だけは「日光より」（『読売新聞』一九一六年九月三日）や「遊蕩文学論者を笑ふ」（『新公論』第三一年第一〇号、一九一六年十月一日）などを書き、公然と対決する姿勢を見せた。秋江の反論は、余裕ある筆使いであり、いささかの動揺もそこには感じられない。それは、秋江が「大阪の遊女もの」連作において人格主義的批評の洗礼を受けた体験を持ち、かつ、その過程で独自の「「私」を語る小説」を書くことに小説家としての本分を再確認していたからであろう。「大阪の遊女もの」は、統体としての達成度は必ずしも高いものではなく、「別れた妻もの」に比べて論じられる機会は少ない。しかし、そこでの模索が秋江文芸に多くの実りをもたらしたことは確かである。

注

＊1　中島国彦「客観小説への夢——『舞鶴心中』前後の近松秋江」（『文芸と批評』第四巻第五号、一九七六年一月十日）

＊2　中島国彦「陶酔と認識——近松秋江〈大阪の遊女もの〉の世界」（『日本文学』第二四巻第九号、一九七五年九月十日）

＊3　江口渙「四月の小説及び脚本」（『我等』第一年第五号、一九一四年五月一日）
＊4　大野亮司は、「神話の生成――志賀直哉・大正五年前後」（『日本近代文学』第五二集、一九九五年五月十五日）において、一九一六年前後に文壇内で「〈人格主義的コード〉」の優位が決定的になっていく過程を、志賀直哉をめぐる批評の変化を軸に、詳細に論じている。本論で扱う一九一三年末から一九一五年前半の時期について、大野は、「自然主義的コード、耽美主義的コードなど、他の有力と思われるコードも並び立っており、抜きん出たものはなかった」期間という把握を示している。
＊5　阿部次郎「プロテスト」（『読売新聞』一九一三年九月二十八日、十月五日）
＊6　阿部次郎「六月の小説」（『ホトトギス』第一三巻第一二号、一九一〇年七月一日）
＊7　小宮豊隆「七月の小説」（『ホトトギス』第一三巻第一三号、一九一〇年八月一日）
＊8　石坂養平「十月の文壇」（『文章世界』第八巻第一三号、一九一三年十一月一日）
＊9　徳田秋江「島村抱月氏の「観照即人生の為也」を是正す（何故に芸術の内容は実人生と一致するか）」（『読売新聞』一九〇九年五月十六日、六月十三日、二十日、七月四日、十一日）
＊10　徳田秋江「人生批評の三方式に就いての疑ひ（劇、小説、評論）」（『秀才文壇』第九年第一二号、一九〇九年六月一日（未見。引用は、『近松秋江全集　第九巻』（八木書店、一九九二年六月二十三日）に拠る））
＊11　注9前掲徳田秋江批評
＊12　徳田秋江「評論の評論」（『新潮』第二〇巻第四号、一九一四年四月一日）
＊13　中村孤月「十二月の創作並に本年の創作界（中）」（『読売新聞』一九一三年十二月二十四日）
＊14　注2前掲中島国彦論文
＊15　山田檳榔「三月の文壇」（『帝国文学』第二〇巻第四号、一九一四年四月一日）
＊16　徳田秋江「喧嘩の売買（山田檳榔といふ仁）」（『読売新聞』一九一四年七月二十六日）
＊17　山田檳榔「秋江氏の言ふ事」（『読売新聞』一九一四年八月七日・八日）

＊18　中村星湖「三月の小説」（『早稲田文学』第一〇一号、一九一四年四月一日）
＊19　本間久雄「新情緒主義の文学」（『国民新聞』一九一四年四月二十九日）
＊20　田山花袋「新年の文壇（二）」（『時事新報』一九一四年一月一日）
＊21　注20前掲田山花袋批評
＊22　中村星湖「新年の文壇」（『文章世界』第九巻第二号、一九一四年二月一日）。同様の注文は、注20前掲田山花袋批評にも見られる。
＊23　石坂養平「十一月の文芸」（『文章世界』第九巻第一三号、一九一四年十二月一日）。中村孤月「十一月の文壇（二）」（『時事新報』一九一四年十一月十四日）や綾川武治「十一月の文壇」（『帝国文学』第二〇巻第一二号、一九一四年十二月一日）も、『男清姫』を部分的に評価している点で共通する。
＊24　徳田秋江「文芸時評」（『新潮』第二一巻第五号、一九一四年十一月一日）
＊25　中尾務「「疑惑」系列作品の成立とその構図――〈理想化〉としての秋江私小説」（『日本近代文学』第二八集、一九八一年九月二十五日）
＊26　注1前掲中島国彦論文
＊27　笹瀬王子「「舞鶴心中」覚書」（『地上』第一集、一九八八年十一月二十二日）
＊28　徳田秋江「舞鶴心中物語」（『新潮』第二二巻第三号、一九一五年三月一日）
＊29　田山花袋「残れる雪」（『文章世界』第一〇巻第二号、一九一五年二月一日）
＊30　笹瀬王子「「住吉心中」考――〈悪夢《ゆめ》〉の構造」（『近松秋江研究』第二号、一九八九年十二月一日）

第四節　有島武郎『平凡人の手紙』論——第三者への気づき

一、名声の高まりの中で

いわゆる〈人格主義的コード〉（大野亮司）の浸透によって、一九一七年前後に文壇の地勢図が変わることは、今日定説となっている。自然主義系統の作家の評価が低下する一方で、急死した夏目漱石の神話化が始まり、志賀直哉が簡単な妥協をせず、自我の完成を求める作家として理想視されていく。有島武郎も、またこの時期に見出された作家であった。それまで『白樺』にのみ作品を発表していた有島は、「〈親しく会つた海外芸術家の印象（二）〉クローポトキン」（『新潮』第二五巻第一号、一九一六年五月一日）を皮切りに活躍の場を商業文芸誌にも広げ、一段と注目されるようになる。『カインの末裔』（『新小説』第二二年第八号、一九一七年七月一日）や『実験室』（『中央公論』第三二年第一〇号、一九一七年九月一日）などの小説の発表によって、有島は、一九一七年において最も進境著しい作家と見なされた。「大正六年文芸界の事業・作品・人」（『早稲田文学』第一四五号、一九一七年十二月一日）で、西村渚山・千葉亀雄・加能作次郎・生田葵など、志賀よりも有島の名前を挙げる評家が多かったことは、代表的な例である。[*1] ほかの回顧記事でも、有島は、「『平凡人の手紙』『カインの末裔』『迷路』其他の諸短篇に於て民主的思想と人類的感情の発露を示して、俄然として文壇の最高層に立てる有島武郎氏」[*2]や「有島氏は幾多の新進作家中、最も弾力に富んだ精神性の所有者である。自己の内部欲求の充足に向つて最も勇敢である」[*3]（石坂養平）のように、好意的に紹介されている。それらの言説は、有島の文壇的な地位を押し上げると同時に、真摯で自己の欲求に忠実な小説家であるという作家像を定着させるのに貢献した。

有島武郎の名声が高まることは、しかし、作品が正当に理解されていたことを直ちに意味しない。一般論から言っても、小説の読解は、受容者側の条件によって常に偏りを生ずる可能性を持つ。小説の評価軸が変わりつつあった当時にあって、有島は、誤読を誘発する厄介な対象であったと考えられる。白樺派に属し、教養小説の枠組を用いた小説を、あるいは書き手の姿を強く想起させる「「私」を語る小説」を世に問うていた有島は、一面で時代の要求に正面から応える作家であった。とはいえ、その有島は、ほかの文学者が無視した外部への意識を常に忘れなかった書き手でもあった。いきおい、その言説は、自己相対化の契機を孕む、屈折の多いものとならざるをえない。にもかかわらず、同時代において有島の小説は、批評的意味を汲み取られないまま、歓迎されていたきらいがある。文壇と一線を画そうとしていた有島が理想視されてしまうのは、皮肉な事態であった。

言説の異質性の解明は、有島文芸の研究における一つの核心となる。それは、小説の多義性を整理し、論争的な評論の志向を説明するための指針となるであろう。本節では、その着手として、『平凡人の手紙』[*4]の再検討を試みる。『カインの末裔』と同時に発表されたこの短編は、私生活を語る装いを持ちながら、同時代の表現意識への懐疑を示した作品である。自己を語ることにのみ関心を集中し、それを成り立たせている場の歴史性に無自覚であった作家たちに対して、有島は、伝達そのものの危うさを突きつけ、惰性化した態度を批判しようとした。有島の戦略性をより浮き彫りにするため、考察においては、作品の形式、すなわち書簡体小説という観点を重視する。告白の装置として書簡体小説が多用されていた状況の中で、有島がどのような実験を試みたかを検証してみたい。

二、同時代批評の再測量

『平凡人の手紙』は、題名が指示する通り、書き手「僕」から友人「君」に宛てた手紙の体裁を採っている。「僕」は、妻の一周忌に、故人が療養生活を送った平塚の病院に赴き、患者たちに花束を贈ろうと計画する。その「僕」の前日からの行動が、実況的に友人の「君」に伝えられていく。再婚を勧める周囲の忠告に感謝しつつ、「僕」は、「もう少し考へさせてくれ給へ」と謝絶の意志を表明して、通信を締め括る。物語の内容が、当時作者が置かれていた状況に合致していること、また書簡体が事実性を強調する形式であることからすれば、『平凡人の手紙』が、「「私」を語る小説」として読者に受け止められても不思議ではなかった。

『有島武郎全集』の年譜において「右の二作（引用者注――『カインの末裔』・『平凡人の手紙』を指す）により文名にわかに上がる」[*5]と記されているように、本作は一般に文壇出世作と位置づけられている。同時代評を精査し、「今日の評価から翻って、発表当時、この小説が意外なほど大きな賛辞につつまれて世に送り出されたということ」[*6]を指摘したのは、宗像和重である。『平凡人の手紙』にある程度の関心が集まったことは確かであるが、それを「大きな賛辞」と呼ぶのは、ややためらわれる。「有嶋《ママ》武郎氏の「平凡人の手紙」には、ユニイクな情調と、安易な気分を珍らしく面白いものに思つた」[*7]や「小説に有島武郎の「平凡人の手紙」素木しづの「暗い影」の二篇読むべし」[*8]などの無署名評は、推奨ではあるものの、短く具体性を欠く。「所謂平凡人の心理状態は可成りに描けて居る、併しもう少し考へさせて呉れと云ふ裏面にはもつと強い執着がある可き筈だ」[*9]という注文を付ける匿名評や「此創作は、大変ペタンチツクなものであると思はれる点が慊たらない」[*10]と不満を洩らす佐々木光三評の基調は、肯定的なものではない。『カインの末裔』に比べると言及の数は少なく、好意的であり、かつ踏み込んだ発言をしているものは、「わたしはあれ《ママ》溢れてゐる皮肉屋、品の好い罵倒に惚れたのではありません。夫から類稀な作者のアタマに惚れたのでもありません。あのアタマの底の底に湛へられたコ、ロにです[11]」と力説した中村星湖と「あの作品の中に含まれてゐる主人公の心持は殆んど宗教的感情とも云ふべき崇高なもので、その類ひ稀れな質実高雅な磨かれた玉のやうな人格は美しいと云ふの外はない[12]」と称えた匿名評との二件に止まる。両者は、亡妻への「僕」の愛情を作品から読み取り、感動を受けている点で共通する。星湖が確認的に述べているように、「皮肉」や「罵倒」が相当の比重を占める作品であるにもかかわらず、あえてその背後に作者の精神を見出そうとする解釈は、特徴的である。作品を統括する高潔な人格を想定せずにはいられない姿勢には、同時代の〈人格主義的コード〉の影響が顕著に感じられる。物語言説への意識が希薄な感想は、賛辞ではあっても、そのまま信頼することはできないであろう。

二つの推奨を引き継ぐ意見は、その後現れていない。年末の回顧において、有島武郎の名前を挙げる論者の中でも『平凡人の手紙』は無視されている。発表時の反応以降、受容の空白状態が続いていると言えよう。有島が人気作家となり、第一創作集『死』（新潮社、一九一七年十月十八日初版（未見））が好調に版を重ねる中でも[13]、事態は変わらない[14]。それでは、「右の二作により文名にわかに上がる。」という定説は、どこから生まれたのであろうか。おそらくこの見方の源となっているのは、『新潮』第二八巻第一号、一九一八年一月一日「大正六年文芸界一覧表」の「〈創作・六月〉◎有島武郎の『平凡人の手紙』（新潮）『カインの末裔』（新小説）に出づ。この二作に依りて有島武郎の声名俄かに上る。」という記事である[15]。『カインの末裔』と『平凡人の手紙』とを同等に扱っているのは、『新潮』記者の自誌掲載作品を重視したい心理からと、容易に推察できる。『平凡人の手紙』が発表時に好評であったというのは、『カインの末裔』と併せて有島の名を喧伝したい出版社の意向による誇張と判断するのが適当であろう。その覆いを取り外した時に確認できるのは、むしろ同時代における『平凡人の手紙』に対する無関心であり、偏った理解である。そのことは、作品が当時支配的だった文壇の風潮とは異なる論理によって組み立てられていることを暗示する。星湖の読みの志向とは反対に、『平凡人の手紙』の面目は、「皮肉」や「罵倒」、すなわち一筋縄ではない物言い自体に求められなければならない。

三、書簡体小説の氾濫

『平凡人の手紙』が発表された一九一七年は、一九〇〇年代後半から目立ち始めた書簡体小説の量産が引き続いていた時期であった。本章第二節で論述したように、言文一致体が定着していく中で書簡体小説は盛んに試みられ、自然主義から自己告白へと文壇の傾向が移り変わる過程においても、内面を表す有効な手段として重視された。書簡体小説が安定した形式として認知され、リアリティを読み手に保証する役割を果たしていた状況に『平凡人の手紙』が出現したことは、分析の一つの出発点とされてよい。

第二節の表Ⅰに示したような、氾濫とも呼びうる書簡体小説の流行は、ジャンルの成熟をもたらした。郵便空間の拡大に伴い、扱われる通信の発信元は、地方、観光地、療養先、軍隊、異国など多様化していく。読者から作家への投書や警察・司法関係者への告発など、未知の相手からの連絡という例も目立つようになる。野上弥生子や田村俊子の創作に代表されるように、口語体の大胆な使用によって女性性が強調された手紙が登場するのも、この時期である。書簡という枠組が、書き手の真情吐露を容易にし、内面表出に一層の陰翳と奥行きとを与えたことは疑いえない。親書に非当事者が触れうるという、書簡体小説特有の受容のありようが、秘密へと接近する意識を読者に芽生えさせ、作者との間に共犯意識に似た微妙な連帯感を形成していった効果も指摘することができる。

書簡体小説は、小説の新しい可能性を開いていった。しかし、その量産は、一方で形式への緊張感を失わせ、怠惰な告白を蔓延させることにもなる。一部の例外を除いて、ほとんどの作品が今日読むに堪えないものであることは、書簡体小説の執筆が創造的な契機となりえず、自動化していたことを表している。書簡体小説の変遷を追う際には、そのような負の側面への目配りも欠かすことはできないであろう。とりわけ、書簡という伝達手段に対して無垢の信頼が寄せられていることは、文学者の症候として検証されなければならない。通信の距離がより長くなり、発信者と受信者との関係も多様化していくにもかかわらず、コミュニケーションの困難が自覚されることは稀であり、手紙は間違いなく相手に届く、文意は必ず伝わるという思いこみが強固になっていく奇妙な逆説的事態を、この時期の作品群からは観察できる。活字に置き換えられた書簡の文面が手書きの質感を失い、筆記用具、便箋、封筒、切手などの「物的アスペクト」を脱落させていったことが、メッセージの透明性を高め、伝達を楽観視させたという事情はあったかもしれない。それにしても、書簡体小説に取り組んだ作家たちが、事故や手違いで手紙が配達されない事態を、さらには届けられたにしても、送り手が期待する通りに受け手が文面を理解するとは限らない場合を想像しえていないのは、不審ですらある。異質な世界へ開かれつつあった書簡体小説の素材に向き合えないまま、書き手の意識は、親しい相手との意思の疎通に集中していたと思われる。書簡体小説の関心は、書き手の内面を細やかに写し、煩悶や苦慮の訴えによって誠実さを証すことにまだ占められていた。

当時の書簡体小説の限界を確認するために、ここでは前田晁『霽れた日』（『早稲田文学』第九五号、一九一三年十月一日。表I63）を取り上げる。前田が『平凡人の手紙』をめぐって有島武郎が論争した相手であることは、言うまでもない。批評家の前田さえもが書簡体小説の書き手であったことは、この形式がいかに魅力的であったかを物語る。

『霽れた日』は、友人である時子に宛てた「私」（＝澄雄）の私信一通から成る。「私」は、かつて好意を持っていた時子が夫と死別し、旧姓に戻ったことを知る。「私」は、昨年の夏時子の父の葬儀で彼女と再会し、その表情に魅せられたことを思い出す。時子への愛情に惑う「私」は、妻子があることから、気持ちを伝えるかどうかで逡巡し、一夏東京を離れて過ごす。作品内の現在は九月であり、「私」は、滞在先の逗子で物思いに耽りながら、手紙を書きあぐねている。

「海岸の散歩から帰つて来」た「私」が「机の上」に「あなたへ宛て、書きかけた手紙」を見出す冒頭の記述に端的に現れているように、『霽れた日』の中心は、時子に告白しようとして果たせないでいる主人公の葛藤の提示にある。「私は、其の後を書き継がなければならぬ、と幾度思つたか知れません」や「併しどうしたらい、でせう？　いつまで経つても、私には書き継げさうにありません」と、「私」は意志表明できない苦悩を繰り返し綴っている。けれども、作中で放置されている「手紙」とは別に、「私」の書けないという嘆きがテクストにおいて渋滞なく展開している事実は見逃せない。真意を簡単に打ち明けないことで時子に誠実さを感じてもらおうとする「私」の狙いを、作品の記述そのものが裏切っていると言える。「もし（引用者補足――机の上の放置された手紙を）書き継げないやうでしたら、あなたにはお目にかけないでせう。其の時は、どうぞ此の手紙（引用者注――『霽れた日』全体を構成する手紙）の中から、今の私を探して下さい」という締め括りの言葉には、書き手の身ぶりにおける自家撞着が露わである。告白へのためらいを時子に察知してもらいたい「私」の願望からは、受け手への寄りかかりが透けて見える。「御免なさい、かう色も艶もなく私が言つてしまつても、あなたは怒らずに聞いて下さるでせう。もし其の理解がない位ならば、私は始めからこんな手紙を書かうとはいたしません」や「時子さん、改めて言はないでも、あなたは私の心持をご存じでせう。私はあなたに近づきたい？　これが本心です」などと「私」が呼びかけられるのは、時子を自己の分身ととらえているからにほかならない。

『霽れた日』のように、書き手が受け手を自分と等質の存在と見なしていることは、この時期の書簡体小説全般の特徴であった。そこでは、対称形の伝達関係および言葉の透明性が当然視されている。もちろん、そのような傾向と大正教養主義の選良意識とは無関係ではない。高等学校出身者たちが煩悶を共有することで培ったホモソーシャルな連帯感は、文壇の基調であった。書簡は、胸中の思いを伝え、精神的な絆を深める最適の手段として認知されたと推量される。小説だけでなく、書簡体は、評論・随筆の分野においても多用されている。呼びかけを含む文章を文芸誌や新聞の文芸欄に見つけるのはたやすく、手近なところでは『平凡人の手紙』を論じた中村星湖の文章がそれに該当する。「S君」に向けた推薦の辞という中村文の骨格となっているのは、特定個人への語りかけがそのまま未知の多数の読者への説明に転用できるという楽観的な発想である。書簡体の言説が活字メディアで多用されていることは、親密な共同体を形成しようとする、あるいはそこで自足しようとする文学者たちの志向の強さを示している。

『平凡人の手紙』が投げ込まれたのは、「かう声をはづませて、犇と私と手を握り合つたあなたのあの時の目色依《ママ》につて想像がつくものとすれば、私達は屹度燃えるやうな目をお互ひにぢつと見合つて、始めて一つの世界に我を忘れた二人の姿を見出してゐたに違ひない！」（『霽れた日』）のように、受け手への精神的な依存がはなはだしい書簡体小説が流通している空間であった。起筆部分の「妻が死んだ時電報を打つたら君はすぐ駈けつけてくれたが、そのとき僕がどんな顔で君を迎へたかは一寸想像がつかない」という回顧には、自身の心理を写す鏡として友人を利用することへの拒絶がうかがえる。有島武郎と前田晃との隔たりは、明らかである。有島が『霽れた日』を目にしていたかどうかは定かではない。けれども、書簡に対する対極的な姿勢を確認するだけでも、両者の衝突が避けられないものであったことが了解されよう。

四、誤りうることの自覚

『平凡人の手紙』の書き手「僕」の筆致が屈折を帯びたものであることは、同時代においても感知されていた。

前掲の星湖の評言や別の時評の「平凡人を口ぐせに云つてゐる非凡人」[*16]という形容は、その傍証となる。それでも、『平凡人の手紙』の言説が目指したものが、充分に理解されていたわけではない。「あんな平静なゆつたりとした波の立たぬ大海のやうな心持」を「僕」に見出し、「あんな境地に達し得る人は殆んど無からう」と断じる感想[*17]などは、曲解に近い。高みに立った固定的な物の見方こそ、「僕」が批判している対象であるからである。

一周忌に妻が入院していた病院を訪問する経過報告であるにもかかわらず、「僕」は結婚生活の記憶を語るのに禁欲的である。愛妻家の肖像を「僕」に求めようとする読者は、曖昧な物語に感情を宙吊りにされてしまう。「君」への手紙を書き継ぎながら、「僕」が遂行しているのは、自身に集まる紋切り型の同情を絶えずはぐらかすことである。「僕は実際その後でも愛する妻を失つた夫らしい顔はしなかつたやうだ」、「所が僕はその人の思ひ違ひをい、事にして黙つてゐた」、「そこで僕は熱い涙を零したと君は思ふだらう。所が僕は碌な考事もせず、忙しく歩き廻りもしない癖に、何んだか、如何してい、のか分らない程だるくつてぐつすり寝込んでしまつた」というように、「僕」は、周囲の予想と自身の感情とのずれを執拗に説いている。「平凡人」とは、悲哀に徹することができず、愛妻家の期待に応えられない「僕」の自称であるが、その名告りの反復は「非凡」な人々の想像力の単純さを浮上させる逆説となっている。

「僕」は、人が劇的に変わりうる見方に与していない。『平凡人の手紙』は、啓示や神託の話題を数多く含んでいる。例えば「僕」は、「僕ほど運命に寵愛された男は珍しい」と前置きし、「大吉」、「五黄の寅」という幼時に引いた「お神籤」通りの人生を歩んだと述べる。けれども、妻の生前に友人が斡旋した「占」に「僕」が動揺した様子はない。「僕」の言動は、「当意的に、天啓的に発意しないで、何ケ月も前から考へてゐた」り、「神興的に口を衝いて出」たことではなく「理窟でこねあげ」たりするものによって裏づけられる、愚直なものである。『平凡人の手紙』では「自然のはたらき」や「死」が肯定的に取り上げられているが、そのことを運命の承認と解するのは適当ではない。「死」への言及があるのは、「霊魂不滅」を唱える「基督教」との関連においてである。「僕」の意図は、気軽に主義思想を言い立てることへの嫌悪感の表明にあろう。「何とか云ふ人」（＝前田晁）が揶揄されるのも、「下劣、醜陋が実相である人生に居て、熱実な道義的気魄を憧憬する――出来ない相談を常住腰にぶらさげてゐ」るためである。現実と理念との懸隔に無自覚な人間に対する時、「僕」の舌鋒はとりわけ鋭さを増す。超越的な次元からの発言は、しばしば独善的で、粗雑な現象把握しか行えない場合がある。「僕」の苛立ちは、宗教や倫理に携わる者の多くが個別の状況を一つの型に簡単に鋳直し、なおかつそのことに鈍感であることに由来していよう。

『平凡人の手紙』の書き手は、一見私的な体験談を披露するように装いながら、妻を亡くした自身に向けられるまなざしの通俗性を暴く活動に従事していると言ってよい。「僕」を気遣う人々は、自己の価値観で他者を判断し、忠告や干渉をすることに迷いを生じていない点において軌を一にしている。平塚へ向かう汽車で「僕」が再会した、「眼から鼻にぬける非凡な人物」と紹介される「友人」は、好例である。察しがよく、一方的に助言をする彼の場合、意思の疎通に齟齬が生じることは想像の埒外でしかない。対照的に「僕」の意識においては、誤解は常態と考えられている。活字をめぐる二つの勘違いの挿話が作中に嵌め込まれていることは、伝達の困難をめぐる「僕」の認識の深さを示唆する。

二つの失敗譚は、いずれも有島武郎が実際に体験したことであるらしい。それらが配置されている意義を測るために事実を追いつつ、記述を確認する。一つは、「僕」の自家製の格言「子を持つて知る子の恩」が「僕の弟」の小説中に誤って引用された話である。「子を持つて知る親の恩」と活字が組まれていたために朱を入れたにもかかわらず、修正がなされなかったと「僕」は言う。このエピソードは、里見弴『夏絵』（『新小説』第二〇年第一一号、一九一五年十一月一日）をめぐる有島の見聞に基づくものである。初出時に「子を持つて知る親の恩」とされていた記述は、単行本（里見弴『善心悪心』（春陽堂、一九一六年十一月十五日））に収録された際に、「子を持つて知る子の恩」に改められている。この変更は、「僕」が触れているように間違ったまま雑誌が発行されたからであろう。「僕の弟」や「植字工」の先入観のため、「僕」の格言は変形させられた。当人に悪意がないにもかかわらず、相手の表現や意図を歪めてしまう事例は、対称形の伝達関係が空想でしかないことを説得的に指し示す。なお、『夏絵』は、愛児を失った「私」の悲しみをモチーフとする作品であり、「子を持つて知る子の恩」は、赤ん坊が産まれた知人の家の様子を描く場面で引き合いに出されている。『平凡人の手紙』で「僕」が主張しているのは、不幸な事態のただ中にある子に対して「切実な哀愁をそのまゝ受入れてやる事」の大切さである。「僕」の格言は他者志向的であるが、里見の作品では愛児が「うちの心棒」の役割を果たしていることを印象づけるためにそれが持ち出されていた。「子を持つて知る子の恩」は、二重の無理解の中で受容されていたことになる。

もう一つは、村井弦斎のエッセイにまつわる話である。下痢に苦しむ病妻が楢の根が特効薬であると説く村井の記事を雑誌に見つける。それを北海道の教え子に依頼して取り寄せた「僕」は、村井宅に煎じ方を尋ねに行き、楢が「たらの木」の間違いであることを教えられ、妻と大笑いする。ここで取り上げられている村井の文章に該当するのは、「胃腸健康論」（『婦人世界』第八巻第一二号、一九一三年十月十日）である。『婦人世界』の常連執筆者であった村井は、食生活に関するさまざまな知識を毎号紹介していた。この文章では中禅寺湖で会った船頭から教えられた情報として「楤《たら》の木」が「胃癌の妙薬」であること、自らも服用して「便通が良くなつて大層腹が減り食慾も増し」たという効能があったことを披露している。村井の文章に誤植は見当たらないので、「僕」の妻は、「楤」を「楢」と錯視したのであろう。この事例においても、誰も望んでいないにもかかわらず、情報は不正確に伝わっている。

意思の疎通において誤りうることに自覚的であることは、『平凡人の手紙』が他の書簡体小説と比べ、決定的に異質であり、かつ優れている点である。二つの挿話は、雑誌を介して誤解が生じていることで類似する。コミュニケーションにおいてメディア（媒介項、媒介者）が無視しえないことを喚起していることでも、作品は先駆的である。有島武郎は、すでに書簡体の随想「「お目出度人」を読みて」（『白樺』第二巻第四号、一九一一年四月一日）において、刷り上がった『白樺』に附着していた職工の血に触れ、外部に関心を広げることを武者小路実篤に要請していた。第三項、あるいは第三者への気づきは偶然ではなく、関心の持続が育んだものである。

伝達が当事者の意志だけで左右できないことを知りえた者が、独善的な相手の反省を促すことは、隘路を歩むことに似ている。それは、言語の透明性を否定しつつ、言語を手段として相手に働きかけざるをえないからである。『平凡人の手紙』で一貫しているのは、「君」への安定した情報の提供を拒み続けようとする「僕」のふるまいである。「僕」の表現上の実践は、散りばめられた挿話と響きあい、物語内容そのものと言ってよい重要度を持つ。

末尾の「大に脱線してしまつた」という総括通り、「僕」は本題にいつまでも触れず、逆説や諧謔を交えながら、話をはぐらかし、引き伸ばし続ける。「もう少し考へさせてくれ給へ」という断りだけで済まされるはずの用件は、極端な迂回路をたどった果てにようやく述べられている。「僕」の一見出鱈目のようなしぐさは、相手の惰性的な感情移入を拒むために選択されたものである。「一寸失敬、今手紙を女中が持つて来たから」や「そら次の汽車がもう来る」などの手紙を書き継ぐ状況の挿入には、「君」の共感を冷ます作用があろう。また、「鉛筆で而かも走書きだから」という釈明や「（以下欠文）」という注記は、手紙の物質としての感触を読者に思い起こさせるものである。同時代の書簡体小説が書き手と受け手との癒着によって観念的な虚構と堕しつつあった状況において、現実に関わる危機感を失っていない『平凡人の手紙』の表現意識には格別なものがある。

江種満子は、「僕」の外国に留学していた時代に「ある女」から「loafer」（なまけ者、のらくら者の意）と言われたくだりに着目し、「僕が僕自身を諷刺という偏向レンズにかけて写し出す語り方」によって「loafer」に積極的な意味が与えられていると解釈している。[*18]「loafer」が「将来を期した怠け者」であり、「「平凡人」の対立概念と化し、「平凡人」を超える価値を込められている」というのは妥当な把握であるが、「僕」が直後に「一体皆んなは、如何すれば人間の為めになるかと云ふ、僕なんかには一寸見当のつけやうもない問題を、感心によく弁へてゐると見えて、少しも不安なげに仕事にいそしんでゐるのが羨ましい」と皮肉を弄していることと絡めれば、より限定された説明も可能ではないか。伝達の観点からとらえるならば、この一節は、「人間」という均質で抽象化された存在を言い立てる識者の楽天性に対する批判の表明として読むことができる。先述の超越的なものに対する嫌悪も、むろん「皆んな」と一線を画そうとする「僕」であるからこそ感受しえたものであった。そのような「僕」が「loafer」に見出しているのは、自動化した言説に亀裂を生じさせる逆説的反抗者の姿であろう。気のない語り口とは裏腹に、安価な同情を寄せる「君」の感性を揺さぶるために言葉を尽くす「僕」は、単なる怠け者では到底ありえない。

五、書簡体形式の不透明性

同時代の書簡体小説、あるいはそれを支えるホモソーシャルな心性に対する挑発であったはずの『平凡人の手紙』は、伝達をめぐる認識のあまりの異なりのゆえに、見当違いの反応しか惹き起こすことができなかった。批評家たちは途惑い、恣意的な感想を洩らすに止まっている。その中で、前田晁が過敏に反応したことは、敵対する立場にあるものの行動としては正当であるかもしれない。二人の間で繰り広げられた論争については、すでに伊狩章[*19]、山田俊治[*20]の整理があるので、詳述する必要はないであろう。それは、確かに白樺派の理想主義と自然主義の客観主義との対立であり、「裁断批評」と「帰納的批評」との衝突であった。ただ、本稿の関心から、前田晁の最初の反論「親不知の嶮へ行く」(『文章世界』第一二巻第八号、一九一七年八月一日)が友人吉江孤雁に宛てた書簡の形を採っていること、そこで前田が「一方で少数の人間が、流俗の徒でない少数の人間が、例へば人道主義を真甲に振翳してゐるやうな人間が、高い道義の念を尊ぶのだ」と、無造作に「人間」の語を使用している事実は付け加えておかなければならない。さらに言えば、「A」と「B」との問答体である前田の「批評家の尺度」(『文章世界』第一二巻第九号、一九一七年九月一日)は、本文よりも悪筆ゆえに「親不知の嶮へ行く」に数多くの誤植が生じたことを嘆く付記こそが重要である。言説が透明ではありえないことを無意識に再演しながら、親密な共同体に依存した表現形式でしか異議を唱えられない前田には、やはり有島の批判は届いていない。文壇に所属する者にとって、『平凡人の手紙』は否認すべきテクストであった。

『平凡人の手紙』は、有島武郎の文壇登場作である。遡れば、『新潮』に初めて寄稿した「〈親しく会つた海外芸術家の印象(二)〉クローポトキン」も書簡体であった。有島は、あえて抵抗感のある候文を選び、クロポトキンの思い出を語ることが「海外芸術家の印象」を求める記者の意向に沿うことかどうかを問いかけている。ここでも、顕在化されているのは、相手との意識のずれである。有島において書簡とは、相互依存を強化するための道具ではなく、透明な言説空間に安住する文学者たちに違和感を与えるための闘争手段であった。「あの作物は形の上ではそう見えるかも知れないが、論文でもなければ、私の感想の発表でもありません。やはり作物です。私だけには下手でも何でも創作です」(「「平凡人」の言禍(上)(前田晁氏と氏の如き態度にある批評家に)」『読売新聞』一九一七年八月八日)という証言は、書簡体小説という様式が『平凡人の手紙』において必然であったことを告げている。「私」の内面を語るのではない書簡体小説がありうることは、『宣言』(『白樺』第六巻第七号、一九一五年七月一日〜第一二号、十二月一日)・『小さき者へ』(『新潮』第二八巻第一号、一九一八年一月一日)・『石にひしがれた雑草』(『太陽』第二四巻第四号、一九一八年四月一日)を検討する際にも了解されていなければならない前提である。むろん、伝達の困難をめぐる自覚、第三者への気づきは、書簡体小説に限定された主題ではない。それは、小説と批評とを貫く有島文芸の切実な視座であり、他の作品を考察する上でも鍵となりえよう。

注

＊1　なお、このアンケートには、有島と論争を繰り広げた前田晁も回答を寄せている（前田の回答は、遅かったせいか、佐藤緑葉・和辻哲郎と共に、「（補遺）」として七二ページに離れて掲載されている。前田は、有島の『迷路』を挙げ、「殊に有島武郎氏の最近の作品に対して僕は最も驚嘆の心を持つてゐます。始めて生活に即した芸術が見え初めたやうな気がしてゐます」と言うように、創作態度の変化を読み取り、それを評価するものである。前田の理解は、〈人格主義的コード〉の典型と言え、賞賛の言葉は、かえって前田と有島との隔たりを感じさせる。

＊2　早稲田文学記者「大正六年文芸界史料」（『早稲田文学』第一四七号、一九一八年二月一日）

＊3　石坂養平「大正六年文壇の回顧」（『文章世界』第一二巻第一二号、一九一七年十二月一日）

＊4　『新潮』第二七巻第一号、一九一七年七月一日発表。『有島武郎著作集　第一輯　死』（新潮社、一九一七年十月十八日初版〔未見〕初収）。本書での引用は、一九一八年八月二十二日八版に拠る。

＊5　山田昭夫・内田満編「年譜」（『有島武郎全集　別巻』〔筑摩書房、一九八八年六月三十日〕所収）一九一七年七月の項。

＊6　宗像和重「「平凡」と「非凡」――『平凡人の手紙』をめぐって」（植栗彌・川上美那子編『有島武郎研究叢書　第三集　有島武郎の作品（下）』〔右文書院、一九九五年八月十日〕所収）

＊7　「七月の雑誌から」（『時事新報』一九一七年七月三日）

＊8　「〈新刊批評〉」（『国民新聞』一九一七年七月八日）。ほかに『カインの末裔』と併せて読み、「ひどく読み甲斐のあつたことを喜んで居る」と感想を洩らす青峰「〈週間漫録〉」（『国民新聞』一九一七年七月五日）がある。

＊9　△○□「創作の印象」（『やまと新聞』一九一七年七月十五日）

＊10　佐々木光三「文芸評論」（『第三帝国』第八七号、一九一七年八月十日）

＊11　中村星湖「有嶋《ママ》武郎氏の作品（上）・（中）・（下）」（『時事新報』一九一七年七月三日～五日）

＊12　王春嶺「文壇の三平、六郎、八太郎」（『新潮』第二七巻第二号、一九一七年八月一日）

＊13　「〈文壇混合酒〉」（『黒潮』第三巻第三号、一九一八年三月一日）は「時代は一転して当今尤も人気ある作家は有島武郎氏を筆頭に志賀直哉氏芥川龍之介氏江馬修氏里見弴氏と云つた順序である相だ」と評判を語り、「有島武郎氏の「死」は五千部を売尽し、「宣言」は四千五百部」という具体的な売れ高を伝えている。

＊14　『死』を紹介する「新刊紹介」（『太陽』第二三巻第一四号、一九一七年十二月一日）や「〈彙報〉新刊書一覧」（『早稲田文学』第一四五号、一九一七年十二月一日）においても、『平凡人の手紙』に対する言及はない。

＊15　「大正六年文芸界一覧」（『早稲田文学』第一四七号、一九一八年二月一日）には、「有島武郎の『カインの末裔』（新小説）及び『平凡人の手紙』（新潮）出で、共に好評あり」という項目がある。前月の『新潮』の記事を踏まえた可能性もあるこの一節において、作品の順序が入れ替わっているのは興味深い。

＊16　高台生「〈論説〉八月の創作界」（『早稲田文学』第一四二号、一九一七年九月一日）

＊17　注12前掲王春嶺文

＊18　江種満子「「カインの末裔」と「平凡人の手紙」――有島武郎論」（『文教大学教育学部紀要』第一七集、一九八三年十二月二十五日。のち、江種満子『有島武郎論』（桜楓社、一九八四年十月二十日）に収録）

＊19　伊狩章「大正期文学論争の研究――有島武郎「平凡人の手紙」をめぐつて」（『人文科学研究』第一八輯、一九六〇年十二月五日）

＊20　山田俊治「『平凡人の手紙』の波紋――大正期文芸批評論の展開」（『日本文学』第三三巻第一二号、一九八四年十二月十日。のち、山田俊治『有島武郎〈作家〉の生成』（小沢書店、一九九八年九月三十日）に収録）

第三章　志賀直哉における「「私」を語る小説」の展開

第一節　初期作品の軌跡——家族への接近

一、顕在化したものへの注視

志賀直哉の出発期は、これまで多角的に考察されてきた。個別の作品の成立背景や生成発展の解明、志賀家の系譜や家族構成、あるいは友人・知人との交渉といった伝記的な事実の発掘、内外の文芸の受容や精神形成の過程の検討など、着実な進展を見せている。岩波書店版の『志賀直哉全集』が編まれるたびに、日記・書簡・草稿・未定稿・手帳・ノートといった新資料が公にされること、『志賀直哉宛書簡』（岩波書店、一九七四年十二月十日）や日本近代文学館編『志賀直哉宛書簡集　白樺の時代』（岩波書店、二〇〇八年九月十九日）のような関連資料も刊行されていること、最新版の『志賀直哉全集』（岩波書店、一九九八年十二月七日～二〇〇二年三月五日、全二八巻）において日記に注解が施され、全体を対象とした人名索引が備わったことなども、研究の水準を押し上げる条件として大きい。

『白樺』を創刊し、作品を世に問うようになるまでに、志賀は長い作家前史を持つ。『菜の花と小娘』（『金の船』第二巻第一号、一九二〇年一月一日）や『或る朝』（『中央文学』第二年第三号、一九一八年三月一日）の原型がすでに書かれ、ほかにも数多い試作が行われていた。現存資料に基づき、志賀が先行作家の影響からいかに脱し、独自の様式を作り上げていったかを調べることは、重要な課題である。しかし、ここでは、潜在的な部分にはあえて目を向けず、発表された作品に絞って論を進めることにしたい。創作を公にする行為は、意志表明を含む。作品を世に問うにあたり、志賀は、書き溜めた草稿を利用し、意に沿うものを選んでいた。その際の目安となった創作観を跡づけることにも、意義はあろう。

顕在化したもののみを扱った場合、例えば『或る朝』は対象から外される。『或る朝』の第一稿が書かれたのは、日記によれば、一九〇八年一月十四日のことであった。「創作余談（志賀直哉集の巻末に附す）」（『改造』第一〇巻第七号、一九二八年七月一日）において、志賀が『或る朝』を「処女作」と位置づけ、「初めて小説が書けたといふやうな気がした」と回想しているのは有名である。けれども、当初この作品は「（非小説、祖母）」と題されており、長く発表されることはなかった。朝寝坊をめぐる祖母とのいさかいの経緯を主人公の視点で描いた掌編を「非小説」と判断したのは、当時の志賀が自作に一般的な小説との隔たりを感じていたからと推測される。宮越勉は、『或る朝』が筐底に秘されていた理由を「家庭生活に題材をとり、家庭内における自己の位置づけ、自己客観化のモチーフを持った作品をすでに書いていたのであるが、ただそのモチーフを十分に具現化させるのに必要な事項の文字化、いわば一種の告白の勇気を持ち合わせていなかった」ところに求めている。[*1] 幼時より祖父母の手で育てられた志賀が、その事実を作中で明示することは、技術的な問題も含めて困難であったかもしれない。家族を取り上げることへの躊躇は、確かに発表を遅らせた理由たりえる。ただ、志賀のジャンル意識が揺れていたことを踏まえると、『或る朝』の完成が遅れた理由には、題材だけではなく、言語化の方法も絡んでいると考える方が適当であろう。「この一篇の私小説のなかに、志賀直哉の作品構成の原型を見出す」[*2]と赤木俊（荒正人）が評した三人称の「自己表象テクスト」が雑誌に掲載されるのは、デビューから八年後のことであった。

作者の証言を参考にせず、掲載に踏み切った作品のみをたどることは、未知の読者ひいては文壇に対する志賀の意識を測量する作業でもある。志賀は、反響を見込んで筆を走らせるような、打算的な書き手ではない。それでも、「或る新聞に白樺には営利の目的がないから売れなくても差支へあるまいといふやうな事が書いてあつたが、吾々も金まうけといふ事にそれ程冷淡ではないつもりだ[*3]」と創刊間もない『白樺』に書き記しているように、相応の現実意識は備わっている。さまざまな作家が「「私」を語る小説」を模索していた中で、志賀がどのように時代と応接していったかを、本節では素描しておくことにする。

二、周辺人物への関心

志賀直哉が最初に発表した小説は、『網走まで』（『白樺』第一巻第一号、一九一〇年四月一日）である。汽車の中で出会った母子連れの印象を記したこの短編は、複数の新しさを帯びていた。

まず、「自分」の旅は、実用的な目的を持っていない。一人で予定されていた日光行は、宇都宮在住の友人を同行することに簡単に変更される。乗り込む汽車は、暑さを避けるために、午後の遅い時間に出発する便が選ばれている。「自分」は、移動の自由を当然の権利として所有する存在である。

次に、旅そのものではなく、途上で一緒になった人物に話が集中していることも注目される。移動中に見ず知らずの相手との縁が生まれることは以前からあったにせよ、旅館や街道ではなく、汽車が出会いの場となっていることに違いがある。目的地まで他人と近くで過ごさなければならない汽車は、未知の接触空間であった。以前にはなかった人との距離は、緊張と好奇心とを同時にもたらす。『網走まで』の場合、小林幸夫が注意を促したように、車両がコンパートメントを細かく区切った型であり、密閉感は一層強いものであった[*4]。そのような状況が『網走まで』には敏感に反映されている。

もちろん、汽車に注目したのは、志賀だけではない。同時代の作家たちは、車中の人々を個々の関心に即して描いていった。しかし、志賀のように、特定の人間に観察を集中させ、そこに想像を付け加えていった例はほかになく、そこに独自性が認められる。[*5]

「自分」が惹きつけられたのは、「古いながらも縮緬の単衣に御納戸塩瀬の帯を〆め」、「結婚以前や、其当時の華やかな事」を想像させる女性であった。二人の子を連れて網走へ向かう「女の人」を順境にないと感じた「自分」は、同情しながら、しばし彼女の来し方および行く末を思い描く。作品の基調になっているのは、階級的な親近感とヒューマニズムとが合わさった語り手の感情である。『網走まで』には、「明治四十一年八月十四日」の日付のある「小説　網走まで」という草稿が現存する。そこには後に削除される、五十代の「田舎者の夫婦」との交渉も記されていた。紅野敏郎は、「北海道へ流れ動く群衆、あるいは他にもさまざまな背景を背負って乗りあわせた人びととの接点という問題をここでそぎ落とした点、そこにプラスとマイナスがやはり混入している」と改稿を評価する。[*6]異なる階級の人間を視野の外に追いやり、同情を向ける相手を限定していくことは、第一章第一節で論じたように、旅をする文学者に広く見られた現象である。語り手の履歴を始めとする予備知識が与えられず、確定的記述によって話が進む『網走まで』は、その傾向をさらに進めた作品であると言える。

『網走まで』は、写生文の技術を取り込みながら、人事を扱うことで前進が目論まれている。田代ゆきは、一九〇七年前後、写生文が「人間を描くことの要求、そして「小説」への志向」という「新たな局面」を迎えており、『吾輩は猫である』や『或る朝』の描写にその動きと呼応するものが認められると言う。[*7]田代が触れている志賀の作品は、『或る朝』・『城の崎にて』の二作であるが、母子の関係を会話の再現と省略の利いた視覚描写とによって浮かび上がらせる『網走まで』にも写生文との連続性は指摘できるであろう。しかし、『網走まで』にはそれゆえの限界もあった。「自分」は、傍観者であり、語られることがらに介入することはない。行きずりの間柄である「女の人」の事情に立ち入ろうとしない「自分」の態度は、この短編に即するならば、節度のあるものであり、そこから詩情やほのかなエロティシズムが生まれていると解釈することも可能である。とはいえ、距離を置く語り手が、一方で事象と有機的に関わることができず、また、自らについて触れられない制約を抱えていることは、留意されてよい。『網走まで』の「自分」は、まだ「私」を語る段階には到達できていない。

「小品六篇」の一つとして発表された、箱根の気象の変化に取材した写生文「箱根山」（『白樺』第一巻第二号、一九一〇年五月一日）を経て、次に志賀が同誌に掲載した小説は、『孤児』（『白樺』第一巻第四号、一九一〇年七月一日）である。この短編は、生活を共にした従妹の敏が「私」の目を通して語られる。幼少時に父と死別し、母親の再婚で、「私」の家に引き取られた敏を、「私」の「家母《はゝ》」はうち解けない部分があるように見ていた。その感想を、「私」は、「敏には何んだか冷ややかな所がある」（一）と追認する。早くに嫁いでいった敏は、一児をもうけるが、姑との折り合いが悪く離縁されてしまう。残してきた赤ん坊の夢を見て号泣する敏の姿に、「敏にも遂に心から泣ける時が来ました」（二）と、「私」は感慨を持つ。

頑なさがほどける敏の変化に主眼が置かれているが、「実は私も敏に泣いて貰ひたかつた。もつと愚痴つぽくなつて欲しかつた」（二）のように、結末へ導こうとする語り手の誘導が露骨すぎ、作品の完成度は低い。しかし、より重要なのは、「妹になつて居ますが、本統は従妹《いとこ》です」（一）という、家族と親族との境界線にある人物を語ることにのみ、「私」が熱意を傾けていることである。同じ家で暮らしながら、「私」と敏との具体的交流はほとんど描かれず、一線を画している印象がある。また、「私きり子のない母」（一）などを除いて、「私」に関する情報は乏しい。「私」はやはり傍観者としてできごとに向かい合っている。『孤児』の限界は、「私」の家族関係が現実の志賀のそれとは異なるからという素材論的な説明だけではなく、表現論的な見地からとらえられる必要がある。淡い好意を抱いた友人の妹に関する思い出とその家の没落の経緯とを「自分」の記憶に即して記した『速夫の妹』（『白樺』第一巻第七号、一九一〇年十月一日）においても、語り手が「私」にわずかしか触れられない事情は変わらない。

『速夫の妹』が掲載された同じ号の「編輯室にて」には、「志賀は今度の号の為に書いた小説は四十頁以上で重味のあるものだつたが、時間がないので十二月号に廻し今度は旧作を出すことにした」という断りがある。志賀が用意していた作品は、『濁つた頭』であり、本格的な「「私」を語る小説」の試みはこの時点で始まっていた。ただし、諸般の都合から発表は翌年の四月まで延ばされ、その間さらに改稿が続けられることになる。

『濁つた頭』の前に、志賀が自身と吉原の花魁峯との関係を題材に『彼と六つ上の女』（『白樺』第一巻第六号、一九一〇年九月一日）を完成させていることは目を惹く。「彼」は、「女」と知り合い、嫉妬に苦しめられる期間を経て、「アーティフシアルな関係」に入った既往を振り返りながら、今後についての思いをめぐらす。本編では、男性主人公の境遇の記述が、「一銭の銭も自力で得た経験の無い彼」、「小供から蒐集癖のある彼」、「一人っ児として嘗つて家庭を離れた事のない彼」のように施されており、それまでの作品よりも詳しい。また、家族で夕食を囲む場面や「彼」の「二階の書斎」の様子など、「自家《うち》」の中が具体的に述べられている。さらに、自室で「彼」が「ニッケル椽《ぶち》の手鏡」に見入る動作も見逃せない。外出時と帰宅時とに鏡を使う主人公の自意識に関心が向けられ、鏡に映った自身の姿が回想を促しているところは、「「私」を語る小説」への接近を示していよう。けれども、題名が表すように、『彼と六つ上の女』には三人称が用いられており、形式面での異なりが歴然としている。同様の事態は、『ある一頁』（『白樺』第二巻第六号、一九一一年六月一日）にも観察できる。京都での一人暮らしを思い立ち、友人に見送られて新橋を発った主人公は、部屋探しが不調で、体の具合もすぐれず、一日で東京に舞い戻る。作品には、夏の暑さと見知らぬ土地での交渉とによる疲労、不快が再現的に描かれており、「大学を中途でよして、二十七になつて、未だに定つた職業もない男に自家《うち》の人々が感じさせずには置かない心持」（八）のような反省意識も織り込まれている。しかし、主人公の呼称は、やはり「彼」である。*8

『鳥尾の病気』（『白樺』第二巻第一号、一九一一年一月一日）・『無邪気な若い法学士』（『白樺』第二巻第三号、一九一一年三月一日）は、友人・知人を扱った短編として一括りにすることができる。前者は、「私」と仲間との鵠沼行における一挿話である。気難しい鳥尾は、貴族主義批判に自縛され、牡蛎の荷を負った老人との同席を拒めず、強烈な臭気のために気を喪ってしまう。後者では、学生時代の顔見知り瀧村と久しぶりに再会した「自分」の体験が話題となっている。文科出身の「自分」は、銀行に勤める瀧村の言動に価値観の違いを再確認する。親疎の違いはあっても、同年代の知り合いを取り上げていること、客車内が主舞台に選ばれていることで、両作は構図を等しくする。いずれにおいても、語り手は、相手に関心を集中させ、自らのことには触れていない。[*9]

中盤以降の展開が経験に基づかない『濁つた頭』を除き、デビューしてからしばらくの間、志賀は、「「私」を語る小説」を発表できずにいた。「私」あるいは「自分」は、自身にまなざしを向けることができずにいる。その語り手が題材に選んでいるのが「女の人」(『網走まで』)・敏(『孤児』)・お鶴さん(『速夫の妹』)など、順境にない女性が多いことは見逃せない。対象となる人物に対して精神的に優位に立てることは、この時点での志賀において、一人称小説を書く必要条件であった。

三、血縁感情が生み出す物語

『不幸なる恋の話』(『白樺』第二巻第九号、一九一一年九月一日)は、作者の自作解説類に名前が挙がらず、論じられることもほとんどない小説であるが、「「私」を語る小説」の形成という観点からは重要である。この短編は、叔父から勧められた縁談のため、京都の先方の家でしばらく過ごした「私」が、豊子という相手の深夜の不思議なふるまいに驚き、断ってしまう話である。独り言をつぶやきながら部屋の障子を開け、焦点の定まらない目で「私」を見つめる彼女は、破談後叔父から「カナリ烈しいヒステリー」(十)であると判断されている。負価を与えられた女性を描くという点では、『不幸なる恋の話』は、豊子と「私」の関わりが具体的に記されているとはいえ、それまでの創作と同質である。しかし、この作品には、以前にはなかった「私」の自己言及を見ることができる。

> 文科大学を卒業した翌年の春で、未だ職業もなく、時々短篇小説や一幕劇などを「帝国文学」や友達の編輯して居る文芸雑誌に投稿して居た時分の事だつたし、それの叔父の話とカビネの写真一枚だけで決定《きめ》るにしては私の頭に描いて居る妻と云ふものも、もう少しは複雑だつたから、母には「兎も角、断はつて貰ひませう」と云つて了つたのである。（一）

『不幸なる恋の話』の冒頭は、「敏は妹になつて居ますが、本統は従妹《いとこ》です」（『孤児』一）や「速夫とは級も年も二つばかり下だつたけれど家が近いのでよく遊びに行つた」（『速夫の妹』一）と突き合わせると、自身に引き寄せてできごとを語る意志が明瞭にうかがえる。過去の投稿を振り返る「私」は、文筆業に関わっているらしく、作中でも深夜に書き物に熱中したこと（七）[*10]や夏の間創作不振であったこと（十）などの記述がある。婚約を辞退しながら、「私」は豊子の面影を忘れられない。「心に住む小説家が主人公にふられるといふ気の利かない役をさせまいとしたのかも知れぬ」（十）と反省されているように、文学は「私」の内面に影響を及ぼす要素である。自己の見聞と創作活動とを一つの文脈で束ねようとする発想が、本作には微弱ながら現れている。

「私」の家族が存在感を増しているのも、『不幸なる恋の話』の特徴である。[*11] 母の比重は、『孤児』と同じ程度であるが、「三十二年卒業の法学士で正金銀行に出て居る」（二）叔父は、相談相手として重要な役割を演じている。とりわけ、破談後に「私」と叔父とが「私の書斎」で踏み込んだ話し合いをしている場面は印象的である。自家で主人公が身内と対話する情景が以前の発表作品で目立たなかったことからすれば[*12]、遠慮なく意見交換が行える相手の出現は、物語の変容を感じさせる徴と言えよう。同じ現象は、翌月に発表された『襖』（第二巻第十巻、一九一一年十月一日）にも見出される。この短編は、主人公が蘆の湯に家族と滞在していた時の挿話である。夜中に襖を開けたことを隣室の一行から疑われた「僕」は、濡れ衣を着せられても動じなかった白隠禅師の故事を「祖父」から教えられ、気分を持ち直す（実際に襖を開けたのは、「僕」に好意を抱いた向こう側の子守である）。肉親との感情の交流が連続して描かれていることは、語り手の関心がより近しい人間に移っていることを表している。当然、次の展開として作者に求められたのは、家族という題材に正面から取り組むことであった。『祖母の為に』（『白樺』第三巻第一号、一九一二年一月一日）・『母の死と新しい母』（『朱欒』第二巻第二号、一九一二年二月一日）は、その課題に対する答にほかならない。

『祖母の為に』の家族関係は、現実に忠実である。父親と対立していること、生母が亡くなっていること、今の母親が義理の関係であることなどは、本作で初めて明かされている。さらに重要なのは、「私」が肉親への感情を隠さないことである。「祖父はエライ人だつた」や「私は祖父を尊敬し、愛しもした」などの率直な表明は、それまでの作品は見られない。殊に祖母に対する愛着は深く、「私」の最後のよりどころになっている。友人との折り合いが悪く、孤独感に襲われる時、「私」は「必ず祖母を思ふ。「何んと云つても、もう祖母だけだ」と思ふ」と言う。そのような現在時の確信が冒頭で告げられ、叙述は過去に遡る。回想談である本作において、血縁感情は、物語を構成する力となっている。

「私」の最大の関心事は、祖母の健康状態である。五年前祖父を亡くし、祖母は気を落としていた。二年が経ち、父と衝突した「私」が家を出ようとした時、祖母は卒倒してしまう。「私」は、計画を取りやめて気遣うが、彼女は徐々に弱っていく。「私」は、祖父の臨終の際、いちはやく駆けつけた葬儀屋の男（「白らつ児」）が祖母の病状の悪化に関係しているのではないかと疑っている。風邪を引いて呼吸困難で苦しむ祖母の病床で、「私」は「白らつ児」と想像上で闘う。ある日、葬儀屋から「白らつ児」の姿が消えていることに気づいた「私」は、喜びから興奮する。祖母は、やがて体調を回復させ、今も元気に過ごしている。

『祖母の為に』が奇妙な話であることは、以上の粗雑な要約からも読み取れるであろう。祖母の体調の推移と「白らつ児」の動静とは、何の関係もない。本来結びつかないはずの二つは、語り手「私」によって因果を持つかのように提示されている。宮越勉の「家庭内における自己の位置を真正面から捉え、以後の自伝的作品の嚆矢となった」[*13]という評価を発展させた高橋敏夫は、「白らつ児」に対する「私」の憎悪に異人殺しに通じるものを指摘し、作品を「否定的契機の導入とその排除による内なる秩序の肯定の物語」[*14]と規定した。家族へと関心を転換させる際に他者の切り捨てが伴うことに着目した高橋の考察は、高く評価されよう。付け加えるならば、「白らつ児」という仮想敵は、「私」の責任や無力を隠蔽するためにも必要であった。祖母の体調に大きく作用したのが「私」の独立騒ぎであること、また、病に苦しむ祖母を「私」が見守るしかないことは明白である。「白らつ児」の不気味で禍々しい表象やそれとの対決のストーリーは、「私」が自身を祖母の庇護者に位置づけるために作られたと言えよう。「病的」であるが、「当時の私では少しも潤色しない事実の記録」（「創作余談」）と証言されている『祖母の為に』は、「私」の過剰な意味づけによって物語として成り立っている。「白らつ児」が本当に死んだかどうかは確かでないが、「白らつ児はたしかに死むだ。――それはどういふものか疑ふ気が少しもなかつた」と「私」は思う。事実よりも実感の提示を優先させる語り手は、傍観者の対極に位置する。

『母の死と新しい母』は、『祖母の為に』で「十三で実母を失つた」、「義理のある母」と簡単にほのめかされるだけであった事情を綴った短編である。懐妊した実母は、体調を崩し、落命してしまう。その二か月後から父の後添い探しが始まり、義母が嫁いでくる。結婚式の翌日、彼女と言葉を交わし、心を弾ませた「私」は、その美しさを誇らしく思う。そののち今日に至るまでに義母が六人の子を出産したことが略記され、作品は締めくくられる。二人の母との関わりを扱いつつ、「私」の感情はほとんど露出していない。

自家を主舞台とし、家族を描くことで『祖母の為に』・『母の死と新しい母』は共通する。「私の我儘な性質とか意久地なしとかは総て祖母の盲目的な愛情の罪として自家の者からも親類からも認められて居た」（『祖母の為に』）、「一緒に居た母さえ《ママ》、祖母の盲目的な烈しい愛情を受けてゐる私にはもう愛する余地がなかつたらしかつた」（『母の死と新しい母』）という、それぞれの一節を照らし合わせても、二作の連続性は疑いえない。しかし、『母の死と新しい母』は、『祖母の為に』とはまったく異なる論理によって組み立てられている。

『母の死と新しい母』は、実母と義母とを対照的な構図によって描き出す。「ザンギリ」になり「恐しく醜くなつて了つた」（三）実母に対して、義母は「亡くなつた母より遙かに美しかつた」（五）と形容される。「私」が土産物を買ってきたことを実母は思い出せず、忘れ物のハンカチを届けた義母は親しげな表情で「私」を喜ばす。病床の実母は、宿泊していた二〇名ほどの予備兵の騒々しさに悩まされ、義母は、周囲から賞賛を集める。実母は「私」しか子を残せなかったが、義母は六人の子に恵まれた。これらの例において、実母は、一貫して否定的に形象されている。二人の格差を際立たせているのは、挿話の選択である。印象的な場面のみを作品に取り込み、時間経過を短く処理することによって、実母の死と義母の嫁入りとは連続的かつ対立的なできごととして読者に受容されることになる。また、両者が共に「母」と呼ばれ、区別されていないことは、母の交代劇が「私」の意識の中で円滑に進んだことを想像させるものである。[*15]

「センチメンタルな所が少しも見当らないで、明るいスツキリした内に時々ドキンと何物にか打ツ突かる如き微かな動揺を与へるやうなものであつた」[*16]ほか、『母の死と新しい母』は、好意的な同時代評を集めている。「他人から自身の作品中何を好むかと訊かれた場合、私はよく此短篇をあげた」（「創作余談」）と作者も愛着を示しているが、「「私」を語る小説」の観点から注目すべきなのは、『祖母の為に』の方である。それは、『母の死と新しい母』が「私」にとって完結した過去であるのに比べて、『祖母の為に』が現在に及ぶ事象を扱っているからにほかならない。

『母の死と新しい母』で祖母と「私」との間で一旦封印された実母の話題が『祖母の為に』で復活していることは、二作の質の違いを表す恰好の目安である。実母・義母よりも祖母がこの時点での「私」には不可欠の存在であり、それゆえに、現実を過剰に意味づける語りの行為性が強まっている。

以上、志賀の初期作品を概観してきた。『網走まで』から『母の死と新しい母』に至る歩みは、「「私」を語る小説」に近づいていく過程であると考えることができる。一人称の語り手は、描くべき対象を階級的に近しい女性、友人、近親者の順に移していき、それに伴いできごとに能動的に参与するようになっていった。同時に、自らの体験を三人称形式で小説化することも試みられており、語られる自己との距離の調整に苦心していたことが推察できる。周辺人物から自身へ、また三人称から一人称へという推移は、第一章第二節で検討した同時代の作家たちの軌跡と同じである。志賀直哉も、「私」を語る小説」を自明の様式として創作を始めたわけではなかった。

『祖母の為に』には、「長生《ながいき》しなくちや駄目ですよ」、「いまに私も何か仕ますからネ」と言い、「私」が祖母を励ます場面がある。祖母は肯くものの、「その「何か」が解らないと云ふやうな顔」をする。彼女の反応は、「私」を腹立たしくさせるが、「何か」の内実は明記されておらず、読者にも知ることはできない。あるいは、それは創作で優れた仕事をすることであるかもしれないが、作中には「私」が小説家であることを示す情報は皆無である。「祖母の為に」「私」が創造した物語と言える本編は、しかし、モチーフまでを対象化することはできず、「自己生成小説」の手前で止まっている。家族をめぐる小説が「「私」を語る小説」と重なり、「自己生成小説」の性格を備えてくる『大津順吉』が現れるまでには、なおしばらくの時間が必要であった。

注

＊1　宮越勉「志賀文学の生誕」(『文学』第四六巻第一二号、一九七八年十二月十日。のち、宮越勉『志賀直哉――青春の構図』

〔武蔵野書房、一九九一年四月三十日〕に収録）

＊2　赤木俊「私小説作家としての志賀直哉」（大正文学研究会編『志賀直哉研究』〔河出書房、一九四四年六月二十日〕所収）

＊3　N生（志賀直哉）「編輯記事」（『白樺』第一巻第三号、一九一〇年六月一日）

＊4　小林幸夫「「網走まで」論――〈生きられる時間〉の破綻と隠蔽」（『作新学院女子短期大学紀要』第九号、一九八五年十二月十日。のち、小林幸夫『認知への想像力・志賀直哉論』〔双文社出版、二〇〇四年三月三十一日〕に収録）

＊5　例えば、生田葵『味噌汁』（『趣味』第三巻第一号、一九〇八年一月一日）・水野葉舟「旅の一日」（『文章世界』第三巻第二号、一九〇八年二月一日）・真山青果『三等車』（『文章世界』第三巻第四号、一九〇八年三月十五日）の主人公は、車内を広く観察しているだけで、対象を絞りこんでいく目をまだ持っていない。

＊6　紅野敏郎「本文および作品鑑賞」（紅野敏郎編『鑑賞日本現代文学　第七巻　志賀直哉』〔角川書店、一九八一年五月三十日〕所収）五一ページ

＊7　田代ゆき「〈人間を主にした写生文〉のゆくえ――「吾輩は猫である」・「朝寝」・「或る朝」」（『九大日文』05、二〇〇四年十二月一日）

＊8　『ある一頁』の「彼」は、帰路の汽車が品川を通過する風景を眺めながら「何んといつても東京は故郷だ。自分にとつて東京よりメモリーに豊かな土地は一つもない」と思う。本論の趣旨と直接の関係はないが、東京を故郷ととらえる感性は、第一章で検討してきた作品の書き手の意識に比べて決定的に新しく、注目される。伊藤佐枝「DISCOVER KYOTO/DISCOVER TOKYO――志賀直哉『ある一頁』論」（『都大論究』第三七号、二〇〇〇年六月三十日）は、「京都に代る居場所として東京が再浮上して来るプロセスは、友情空間の失墜と家庭空間の復権のプロセスに連動している」と作品を理解し、そこから東京の「自家」を「小説の舞台＝居場所」として選び取る志向が生まれていったことを説いており、興味深い。伊藤は、また、『鳥尾の病気』を「あまりにも脆弱で不完全な居場所」を舞台とした「友情空間のコミカル・トラジェディ」と呼んでいる（伊藤佐枝「志賀直哉『鳥尾の病気』のコミカル・トラジェディ＝トラジ・コメディ」〔『都大論究』第四四号、二〇〇七年六月三十日〕）。友情空間から家族空間への展開を初期作品に見出す伊藤の論考は、

志賀における「「私」を語る小説」の生成を跡づける場合にも有効な補助線となる。ちなみに、近松秋江が『執着』で「自分の故郷のやうに思はれてゐる、東京に帰り着いて、宿屋に泊るのは、どうしても気が進まなかつたのだ」と記すのは、二年後のことである。

＊9　「続創作余談（志賀直哉全集の巻末に附す）」（『改造』第二〇巻第六号、一九三八年六月一日）において、志賀は、『鳥尾の病気』を取り上げ、「木下（引用者注――木下利玄を指す）との関係での自身を戯画化して書いたもの」、「「鳥尾」が私、作中の「私」が木下といふやうなわけだ」と制作事情を明かしている。題材からすれば、『鳥尾の病気』はすぐれて自己観照的な作品になるが、本論では形式を優先させて、友人を描いた作品として把握する。志賀が創作において二者の関係を反転させられたのは、両者が同質の存在であったからであろう。

＊10　初出で「論文」とされていた書き物は、のちに「もの」に改められた。表現が朧化されたのは、「私」を小説家として提示したい作者の意識の変化によるものと推察される。

＊11　「姉も妹もない長い単調な学生々活に、対座して話の出来る女と云へば祖母と母きりなかつた私」（三）と、作中に姿を現すことはないものの、一箇所「祖母」への言及があることも見逃せない。祖母が登場するのは、『不幸なる恋の話』が初めてである。

＊12　それ以前の発表作品で、主人公と家族との話が最も詳細に描かれているのは、『濁つた頭』であり、お夏との肉体関係を感づいた「母」が津田の部屋を訪れ、下宿を勧める場面がある（五）。

＊13　注1前掲宮越勉論文

＊14　高橋敏夫「志賀直哉の出発と「白っ児」殺し――排除する虚構」（『日本文学』第三六巻第三号、一九八七年三月十日）

＊15　「実母」・「新しい母」という用例は見られるが、部分的である。『母の死と新しい母』には、断片的な草稿が残されている。そこでは、義母に対して「新しい母」という呼称が一貫して使われており、二人の母を区別する意識が定稿において希薄化したことがわかる。

＊16　野上臼川「青鉛筆――二月の小説、その他」（『ホトトギス』第一五巻第六号、一九一二年三月一日）

第二節　『濁つた頭』論——出口のない告白

一、「イヒロマン」への志向

『濁つた頭』（『白樺』第二巻第四号、一九一一年四月一日）[*1]は、前年の九月に一度脱稿されていたが、性欲の題材が内務省の検閲の対象になることを恐れて、掲載が先延ばしにされている。その頃『白樺』では特集「ロダン号」（第一巻第九号、一九一〇年十二月一日）の企画が進められていた。志賀の日記には、発売禁止の恐れがあるので、発表は「ロダン号」の後にすべきという武者小路実篤の判断を是としたことが記されている。翌年一月から改稿が始まり、作業は三月まで続いた。内容に関する懸念は、絶えず作者の念頭にあったようで、非売品の形で刊行することも考えられていたようである。最終的に『濁つた頭』は『白樺』に掲載されるが、発売禁止命令が下された場合に備え、末尾に「附録」の形で添えられることになった。雑誌初出本文には情交の描写を中心に空白にされた箇所があり、『留女』に収録された際も本文の削除が行われた。その後同作を収めた『或る朝』（春陽堂、一九一八年四月十八日）が発売禁止処分を受けたために、『濁つた頭』は、伏せ字部分をさらに増やすことになった。検閲のない本文が読めるようになるのは、作品集『濁つた頭』（文芸春秋新社、一九四七年十月一日）刊行以降のことである。[*2]

外的な要因による発表の遅れは、『濁つた頭』の位置づけに微妙な影響を及ぼす。半年前に作品が完成していたとすれば、一九一〇年九月の時点ですでに志賀が「私」を語る小説」に接近していたという見方が成り立つからである。しかし、初稿は残っておらず、確証はない。手直しに費やされた時間を考慮すると、元の作品と現行の『濁つた頭』とには相当の開きがあるとも推測できる。本論では、発表時点の成果として作品を評価する立場を採りたい。

「夢からのヒントと神経衰弱の経験から作り上げた」（「創作余談」）という『濁つた頭』が着想されたのは、一九〇八年のことであった。「（明治）四十一年十月十八日」の日付が末尾にある草稿「二三日前に想ひついた小説の筋」は、小説の朗読をきっかけに肉体関係のできた男女が、人目を逃れて逃避行を続けるうちに荒んでいき、男が女を殺してしまう梗概が書かれたものである。女の殺害は夢の中の行為であるが、現実との境目がつかなくなった男にはそのことがわからない。「或る男が（年は廿二三だ）山の峠の中腹の小さな旅行宿の二階にゐる所から書き出す」とあるように、物語の起点が異なるものの、内容はほぼ現行作品と同じである。草稿の最後には志賀の思いが記されており、「夢と現実とがゴッチャ〳〵になる所が書きたい」という希望がある一方、「然しそんな事は今の自分には少し荷が勝つてるやうだ」という、自己の技量に対する不安も述べられている。女の殺害を想起するところでは、男の内面に焦点が合わされ、「自分」の語が使われているが、草稿における主人公の人称は、基本的には「男」である。三人称形式では、登場人物の知覚に沿い、「夢と現実とがゴッチャ〳〵になる所」を描き出すのは難しい。完成までの短くない歳月は、主人公の混乱を迫真的に表現するために必要な模索期間であったと考えられる。

一九一〇年のものと推定されている「ノート7」には、「イヒロマンに於ける主観」と題したメモがある。志賀は、「イヒローマンには、其Ichが作者其人である場合と、それが単に其小説の主人公である場合とがある」と整理し、さらに「此二つの場合を、又二つに分ける事が出来る　前のIchが、作者其人である場合、純粋に自分を自分として、ムキダシに書くのと、〈欄外〉今の自然主義は此場合がい、としてゐる、〉それを時に自ら批評を加へつ、書く場合とがある」と分類を試みている。メモには表も添えられているが、文章と共に未完である。自然主義の作家・夏目漱石・武者小路実篤らの実作を参考に、志賀は、一人称小説の分類と体系的把握とを目指したらしい。残念ながら分析作業は途中で放棄されたが、志賀が「自分を自分として、ムキダシに書く」と「自ら批評を加へつ、書く」との違いに自覚的であったことは見て取ることができる。「イヒロマンに於ける主観」に関して、瀧田浩は、志賀が重見（武者小路）の創作を「三人称で書かれたるIchに近し」と論評していることに注目し、「三人称で書かれたような一人称の小説とは、つまり、創作者による一人称的人物の可塑性の存する小説ということになろう[*3]」と説明する。「創作者によって対象化され、傀儡化されている一人称的人物としての〈作者〉が、創作者にとって三人称的関係にあるのだといえる」という瀧田の考察は、志賀の一人称小説の機能に自覚的であったことを示すものである。志賀の「イヒロマン」をめぐる認識は、当然『濁つた頭』や『大津順吉』の構想にも波及していよう[*4]。それぞれの作品の執筆が難航したのは、一つには、一人称形式を用いた場合に語り手が自らに向けうる批評性の確保や調整に苦しんだからではないか。

『濁つた頭』は、奇妙に抽象化された理解を施されたまま、放置されていた作品である。かつて瀬沼茂樹は、この作品の評価の仕方によって、論ずる者の志賀直哉文芸のとらえ方が二分されると述べた[*5]。初期小説の中でも、重要性は認められてきたにもかかわらず、作品の検討が十分に行われてきたとは言いがたい。基本的には、本多秋五[*6]と中村光夫[*7]とによって提示された「キリスト教（姦淫罪）と性欲の相剋」という主題に沿った読解が長く引き継がれてきた。いくつか例示してみる。

・「濁った頭」は、情欲が人間の頭を浸し、心を浸し、ついに夢と現実の区別のつかぬところへ青年を追い込んでゆく、その青年の内面を描こうとした小説と要約出来よう[*8]。（西垣勤）
・『濁つた頭』は、つまるところ、性欲をベースにした恋愛の恐ろしさを語っていた[*9]。（宮越勉）

・「濁つた頭」の主題は、思いついた当初は性欲の持つ怖《おそ》ろしい力にのみ集中されている。しかし出来あがった「濁つた頭」は、当然それに力点をおきつつも、澄んだ頭と心を持ったその男の前半生、つまりキリスト教の影響、というよりは一人の内村鑑三というすぐれた男性の影響下にあった男、その男が束縛をたち切り、本能的な性欲に向かうその葛藤《かっとう》に向けられている。*10（紅野敏郎）

・前半は主人公の性欲の悩み――キリスト教の教えと性欲の圧迫との板挟みになって「うつつ攻め」の苦しみを味わう悩みと、そこからの衝動的な脱出を描いている。（略）後半は性欲を野放しにした場合の危険を描いたものといえる。*11（本多秋五）

・〈性欲（肉）は絶望（死）にいたる〉、これが作品『濁った頭』全体のテーマなのである。*12（新形信和）

・性欲という、人間の理知によっても制御し難い、しかも倫理以前の存在として人間の深部に沈潜する、その暗黒で陰惨な力に、否応なく押し流されてしまうことの恐怖――ここに『濁つた頭』の生命がある。*13（富澤成實）

各論者の固有の関心は別として、これらの意見には、明らかに一つの共通認識がある。それは、「性欲」を抑制しがたいものとして過剰に強調する考えである。「性欲」は、純粋な自然現象であるかのように扱われ、当事者の意思は不問にされてしまう。『濁つた頭』は、主人公津田の転落劇であるが、従来の見解では、破滅に至る過程での津田の責任は免除されがちであった。断るまでもなく、「性欲」は人間に関する限り、単なる本能ではなく、文化や社会状況に大きく影響を受ける現象として把握されなければならない。さらに、欲望が生起し、同時に禁止されていく固有の状況に目配りをする必要もあろう。にもかかわらず、『濁つた頭』に関しては、性現象を具体的に読み解こうとする試みは見られなかった。作者の言説が無批判に援用され、作品理解の鍵として重視されてきたことも、分析を停滞させる要因であったろう。第二次世界大戦後の男性批評家・研究者による『濁つた頭』評は、作品が発表された当時よりもさらに主人公を保護視する弊に陥っている。当然、描かれた事象と津田との関わり方の理解は、表面的なものにとどまらざるをえない。

『濁つた頭』は、「自分」が逗留中に出会った津田の告白を聞き、それを紹介するという体裁を採っている。津田の長い語りの前に短い断りを、また、後に津田と知り合った経緯を付す構成は、「額縁小説」と呼ばれる枠物語の一つの典型である。「自分」は、津田の物語の伝達者に徹しており、積極的な論評をそこに加えようとはしていない。しかし、別の人格を通して話が伝えられる形式は、それ自体言説の透明性を疑わせる契機となる。さらに「自分」が告げる津田の醜態や夜うなされる様子は、津田の語りをとらえ直すための貴重な外部情報である。聞き手としての「自分」が顕在化していることは、主人公を外部からまなざそうとする志向、つまり相対化する意識を作品が有していることを示している。けれども、性欲の被害者として津田を救済しようとした批評においては、語りの形式も注視されることはなかった。

フェミニズム批評が台頭する一九九〇年代以降、露骨に男性中心主義的な解釈は、さすがに影を潜めるようになる。テクスト論の成果も吸収し、『濁つた頭』の読解は、飛躍的に精密なものになっている。本節では近年の研究を踏まえつつ、作品の内実を問うことをしたい。具体的には、津田の逸脱がいかに生起したのか、また、どのように進展していったのかの解明に主眼を置く。「性欲」と「キリスト教」とが実際に果たしている役割にも注目し、両者が単なる対立関係にあるのではなく、津田の内面形成に寄与する要素として結びついていることに触れる。

『濁つた頭』は、作者の体験をそのまま描いているわけではない。キリスト教の戒律に苦しめられたこと、性欲の亢進に悩まされたこと、姦淫罪批判をモチーフとする小説を執筆したことなどは実際にあったが、中盤以降の展開は作りごとである。性交渉を持ち、惰性的な関係を続ける状況に息苦しさを感じた津田は、お夏と一緒に自家を飛び出す。逃避行は、すでに憎悪の対象でしかなくなった女を津田が刺殺する（という妄想に津田が陥る）という惨劇によって終わりを迎える。素材から言えば、『濁つた頭』は、「「私」を語る小説」と言い切れない部分を持つ。しかし、ここでは、津田が狂気に陥ろうとする極限まで自己をとらえようと努め、半生を組織立てて語りえている表現上の達成をより重視する立場を取りたい。抽象的な語句の羅列に終始したり、手紙や日記の形式を借りたりすることなく、深さを有した「私」の内面が示されている意義は、志賀文芸の中だけに止まるものではない。

二、告白の多義性

『濁つた頭』では、津田が「瘋狂院」で二年間を過ごし、「未だ常人としては行かぬ人」であることが、物語の始発において聞き手「自分」によって告げられる。主人公の現状を予め提示することは、『清兵衛と瓢箪』・『児を盗む話』（初出）でも用いられており、作者の好む手法である。後年志賀は、「読者を作者と同じ場所で見物させて置く方が私は好きだ」[*14]と述べているが、そのいち早い実践が『濁つた頭』であった。津田の精神状態が常態に復していないという情報は、物語の結末に気を奪われがちな読者の目を他に転じさせると同時に、別の効果をもたらす。津田は、「信頼できない語り手」であり、読み手は津田の過去に何があったのかという興味を喚起させられると共に、彼の話の信憑性に疑いを抱かずにはいられない。しかし、真偽を見極める材料が外部からもたらされることはないため、読者は、判断に自信を持てない津田の不安を共有させられることになる。

津田が告白の中で、自己の歩みの最大の転換点と見なしているのは、キリスト教入信である。津田は「基督教に接する迄は精神的にも肉体的にも延び〳〵とした小供でした」（一）と振り返り、懐かしむ。以前は「ベイスボール、テニス、ボート、機械体操、ラツクロース」と、さまざまなスポーツに熱中する日々であったのが、「基督教に接して以来、マルデ変つて了ひました」（二）と津田は言う。「運動事」は、「無意味に思はれて来」て辞めてしまい、彼は、読書にいそしむようになる。程なく津田は、戒律を守ることと性欲の亢進との対立に苦しみ始めた。彼は、欲望の高まりをこらえながら、信仰を守ろうとするが、「姦淫罪は殺人罪と同程度に重いものだ」（二）という牧師の説には同意できず、『関子と真造』と題した小説を作り、反抗を目論む。

生活態度の激変をもたらしたキリスト教は、抑圧の始まりとして津田に顧みられている。現在の彼の意識においては、人生を誤らせた原因として、入信が意識されているのかもしれない。信仰が葛藤を呼び、禁止された欲望が噴き出すことによって逸脱が生じるという道筋を読み取ってきた従来の見解は、津田の証言をそのまま受け入れたゆえに生じた。けれども、回想には意識的にせよ、無意識的にせよ、誇張がつきものである。まして、「自分を何かの意味でジャスティファイ仕ようと云ふ気」（二）という動機があることを明確に示している津田の告白に、自己弁明の傾向があることは確かである。

津田は、入信のきっかけを簡単にしか語っていない。自家の書生の一人が洗礼を受けたことを「動機の総て」（二）と言うだけで、詳しい事情は不明である。入信を画期と強調しながら、具体的な経緯には触れない津田の語りは、キリスト教の受け入れが本意ではなかったかのような印象を与える。現在の津田は、選んだ自己よりも選ばれたキリスト教に責任を負わせたいようであるが、その誘導が誤りであることは言うまでもない。入信は、誰に強いられたものでもなく、津田によって選び取られた。そのことによって、不利益だけではなく、自己の卓越化という利益を得たことは、本人も述べている。「みんなと云ふものと、自分を区別したいやうな気分も起つて来た」（二）と述べるように、他人よりも優位に立とうとする意識が当時の津田の中で募っていたわけである。彼は、その手段としてキリスト教を選ぶ。身体と精神とを分かち、後者に価値を置く二元論を手に入れた津田は、校風改良運動の批判に乗り出す。彼の通う学校では、第一高等学校の学生の「キタナイ風姿《みなり》」に憧れた一団が興風会を作り、種々の規則を定めて華美なふるまいを正そうとしていた。[*15] その取り組みを、津田は「外側から改革して行く求心的の改良法」と呼び、有効でないと主張する。生徒有志による自主的な運動にも、すでに外見よりも内面を重視する発想が見られるが、津田は「中心的に何ものかを注ぎ込んでそれから自然遠心的に改革されるべきものだ」と唱えて、より根源的な改良を求めた。津田の提言の実効性は疑わしいが、そこに他と自己とを差異化する働きがあったことは見逃せない。「得意でした。これは今まで味はつた事のない誇でした」という感想は、津田がキリスト教によって得たものを端的に表している。

津田の告白には、ある程度の広がりがある。自己正当化の志向が露わである一方、過去を相対化する要素も話の中に見出すことができる。例えば、先の運動批判においても、津田は自分の発言が「或人の社会改良策の演説中にあつた句」を真似たものであることを断っている。模倣による卓越化という皮肉な事態を観察できるのは、津田の語りに無意識が露呈しているからであろう。「津田君のうなされる事はそれからも毎晩であつた」(附記)と付け加えられているように、津田は、安定した精神状態を取り戻せていない。そのことも働いてか、彼の告白には「ジヤスティファイ」という意図からははみ出てしまう挿話や情報が含まれている。聞き手「自分」が津田の話に説明を加えず、再現的に紹介しているのは、当人の意向では反駁にあたるものが第三者の目から見れば事態の承認にほかならないものに反転しうる多義性を、告白が帯びているからかもしれない。津田の告白を対象化し、別の解釈を施す可能性が読者に与えられているところに、額縁小説の形式が選ばれた積極的理由が認められる。

三、創作がもたらした逸脱

キリスト教に入信して以来、津田は、読書に励むようになる。以前は、「小説類」(それ以上説明されていないが、日本のものに限られ、近世の草双紙なども入ると推察できる）だけであった読書領域に「伝記、説教集、詩集」（二）が加わる。また、教会で知り合った「文科大学の学生で、その時分から小説や戯曲を公けにしてゐた人」の影響を受けて外国文学を読み始める。津田は、語りの前置きで「或る時代、私も小説家にならうと思つた事があつて、二ッ三ッつまらぬ物を作つた事もあります」（二）と述べていた。それ以上創作活動に触れられることはないので、断定的なことは言えないが、読書歴からすれば、津田が小説を書き始めるのは入信以後のことであろう。キリスト教の中に身を置くことから創作意識が芽生えていることは、津田がやがて姦淫罪批判を主題とした『関子と真造』の執筆に踏み切ることと照らし合わせた場合、注目されてよい。姦淫罪の教えに苦しむことと小説を受容し、作ることとはもともと対立しているのではなく、隣接関係にあった。入信以前に津田が表現すべき内面やそれに見合う方法を持っていたと想定するのは適当ではなく、抑圧があって自我が誕生する、という順序が正しい。『濁つた頭』における津田の語りは、創作の出発点を明示できていない限界はあるにしても、事後的な自己意識によって入信以前を説明する語りを免れている点で誠実である。

　信仰と文学との結びつきは、津田の苦悩が尖鋭化する理由を探る上で重要な鍵となる。姦淫罪と性欲との衝突が抜き差しならないものになったのには、彼自身の選択行動があった。

　一方には左う云ふ刺戟（引用者注――「外国の新しい文学」の「肉感的な」描写からの刺戟）を受け、他方には肉食から来る同じ刺激を受け、尚肉体を使ふ運動事はやめて了ひ、しかも、考へとしてはそれを全然否定しないでは居られない私と云ふものは、何の事はないうつゝ攻めの拷問にあつて居るやうなものでした。（二）

ここでは、複数の西欧文化の享受が証言されている。宗教・食事・運動・文学など、津田が摂取した新しい文化は多岐にわたる。中流上層階級以上に属すると思われる彼が欧化された生活を送っていたことは不思議ではないが、そのうち運動のみが遠ざけられているのは特徴的である。他人から禁じられたわけでもないのに、津田が球技や体操を止めてしまうのは、心身二元論に束縛されているからであろう。精神の優位を説き、他人の形式主義を批判した津田は、自身も同じ論理に従わせなければならない。「誇」を得ていた彼にとって、矛盾を抱え、自己卓越化のしるしを失うことは避ける必要があった。「うつ、、、攻めの拷問」は、理性によって肉体を完全に操ることができると過信していた津田自らが招いた事態である。津田は、近代スポーツや肉食によって、それまでの日本人とは異なる過剰な「いい身体」（二一）を所有していた。彼において、性欲がより強く現れ、苛立ちを増していたことは考慮されてもよい。それにしても、基本的な問題が、キリスト教そのものにというよりも、むしろ津田の言動一致の意志にあることは動かないであろう。

自縄自縛の状態が続く中、津田は、キリスト教に対して二種類の反応を見せる。一つは、「姦淫罪は殺人罪と同程度に重いものだ」（二一）という牧師の説教への反撥を契機とした『関子と真造』執筆にうかがえるものである。『関子と真造』では、未婚の若い男女と強い情慾を持った夫婦とが対照的に描かれ、主張は鮮明である。津田の論法は、興風会の時と同様の形式主義批判であり、当事者相互に愛情が認められれば性交渉は許されるという立場に立つ。そこでは、対決意識が著しい。ただし、この時点の津田が女性との性交渉がなく、自慰によって性欲を処理していることを思えば、『関子と真造』の内容はいささか奇妙である。恋人を持たない彼の実状と物語とは対応しておらず、仮に創作の訴えが受け入れられても、現在の津田の悩みが解決されるわけではない。現在の自分ではなく、将来あるべきはずの姿をキリスト教に対置させた津田の思考は観念的であり、そのことは『関子と真造』がついに公にはされなかった根本の原因であるかもしれない。

もう一つの反応は、「ほこり」の「感話」に見られる（二一）。牧師宅での夕食会におけるスピーチの話題選びに窮した津田は、乗り合わせた電車で日光の差し込む側の乗客が「滑稽な位にホコリを気にしてゐる」ことを目撃し、それを題材にする。彼は、「日光をあびてゐる人々は教に接した人」という見立てを行い、ほこりを吸うまいとする態度の余裕のなさが「誠に賤しく見え」、「寧ろそれらを知らずにユックリと日かげにゐる人の方が、幾らいゝか知れない」と結論づけた。罪意識を覚醒された者が苦悩によって心の余裕を失うことに、津田は否定的である。津田の観察には、異質な文化状況の中で生まれたキリスト教の性急な受け入れがさまざまな不調和をもたらす弊害に触れているところがあろう。しかし、津田は、「ホコリを気にしてゐる人」に自身を数えることができておらず、認識は充分なものではない。「知らずに日かげにゐる人」の状態に戻ることが不可能なことからしても、津田の「感話」は感想以上のものではなく、後退意識がかいま見える。

対決意識と後退意識の二つのうち、前者は、お夏との関係が生じてからは、姿を消してしまう。その原因は、ほかならぬ津田の言動に求められる。お夏は、母方の親類で津田より四つ年上である。夫と死別して津田の家に手伝いに来ていたお夏は、「器量のいゝといふ女ではありませんでしたが、色の浅黒い、からだの大きい、肉づきのよい、血の気の多さうな、快活な女」（三）と紹介されている。津田は、お夏を好まなかったが、「相応に教育もあつて、殊に文学といふやうな事も幾らかは解かる方でしたから、嫌ひながら、よく話はしました」と証言する。新しい文化に対する知識のみを評価する相手と、津田は、肉体関係を結んでしまう。そのきっかけは、『関子と真造』の朗読であった。お夏から自作の披露を請われた彼は、積極的に応じ、夜、二階の書斎で待ち受ける。湯上がりのお夏が媚態を見せることに、「或る危険」を察知しながら、津田は朗読を中止しない。その結果、関子の両親の閨房描写が興奮を誘い、二人は性交に至る[*16]。「二ッ三ッつまらぬ物を作つた事があ」（一）る津田は、あえて『関子と真造』を選び、お夏に読み聞かせている。そこには、相手を刺激しようという意図があったろう。「遂に二十何年来の神秘を解きました」（三）という言い表しは、異性との性交渉に興味を持ち、執着していた津田の心情を語っている。津田は、「神秘を識つたと云ふ喜悦」を感じるが、同時に「大罪を犯したといふ苛責の苦み」に襲われる。愛情のない性交渉を行ったことも主張に背いているが、創作をそれに持ち込む手段に用いたことは、自身に対する裏切りの度合いをさらに高めるものであった。

津田は、『関子と真造』で否定されるべき人格として描かれている関子の父と似通っていく。関子の父は、「肉欲に燃え切つて居る時」のみ「妻に対して優し」(三)い。彼は、また、「一体邪見な男である。然し肉慾をはたした後程邪見な事は又ないのである」と極端な態度を示す。一方、性交の翌朝にお夏と会った津田は、「遺瀬ない悔と怒と」(四)を募らせ、後姿を「たまらなく醜《みにく》く」思う。また、母に顔色の悪さを指摘された際に場を取り繕おうとしたお夏の態度に、彼は「息のはずむ程腹が立」つ。「いやな女だ」と嫌悪感を持ちながら、しかし、津田は、その晩以降も連日「接吻を許し」てしまう。受け身の形で述べられていても、津田が望んで肉体関係を結んでいるのは疑いえない。誇張気味に造型された関子の父に、皮肉にも津田は同化していくのである。性的欲望も人間を規定する要素である以上、いたずらな軽視は、不幸な結果を招く。多分に観念的であった津田の思考は、現実によって手厳しい復讐を受けたと言える。それは、書き手にも作用を及ぼす小説の表象の力を思い知らされる経験でもあった。理想として思い描いていた恋愛の型(プラトニック・ラブもしくは愛情を伴う性交)にどう解釈しても適合しない、最低の関係を津田は作り出してしまうのである。彼は、キリスト教と文学との二つを同時に裏切ったことになる。その結果、彼は、いずれにも依拠することができなくなり、また、お夏との関係を母に察知されることで自家にも居づらくなっていく。

四、「文学」からの逃走

津田が立て直しを図ろうとするならば、まずは自身の言行不一致を認め、表現しなければならない。しかし、彼は自己批判や省察をほとんどなしえず、「絶望的になる事」（四）に努めた。現在の津田は、当時陥っていた心境が「申し訳けとする絶望」であり、「実に無意味な事」であったと客観視することができている。過去の時点でも「そんな気分を笑ふやうな心持」が一方であったと津田は振り返っているが、ふるまいのほとんどは苦悩を装うことに占められていた。そこでは後退意識が色濃く現れている。日ごとに苛立ちを強める津田は、お夏に邪慳に当たり、時には、彼女の死を夢想さえする。

仕舞にはこんな事までが浮びます。私がそんな事を夢にも思はないのに突然お夏が病死する。私は心からお夏の死を悲む。而してお夏との関係が純然たる過去となつて詩のやうに、小説のやうに、私の心に残る。…………然しこの横着な空想を憎む心、暗い二人の未来に対する恐れの情などもこんぐらかつて、私の胸は益々重くなつて行きます。（五）

「横着な空想」は、津田がなお内面を重視した恋愛およびそれを描く文芸に惹かれていることを示している。むろん、現実にはそのような都合のよい事態は起こらない。主人公の願望が作品の展開と絡まず、空転するところに『濁つた頭』の面目はある。自己嫌悪から憂鬱を深めた津田は、「もう、考へるといふ事はいけない」と進んで思考停止状態に入ろうとした。お夏との会話で出た「駈落」という言葉がはずみになり、二人は家出をする。自棄的な行為に見えるが、それはやはり「申し訳とする絶望」の産物であろう。「駈落」という名称は、津田とお夏との関係にふさわしくなく、「二人は家を飛び出した」という簡単な説明は、津田の果たした役割を曖昧にしている。依然として、津田は、現実を直視しようとはしていない。

二人の逃避行は、「お夏が婚家を去る時に貰つた二千円ばかりの金」(六)に支えられていた。津田は、経済面で全面的にお夏に依存している。しかし、そのことに彼は目を向けない。津田の語りの過半を占めるのは、自身の心身の変調についてである。津田は、心だけでなく「頭の濁り」も感じるようになり、知覚や判断が正常ではなくなっていく。作品名は、むろんこのくだりに由来するが、精神の安定を欠く状態はお夏にも訪れる。ただし、「身体のいい」お夏は、遅れて変調をきたしたと津田は言う。語り手としての津田は、一貫してお夏の身体性を強調する。「お夏は肉慾の強い女でした」は、その最もあからさまな例であり、相手の欲望のみを告げることは、津田の被害者感覚を反映している。自ら選んだ行動を、受け身での関わりのように伝えることは、状況の否認であり、逸脱を招いた原因は、お夏に帰せられることになる。津田の錯誤によって、二人の関係はいよいよ悪化していくことになった。お夏への愛情を認められないため、津田は、心中という形での人生の総括にも踏み切れず、関係を清算することもできない。

家出後の津田にとって、「外国の新しい文学」(一)は、もはや憧憬の対象ではない。「或る市《まち》」(六)の宿屋で読み物を求めた津田は、「買つて来ませう」というお夏の申し出を断り、「誰の小説を買つて来られたつて、たまるものか」と思う。続いて津田は、宿の女中が持って来た書籍類の中に「二葉亭訳の「片恋」」を見出し、食指を動かすが、「いかにもきたないので、其気も出ません」と、「「田舎源氏」の端本」を選ぶ。これらの場面は、「文学」から離れようとする津田の姿勢を示して象徴的である。「田舎源氏」を読み始めた津田は、「呑気だつた幼時のなつかしい気分の再生と此小説の昔風な気楽な内容とから来る気分」で、久しぶりに心のくつろぎを感じた。『修紫田舎源氏』の主人公光氏の「極端に自由な恋」に比べ、「極端に不自由な自分とお夏との関係」に「滑稽な感じ」を覚えた津田は、お夏と別れることを想像し、「愉快」になる。しかし、後退意識のもたらす効力は、一時的なものでしかない。直後に、シャツを脱ごうとして電灯を消すという、意志と動作との乖離を経験した津田は、かつてない気持ちの落ち込みを味わうことになる。

以後、津田が書物に触れた形跡はない。お夏が「地方新聞」(七)を眺めていたことは触れられているが、彼は、その横で頭に浮かぶ「妄想」に浸っているだけであった。「頭の中で演じられる芝居を眼球の内側で見凝《みつ》めてゐるのが一つの楽みになつて来た」という証言は、津田の精神が常軌を失いかけている徴憑である。同時に、「芝居」への惑溺は、「文学」からの逃走を暗示する。お夏に殺されることを想像していた津田は、接吻を求めてきた彼女を殴りつけてしまう。この反応は、お夏の他者性に対する怖れと被害者感覚とがもたらしたものであろう。津田の暴力は、二人の関係に決定的な亀裂を走らせることになった。心を閉ざしたお夏を前に、津田は「堪《ママ》えられない、寂しさに襲はれ」、「初めて、お夏は最初の女で自分はそれに対して一種のカナリ深い恋をしてゐたのだと云ふ事を知つた」と言う。この気づきは、単なる釈明ではない。ようやく津田は、自身が西欧的な恋愛観に囚われすぎていたことに思い至り、観念で現実を縛る誤りを知るのである。けれども、「一種のかなり深い恋」の対象としてお夏が見出された時、もはや関係修復は不可能であった。二人の心は冷え込み、互いを憎悪するようになる。出口のない状況下、「純粋な、かなり烈しいヒステリー」が進行し、遂に津田は、お夏を殺害する(という妄想に陥る)に至る。責任を回避し続けた津田が迎える結末として、それはふさわしい。「海水浴場や、温泉場を、先々と廻はり歩いてゐた」(六)道行きは、津田が段階的に退行していく過程でもあった。

五、映し出される無意識

『濁つた頭』は、一九一〇年代初頭における富裕層の青年に起こりえた逸脱を描き出した作品であると要約できる。精神重視の思想を尖鋭に享受した人間の栄光と破滅とがそこでは展開されている。津田の転落は、ドラスティックであるものの、発端から顚末までは、一つの糸で結ばれていた。お夏との関係を自ら選び取ったことや思想を積極的に裏切ったことを直視しえなかったために、津田は矛盾を抱え込み、最後には人格を破綻させた。お夏と連れ立っていたにせよ、彼に起きた悲劇は、自壊と呼ぶべきものであろう。その経過を当人に語らせ、心身の変調を実感的に提出しているところに作品の一つの達成があった。

　其自分の私の頭と云ふものは実に変でした。或る時は溶《と》ろけた鉛のやうに重く、苦しく、ドロ〳〵してゐる事もありますし、或る時は乾いた海綿のやうに、軽く、カサ〳〵して、中に何にもないやうに感じられる事もあるのです。後のやうな場合には自分自身の存在すら、あるか、ないか、解らなくなつて頭には何の働きも起さなくなるのです。若し死人に極く少しの意識が残る事があつたらこんな心持が仕やしないかと思はれる様な心持です。（七）

神経の過敏や疲労感は、すでに先行作家によってとらえられていたが、その多くが簡単な叙述であったのに対して、容易に変化する身体感覚で違和を表明していく描写には、志賀の独創が認められる。例えば、寺田寅彦『やもり物語』（『ホトトギス』第一一巻第一号、一九〇七年十月一日）は「毎年夏始め程近い植物園から此わたりへかけ一体の若葉が茂り黒み、情ない空風が遠い街の塵を揚げて森の香の清い此処迄も吹き込んで来る頃になると、定まつた様に脳の具合が悪くなる」という語り手「自分」が登場する（心身の失調は、「脳の濁り」とも表現されている）。また、正宗白鳥『落日』には、「こんな濁つた天気には稍もすれば彼れの心も濁つて、左右の自然や人間や、自分自身すら穢雑醜悪の色を帯びて映るのが常である」（十一）という記述がある。しかし、いずれにおいても、自己に根を下ろした不快の感触を対象化するには至っていない。広津和郎は、『濁つた頭』が「かなりに誇張を含」んでいることを難点としながらも、「正義派的な心持とデカダン的な神経との争闘及びそれから生れる苦悶の悲劇は、ああした材料を取り扱つた我国の小説中では、他に比較のないほど飛び抜けて深刻である」と高い評価を与えている。[*17] 広津をして、「ある時代の山の手の青年達に来た「危機」の代表的表現」と呼ばしめたゆえんの一つには、感覚描写に対する共鳴があると推察される。

津田の記憶には、限界がある。彼の認識の極点は、「八」節で触れられるお夏の殺害である。直線的に進んできた津田の話は、そこで捩れ、兇行翌日から振り返る形となっている。彼が殺害の詳細を思い出そうとする「九」節は、回想の回想という入れ子構造であり、作品の特異部分である。津田の想起は、情景は鮮明であるものの、相互の脈絡がおかしく、信頼できるものではない。おそらくお夏殺害は実際にはなく、錯乱した津田が想像の映像を現実と取り違えたものであろう。あるいは、お夏は、津田が「それとも今此所にお夏も一緒に来てゐるのではないかしら。そんな気もして、もう一度女中を呼ばうかと」（九）と一度は思ったように、回想する彼の身近にいたかもしれない。他人との接触を恐れ、混乱した頭で事態を見極めようとする津田の努力は、それ自体症候的である。[*18]

「九」節で津田が想起する心象は、理性による統御を受けていないため、無意識を映すものになっている。その中でお夏を殺した（と思いこんだ）津田が山中を逃げる途中で「色々な意味で久しい間御世話になつた土村先生」（九）に遭遇し、恐怖を覚える箇所は、キリスト教の影響を考える上で重要である。かつて自家でお夏との関係を続ける中で、津田は、「現在愛情もなしに続けてゐる、姦淫に殆ど何の宗教的煩悶も与へない」（四）と語っていた。意識の上で津田は、戒律の桎梏から自由になったと思っていたわけであるが、実際は罪意識に脅かされていたことを土村先生の幻像は表している。彼は、「其腋の下をくゞるやうにして」（九）なお逃走を続けようとするが、衝動的なふるまいでキリスト教の束縛が解けるわけではない。一柳廣孝は、「〈土村先生〉とは、正に幻想内における〈罪〉そのもの——絶対的他者としての——の顕現であ」り、「夢の内部で〈罪〉に直面した津田は、終に〈罪〉から逃走し得ず、夢の内部にさ迷わざるを得ない」[*20]と述べているが、妥当な見解であろう。津田は、欲望の禁止によって奥行きを与えられた内面を抱えたまま、現在に至っている。語り手としての彼は、なおキリスト教の影響を免れていない。そのことを明示するのは、聞き手に対する意識と話の目的とである。津田は、宿屋での彼の醜態を許容した「自分」を「清浄な人」と評価し、「貴方のやうな方に聴いて戴けるといふのが今は望み得る最上です」と断わった上で、自己を「ジヤスティファイ仕よう」とする動機で話を始める（一）。彼は、「自分」を牧師に見立て、罪を「告白」しようとしているのである。宿屋で知り合ったばかりの「自分」に対する津田の信頼は、根拠に乏しく、滑稽ですらある。このことは、津田が過去を組織的に述べ立てる有効な方法をほかに持っていないことを意味している。キリスト教の重圧をキリスト教によって与えられた表現形式で語ろうとする津田の営みは、当人の意図を越え、アイロニーを孕んでいる。

[*19]

志賀直哉文芸における『濁つた頭』の意義は、告白形式を採用することによって、初めて「私」を十全に提示できる主人公を持ちえたことにある。それ以前に発表された作品のうち、一人称で書かれたもの（『網走まで』・『速夫の妹』・『孤児』・『鳥尾の病気』・『無邪気な若い法学士』）はすべて例外なく、「私」の観察者としての性格が濃厚であった。事態に介入せず、距離を置く語り手の姿勢によって、物語の真実性が保証されていたわけであるが、その場合行動し、思考する自身は扱えない。「私」を対象とし、自己と向き合うことで再帰的に生じてくる意識や知覚を描くにはどのような方法がありうるのか。『濁つた頭』は、その課題に対する答であった。「自分」は、津田の語りを再現的に伝え、それに対する論評は差し控えている。客観性を保とうとしている「自分」は、しかし完全に中立であるわけではない。黄如萍は、「附記」において、「自分」が津田との出会いを詳細に書き記した意味を、「津田の気味悪さを強調し、否定的な津田像によって読者をある一定方向に向けようとする」ことに求めている。[*21] また、神代知子は、冒頭部で「自分」が津田の「癲狂院」入院歴に触れている効果を重視し、津田の語りを支える「清＝愛情／濁＝性慾」という枠組が「自分」による「正常／異常」の判断基準によって無化されているととらえている。[*22] 小説家であるらしく、仕事をするために何冊かの書物を携えて温泉地に赴いている「自分」は、津田と思考や行動形態において重なる部分を持つ人間であるかもしれない。にもかかわらず、「自分」は、津田への共感を示すことがなく、話を聞いた後も親しくなっている様子はない。互いの思いがすれ違う二人の関係は、非対称的なものである。「清浄な人」への「告白」という津田の願いは、実際には空転しており、思い込みの強さは語りの信頼性を損なっている。[*23] 主人公の言説を相対化する機能が額縁の部分に与えられていることは、小説技法における一つの進展であった。

　志賀の一九〇七年一月八日の日記には、「夜木下尚江氏の隠す所なき「懺悔録《ざんげろく》」を初めより終りまで読む、正直なる所大に嬉《うれ》しかりしも、未だ大なる何者かを握りしといふ跡著しからず、懺悔即ち新生涯と思ふ余には何んとなく不満の所なきにしもあらず」という記述がある。この感想は、刊行されて間もない木下尚江『懺悔』（金尾文淵堂、一九〇六年十二月三十日）に対するものである。共和制を目指し、非戦論を唱えた戦闘的キリスト者であった木下が、母を失った痛手を直接の契機として半生を綴った『懺悔』は、日本近代の代表的な告白の書として知られる。当時内村鑑三の下に通っていた志賀は、多大の興味をもってこの本を読んだらしい。志賀の関心に触れた箇所は具体的にはわからないが、「生殖は永生なり、故に恋愛は神聖なり、是れ最始の原理にして又た最終の奥義なり」という恋愛重視の立場から、「基督教に一大難関あり、「肉慾」を指して直に「罪悪」となすこと是れなり」（「序」）とキリスト教を批判する木下独自の主張は、見過ごせなかったと思われる。木下は、恋愛の神聖を説く一方で、憧れていた女性が家制度のために結婚を強いられたことの衝撃から放蕩を始めたこと（「第八章　恋と堕落」）や、ある娼婦と信仰を介した交流をしながら同時に別の娼婦を囲っていたことを、隠さず綴っている。おそらくこれらの記述が志賀に「正直なる所大に嬉しかりし」という印象を与えているのであろう。にもかかわらず、志賀は、「予」が新たな境地に達していないことに不満をのぞかせている。当時の彼においては、懺悔による回心が過大に評価されているようである。四年後の志賀は、図式的な理解を捨て、告白をしてもカタルシスを得られない青年を描いた。不安定な精神状態の再現を主眼とする『濁つた頭』は、作者の関心が宗教から文学へ移行したことを全体として示す作品である。

注

＊1　のち、第一創作集『留女』（洛陽堂、一九一三年一月一日）に収録。

＊2　検閲による『濁つた頭』の本文の推移については、山田俊治「検閲と本文――志賀直哉『濁つた頭』と「白樺」派」（『国文学』第四七巻第九号、二〇〇二年七月十日）が詳しい整理を行っている。

＊3　瀧田浩「「お目出たき人」論の前提――〈主観〉の文壇・よそおいのイヒロマン」（『語文論叢』第二二号、一九九四年十一月十五日）

＊4　池内輝雄「「大津順吉」への行程――「或る旅行記」その他の意味するもの」（『解釈と鑑賞』第六八巻第八号、二〇〇三年八月一日。のち、池内輝雄『近代文学の領域――戦争・メディア・志賀直哉など』（蒼丘書林、二〇〇九年三月十五日）に「イッヒ・ロマンの生成過程」として収録）は、「イヒロマンに於ける主観」・未定稿「或る旅行記」（一九一二年執筆）・「ノー

ト12」（一九一二年、一三年頃推定）などを踏まえて、「自己を客観的にとらえること」がこの時期の志賀の持続的な関心事であったことを説いている。

＊5　瀬沼茂樹「志賀直哉論の展望」（『国文学』第二巻第八号、一九五七年七月二十日）。瀬沼は、初期の心理主義的な作品群を重要ととらえる広津和郎と例外と扱う小林秀雄とに志賀評価の二つの流れの源流を見出している。

＊6　本多秋五「『白樺』派の文学（完）」（『群像』第六巻第五号、一九五一年五月一日。のち、本多秋五『『白樺』派の文学』（講談社、一九五四年七月三十日）に収録。本多は、「志賀の道徳的権威からの解放――言葉をかへていへば、リアリスト志賀の自己確立の道程では、『濁つた頭』は画期的な作品だつた」と位置づけ、「性慾とキリスト教の貞潔の教へとの矛盾に苦しんだ主人公」が不充分ながらキリスト教への反抗を企てることを、志賀が内村鑑三の影響から脱した現れと見ている。

＊7　中村光夫「志賀直哉論――濁つた頭と大津順吉」（『文学界』第七巻第四号、一九五三年四月一日。のち、中村光夫『志賀直哉論』（文藝春秋新社、一九五四年四月十五日）に「内村鑑三」の章として収録）。中村は、『大津順吉』との比較で「文学作品としては明かに劣る」と判定しつつ、「性欲とキリスト教との葛藤が、幼稚な形ながら誠実に描かれてゐる点で興味あるもの」と『濁つた頭』を特徴づけている。

＊8　西垣勤「志賀直哉の初期覚え書き」（『日本文学研究』第一四号、一九七五年一月二十五日。のち、西垣勤『白樺派作家論』（有精堂選書、一九八一年四月一日）に「志賀直哉の初期未定稿論」として収録）

＊9　宮越勉「志賀文学の生誕」（『文学』第四六巻第一二号、一九七八年十二月十日。のち、宮越勉『志賀直哉――青春の構図』（武蔵野書房、一九九一年四月三十日）に収録）

＊10　紅野敏郎「〈『濁つた頭』〉鑑賞」（『鑑賞日本現代文学　第七巻　志賀直哉』（角川書店、一九八一年五月三十日）所収）

＊11　本多秋五「晩拾志賀直哉（一）――性欲と戒律」（『群像』第三八巻第五号、一九八三年五月一日。のち、本多秋五『志賀直哉　上』（岩波新書、一九九〇年一月二十二日）に収録）

＊12　新形信和「日本的死生観の構造化の試み（二）――志賀直哉とキリスト教」（『愛知大学論叢』第八二・八三輯、一九八

六年十一月十五日。のち、新形信和『ひき裂かれた〈わたし〉――思想としての志賀直哉』〈新曜社、二〇〇九年九月二十四日〉に「神経衰弱――『濁った頭』をめぐって」として収録〉

＊13　富澤成實「『濁つた頭』創作の内的必然――初期志賀直哉の性と文学（一）」（『立命館文学』第五〇五号、一九八八年三月二十日）

＊14　「沓掛にて――芥川君のこと」（『中央公論』第四二年第九号、一九二七年九月一日）

＊15　『学習院輔仁会雑誌』第六四号、一九〇四年十二月十九日には、武者小路実篤・正親町公和ら十一人の連名による「同窓の学友諸君に‼」という文章が掲載されている。これは、「学生界の一部に於ける弊風」が学習院にも侵入し、「学生の本分を忘れ放佚遊惰に流れ、甚だしきに至つては各方面に云ふに忍びざる行為をさへ行ふもの」が現れたことを憂えた有志が「相互に戒め制裁を行」うことを狙い、学生一般に呼びかけたものである。彼らの集まりは、桜心会と言う。『濁つた頭』の興風会は、おそらく桜心会を踏まえたものであろう（ただし、桜心会は作品に於ける記述ほど形式的ではなく、「一々総ての場合を列挙し規則の様にしたりして、示すことは出来ない」という立場を示している）。志賀と武者小路との親密な交流はこの時点でまだ始まっておらず、また、志賀が実際にどのように桜心会の呼びかけに反応したかは不明である。

＊16　津田と同様に、お夏もまた肉体関係を結ぶのに積極的であったことは見ておく必要がある。田中絵美利は、帰るべき家を持たない未亡人のお夏を父権パラダイムにおける弱者としてとらえ、「誰か自分の〈性〉を所有してくれる人物を、お夏は探さなくてはならなかった」と、お夏が津田に近づいていく事情を推察している（田中絵美利「志賀直哉「濁った頭」論――〈男〉の〈女〉に対する殺意に関する一考察」〈『文学研究論集』第二〇号、二〇〇四年二月二十八日〉）。「お夏にとって、〈恋愛〉は決して重要な要素ではなかった。それが例え〈脅迫結婚〉であろうと、自分の存在価値を確認するためには、〈男〉が必要だったのだ」という田中の想像は、お夏が逃避行に従い、自分から津田と別れようとしないことと照らし合わせて、蓋然性を持つものであろう。

＊17　広津和郎「〈文壇新人論　四〉志賀直哉論」（『新潮』第三〇巻第四号、一九一九年四月一日）

＊18　生方智子は、『精神分析以前――無意識の日本近代文学』（翰林書房、二〇〇九年十一月二十日）「第九章　夏目漱石「写生文」と志賀直哉『濁つた頭』〈狂気の一人称〉という語り」において「「性欲」の問題系は「夢」の問題に回収されてしまうこと」を構成面から論じ、従来の読解における主題主義的な傾向の見直しを促している。「「津田君」＝「私」による〈性欲をめぐる語り〉は、〈他者を欲望する私〉として〈語る主体〉のアイデンティティを構築するものではなく、「妄想」のなかの「女」への欲望に閉じこめられ〈狂気〉へと陥っていく「私」、〈語る主体〉である「私」の認識が崩壊していく過程を表すものとなっている」（一九一ページ～一九二ページ）と生方は述べ、『濁つた頭』が〈狂気の一人称語り〉という新しい課題に応える取り組みであったことを高く評価する。

＊19　土村先生は、「姦淫の罪悪だと云ふ事を本統に強く云ひ出したのは基督教だけだ」と発言した「牧師さん」（二）と同一人物であると見なしてさしつかえないと思われるが、確証はない。一九〇六年四月から五月にかけての記述と見られる「手帳2」には、「姦淫に就いて、前の日曜に先生はいはれた、姦淫の大なる罪であるといひ出したのはヤソ教がはじめだといはれた」と記述があり、元の発言が内村鑑三のものであったことがわかる。

＊20　一柳廣孝「土村先生という〈罪〉――「濁った頭」を読む」（『日本文学』第三八巻第二号、一九八九年二月十日）

＊21　黄如萍「志賀直哉「濁つた頭」論――「ジャスティファイ」を中心に」（『解釈』第五一巻第一・二号、二〇〇五年二月一日）

＊22　神代知子「志賀直哉「濁つた頭」論――共有されない価値観」（『文学研究論集』第二五号、二〇〇六年九月三十日）

＊23　上田穂積は、津田の「自分」に対する「清浄な人」という「過剰な意味付け」が志賀文芸において例外的な事態であることに注目し、清―濁のイマージュ対立の構図という「枠」（＝「過剰な意味付け」）を設定できる存在として小説家が見出されたことによって、『濁つた頭』が成立しえたと推察している（上田穂積「志賀直哉「濁つた頭」の語りと構造――「清浄な人」という〝自分〟の神話」（『文学論叢』第一六号、一九九九年三月〈刊行日なし〉）。ストーリーのみであった草稿から完成稿への飛躍をもたらしたものが「枠」の導入であったことは確かであろうが、「清浄な人」と呼ばれた「自分」と清松という名を持つ津田とを同質にとらえる点には疑問が感じられる。

第三節　『大津順吉』論——小説家「自分」の変容

一、二人の「私」の分裂

『大津順吉』（『中央公論』第二七年第九号、一九一二年九月一日）[*1]が志賀直哉にとって、文壇への本格的な登場作であったことは、よく知られている。『中央公論』編集長滝田樗陰の依頼を引き受けた志賀は、自身の過去に取材した作品の制作を思い立つ。その際中心の事件に選ばれたのは、一九〇六年からの稲・ブリンクリーとの交際であり、翌年の女中Cとの結婚騒動であった。「手帳5」には、志賀が稲・ブリンクリーの言葉に腹を立てた様子が、また、一九〇七年の日記および「手帳7」～「手帳9」には、Cを意識するようになり、心中で葛藤を繰り返しながら関係を深めていく過程が綴られている。それらの記録は、執筆の際には引用資料となるものでもあった。

二人の女性との関係を小説化することは、『大津順吉』の以前から志賀の腹案にあった。一九〇九年二月十九日から九月十七日頃までのものと推定されている「手帳13」には、執筆にあたってのさまざまな覚書が残されている。箇条書きされている話題を見ると、志賀は、現行の作品よりも長い期間を扱おうとしたらしい。間には、「主人公としての自分と、第三者としての自分と二人自分を出すと面白い」、「「自己洞察」といふ言葉よし」、「議論をナマで出さぬやう注意すべし／事件をJustifyするやうな説明は避くべし」、「主人公に対して決して小同情をするな。弁護するな」、「（主人公を解ボー台に乗せねばいかん）」、「（作者と主人公との関係を明らかに考へて置く要あり）」

などの発案や自戒が挿まれている。自身の体験を一人称形式で書くことを目指した志賀は、しかし、この時点では、企図を実現できていない。おそらく、語る「私」と語られる「私」とをどう有機的に結びつけるかの模索で行き詰まったと推察される。前節で見たように、「イヒロマン」をめぐる理論的な追究は翌年も続けられていく。主人公が過去を語る課題が果たされるのは、まず『濁つた頭』においてであった。

依頼を受けて改めて制作に着手してからも、道のりは楽ではなかった。執筆の様子は、一九一二年の日記からうかがうことができる。志賀は、六月六日に「「大津順吉」の長篇にか丶る、毎日十枚づ丶ときめてか丶る」と書いている。これまでで最大の長さの小説を書くために、志賀は一定量の仕事を自らに課したようである。以後、「十枚書く」日が続き、六月二十日には「百五十枚」に達した。そこで志賀は、「「全体の構造」を作らうと」としている。その後は、六月二十六日から三日間、集中的に執筆作業が行われた。六月二十八日の日記には、「第一篇は七十四枚で終る事にした。／「大津順吉の過去に」といふ題にした」とある。その後、しばらく日記には記述がなく、七月二十九日に「此日「大津順吉」を書き上げる」の記事が現れる。『大津順吉』には、草稿「第三篇」が残されているが、現行作品に比べて物語の起点が前に設定されている。[*2] 一九一一年、一二年頃のものと目される「ノート10」には、「大津順吉」と題された章立てが載っており、その構成は、紅野敏郎の指摘するように「第三篇」により近い。[*3] 六月の取り組みは、さらに見直され、雑誌掲載の形へと整えられていったようである。後年作者は、「「大津順吉」は父に対し不快の念を持っている時に書いたもので、その感情が露骨に出る事がいやで、できるだけそれを和らげて書いた[*4]」と振り返っている。作者の証言は、父に対する感情に限定されているが、「それを和らげて書」くとは、語られる「私」に語る「私」が寄り添うことを避けることを意味していよう。その際、志賀が参照したのが、『シルヴェストル・ボナールの罪』[*5]であった。「アナトール・フランスの「シルヴェストル・ボナールの罪」を二度読んで、この小説の持つゆつたりした気分にならって書こうと試みた」と志賀は述べている。一九〇九年推定の「手帳13」には「(二月)二十二日、France の Crime of Sylvestre Bonnard 読了」という一節があるので、志賀は三年ぶりに読み直し、語りの技巧を学ぼうとしたことがわかる。『シルヴェストル・ボナールの罪』は、書誌学者で学士院会員の老人が回想を交えつつ記す日記体形式の小説である。主人公の筆調は、真面目なものの、独善的で大仰な物言いをしばしば含み、それがユーモラスな効果を生んでいる。志賀は、そのような語り口を取り込むことによって、語る「私」と語られる「私」との間に適度な距離を作り出そうとした。『大津順吉』の二部構成が『シルヴェストル・ボナールの罪』に倣ったものであることは言うまでもない。

『大津順吉』は、志賀にとって最初の本格的な「「私」を語る小説」であった。しかし、本作は、必ずしも評価の定まった作品ではない。その理由の一つは、いわゆる一人称小説が必然的に抱え持つ、「私」の表現対象と表現主体との分裂に求められる。『大津順吉』は、語り手の「私」が、現在の時点や自分の立場を明らかにしないままに、過去の一時期を反省的に語るという枠組が設定されることによって、単純な理解を許さない奥行きを持つに至った。例えば、志賀直哉におけるキリスト教受容の観点から、中村光夫は本作を「背教の完成を記念する作品」[*6]と呼んだが、その規定は、作品の実状に即したものではない。確かに、冒頭部で「私」は、「私の信仰を変へる迄には其頃の私としてカナリ長い時日と動機となるべき色々な事件とが必要だつたのである」(第一—一)[*7]と述べて、回顧を始めている。しかし、作品は、そのような要約に見合う実質を必ずしも備えてはいない。仮に、千代との結婚を家族に妨げられることを恐れ、二人の関係を既成事実化しようと性交に及ぶ「私」の行動に姦淫罪への反抗を読み取るとしても、同じ後半部において、「私」が依然U先生の所に通うのをやめていないことは、見落とされてはならないであろう。[*8]また、後に検討するように、往時の「私」が、現在の「私」によって対象化・相対化される傾向にあることからすれば、千代をめぐる「私」の言動自体、必ずしも肯定されているわけではない。そもそも書き手の「私」が指示していたのは、「私の信仰を変へる迄には」という記述を見る限り、信仰態度の変更ということであった。志賀直哉と内村鑑三との交流を念頭に置かずに読んだ場合、『大津順吉』に改宗や棄教への明確な歩みを見出すのは困難であろう。姦淫罪の厳格な解釈に反撥し、『関子と真三』を執筆した「私」は、U先生と距離を置くようになったのかもしれない。しかし、それは、「私は自分の信仰は十七の時からヅーッと教え《ママ》を聴いて居る角筈のU先生に預かつて居て貰ふやうな心持で居た」（第一―一）という段階からの成長であり、「人間が同じ弱い人間に倚つて信仰を保つて居る位危険な事はない」（第一―二）というU先生の戒めに適う行為と解することもできる。さらに、姦淫罪に束縛されて、性急な抵抗を目論んだ過去の「私」の行為が見直された時、キリスト教に対する新しい取り組みが始まる可能性すら否定はできないであろう。むろん、ここでの主張は、「私」が信仰を失っていないことを強調することではない。キリスト教を話題にしたのは、作品の特色を説明するための一例である。『大津順吉』においては、現在の「私」の立つ位置が不明瞭であるため、主人公の変化に定まった方向性を付与することはできない。

池内輝雄が「「自我慣徹《ママ》」というよりも、むしろ「自己省察」のまさった小説である」[9]という把握を行って以来、『大津順吉』をめぐる考察は、物語言説を検討する段階に入ったと言ってよい。「第一」と「第二」との関連や現在の「私」と過去の「私」との距離が考察され、作品のモチーフに「私」の「仕事」に対する意識があることが解明されたのは、研究における大きな進展であった。例えば、水洞幸夫は、「「大津順吉」はその〈過去の物語〉とともに、小説家としての順吉の起源と、〈現在〉のその苛烈な〈仕事〉意識を語る物語」[10]として作品が読める観点を提出し、杉山雅彦は、全編を覆っている「私」の「不愉快」が「「仕事」に対する自信のなさの反動、「胆試し」される不安に他ならな」いことを論証した上で、「主人公としての「其頃の私」も語り手としての「今の私」も、それぞれの一貫性・円環性は保証されている」[11]と結論づけている。水洞・杉山の論は、小説家を目指す現在の「私」が、今なお未解決の課題を抱えているという理解で一致する。水洞は、「語り手自身にとっても未解決の真に〈現在〉

的な問題なるが故に対象化し得ない」問題として「「多少なり自身を持ち得るやうな仕事」を既に成しているのかどうなのかという〈問い〉」があることを挙げ、杉山は、「「大津順吉」は「今の私」として、常にその「不和」を、そして志賀自身を相対化し続けねばならなかった」と述べるように、父との不和の渦中にいた作者の自己確認の場として作品をとらえる、還元論的な解釈を施している。ここに共通するのは、語り手の「私」が揺らぎを、あるいは能力の限界を抱えているという認識であり、そのような意見は、『大津順吉』に習作としての未熟さを見出してきた従来の評価の変奏という側面を持つ。

『大津順吉』は、発表当時から、欠点を指摘されることの多かった作品である。既に同時代評において、「努力の真面目さがある」と好意をもって受け止められながら、「動《やゝ》もすれば作者が主人公《ヒーロー》になつたり、主人公《ヒーロー》が作者になつたりして、惑はしい感じがする。それに、作者が主人公《ヒーロー》や、主人公《ヒーロー》の周囲を冷観し得て居ない。技巧の上から云つても、初めの方などはゴタ〳〵して、書かなくても好《い》いところまで書き並べてあつたりして、徹頭徹尾幼稚な作だ」[*12]というように、技術面では酷評を浴びている。以後も、須藤松雄から「第一」と「第二」との間の「断層めいたもの」の存在が問題視されたり[*13]、杉山康彦によって「一方では怒りに燃えてものを投げつけ、同時にそれを自分では意識してやっているのだということを意識しているという二重の自己を同時的な自己として表現せず、それを〈其時の現在〉の自己と〈今の私〉とに分けて表現する」地の文が『城の崎にて』の文体と比較して緊張を欠くと特色づけられたりするように[*14]、『大津順吉』は、否定的な言及と無縁であることはなかった。近年では、下岡友加が「「大津順吉」は語る〈私〉と語られる〈私〉との間にあからさまな距離を設け、語られる対象、世界の客体化を装いながら、逆に二つの〈私〉の癒着を露呈させてしまうテクストである」と規定する一方で、「語り手が外から自分を眺める余裕を失ったその時にこそ、若者が未熟ながらも精一杯の背伸びをし、「其頃の私」なりに戦い、自らを弁じようとした妙な生々しさ、迫力が生まれている」という逆説的な事態に作品評価の難しさがあることを説いているのが注目される。[*15]『大津順吉』は、現在の「私」が過去に積極的な介入を行い、しばしばストーリーの進行を妨げるまでに論評を挿入するところに特徴がある。それが語り手の能力の限界に由来するならば、当然、そこに意義は認められず、評価の対象とはしがたい。語り手の技量をどこまで信頼するかの見極めの難しさは、『大津順吉』の全体像をとらえにくくしている、もう一つの大きな理由であろう。先に触れた成立過程で浮かび上がるのは、「「私」を語る小説」にふさわしい形式を探り当てようと苦心する作者の姿である。作者志賀の工夫と語り手に指摘されている未熟さとの間には、隔たりが感じられる。この二者の断絶は、どのように解釈されるべきなのであろうか。

『大津順吉』は、序章で触れたように、特異な題名を持った作品である。いわゆる一人称小説という形式面から言えば、一般人の主人公が「私」を振り返った文章を綴り、その総題として自らの氏名を冠していることになる。『大津順吉』の新しさは、まず無名の人物の名、固有名詞を題名として打ち出したところに求められなければならない。語り手の選択の背後には、著名な人物でなくとも自らの過去は語る価値があるという判断、あるいは自身の経験は他の誰のものとも異なる独自のものであるという意識が控えていよう。文化資本の蓄積によって内面の深さを備えるに至った青年の生は、既成の型に当てはめられるのではなく、新しい固有の方法で編まれなければならない。明断ではないとしても、作者に抱懐されていたのは、それに近い意識であったろう。本節では、従来否定的に扱われていた作品の属性について、それが前例のない小説を作り出そうとする語り手の計算によって付与されたものと見る立場を採る。言い換えれば、「第一」と「第二」との間の断絶、語り手の過剰な介入、現在の「私」の位置の不明さなどを、直線的な物語の進行を阻むための意図的な操作としてとらえる。結論を先取りすれば、『大津順吉』は、「私」の進むべき方向性があえて示されず、そのことにおいて先行する文芸作品に抵抗している小説である。過去の「私」は、基本的に停滞状況にある。二部構成の本作の基調は、反復ということになるが、部分的には変化の要素もないわけではない。とりわけ、「私」の小説観に進展が見られることは注目される。反復と変化という、作品の二つの局面について、以下具体的分析を行う。

二、「第一」と「第二」との相関

『大津順吉』において、「第一」と「第二」との間に断絶が指摘された主な理由は、時間的な経過および内容的な関連がわかりにくいということであった。このうち、前者については、「前の年の秋見て、以来半年の間私が頭に描いてゐた娘」(第二―三) という記述があり、両者の間に半年の時間が経過していることを間接的にではあるが伝えている。内容に関しては、これから検討していくが、断絶という判断が小説に一貫性や必然性を求める姿勢から生まれることには留意しておきたい。[*16]

管見の限りで、『大津順吉』の構成を最も積極的に評価しているのは、川上美那子である。川上は、「主人公大津順吉の、意識と自然に引き裂かれ、閉ざされた自己が、〈本来の自分〉という内的自然を軸として、自己統合へ飛躍を試みる過程としての作品世界を、まさに見事に支えるものとして、二部構成のこの小説は、構造的に組み立てられているのである」[*17]というように、内容と形式との相関を概括している。「よく選ばれた対比的発展的構成」という理解が提唱されたことは、語り手 (ひいては作者) の技量に関して新しい視角をもたらすものであり、研究史における一つの節目であった。また、主人公の行動規範について、川上は、「順吉の自然を縛っている意識とは、キリスト教に仮託されてはいるが、広く西欧的近代の精神的文化的所産に他ならない」という、適切な把握を行っている。

川上の考察は、示唆に富むが、「私」における西欧文化の影響を前半部に限って認めていることには不満が残る。

佐々木英昭が「「文学」に押し流されてゆく恋愛の物語」[*18]と定義したように、例えば、千代との関係を深めていく上で「私」は、二葉亭四迷訳のツルゲーネフ『片恋』を読み、暗示を受けている。そのような箇所を見ると、主人公の行動原理に根本的な変化があったことを認めるのは難しい。さらに、「第一」の最後に描かれる「類似赤痢」感染の挿話の解釈についても、検討の余地はあろう。川上は、主人公に課された「肉体の試練」、「本来の自己の自然を取り戻していく契機」として病いを意味付けているが、「私には不図幼年時代の情緒が起つて来た」（第一―六）という記述から読み取れるのは、祖母一人に看護されることによって起こった一時的な退行現象である。ダンス・パーティーの場で「私」が体験した不愉快な気分が、伝染病の罹患による、大きな身体の失調に吸収されてしまったことからすれば、「類似赤痢」は、自然回帰への契機ではなく、反省的な思考を奪う機会となっている。「第一」・「第二」の二つの章が、半年間の空白を不問にして接続されていることは、「私」に本質的な成長がなかったことを表す。

事実、二つの世界における「私」の言動には、共通する部分が多い。「「不機嫌」といふ感情をほとんど唯一の動機として書かれた作品」[*19]（山崎正和）と称される『大津順吉』において、主人公が常に不快・不機嫌を感じているのは断るまでもないが、「第一」・「第二」のいずれもが、「私」の気分の余波を受けた他者の寛容な態度に触れているのは注目されてよい。ダンス・パーティーで一緒に踊ることを拒絶された「或る外国の会社の代理店の支配人をして居る人の細君」である「遠藤さんの奥さん」は、「内気ない、人」（第一―四）と呼ばれ、演習のために大津家の敷地に踏み込み、「私」の怒りを買った兵士たちは、「善良な人々」（第二―一）と形容されている。[*20]「私」の不機嫌の主な原因は、「禁慾的な思想と、それから作られた第二の趣味と性質と」（第一―四）によって言動を拘束されていることにある。それに関連して、注目されるのは、「考へれば考へる程、私が通俗な言葉で云ふ「開けない男」である事が腹立しくなつた」（第一―五）という自己嫌悪の表明が前半にあり、K・Wと写真を交換した時に「最も通俗な意味でい、顔に撮れてゐた」（第二─三）肖像を送ることができない挿話が後半に置かれていることである。「通俗」的な価値観に抗おうとする意識が繰り返し語られていることも、「第一」と「第二」との同質性を証していよう。[*21] むろん、このような「私」の往時の意識をすくい取っているのは、語り手「私」の選択眼にほかならない。

　不快・不機嫌であることが常態である過去の「私」の言動は、周囲との摩擦を惹き起こし、非難を集めることになる。とりわけ、「私」に対して強い批判を向けるのは、「私」の父である。一度しか姿を見せないこととは対照的に、父の言葉は、作品の要所に登場し、主人公の意識を揺さぶっている。父の「私」評が最初に現れるのは、ダンス・パーティーの会場で主人公が雰囲気になじめず、屈託している場面である。「私」の脳裏をかすめる「偏屈で、高慢で、怒りッぽくて、泣虫で、独立の精神がなくて、怠惰者で、それにどうも社会主義のやうだ」（第一─四）という父の感想は、否定的な言辞で満たされている。もし二人が対立関係にあるとすれば、父の言葉に「私」は反撥しなければならない。しかし、このような評価に「私」は積極的に異議を唱えてはいない。その傾向は、現在だけではなく、往時においても見出せる。父の観察が客観的に妥当なものであることは、「私」としても認めざるをえなかったようである。「どうも社会主義のやうだ」だけは見当外れのようであるが、それ以外の項目は、「私」において追認されている。例えば、「独立の精神がな」いことは、父から大学卒業後の自活を求められた「私」が「「臆試し」の遊びで臆病者が強い子供に意地悪をされる時のやうな心細い心持」（第一─四）を感じた記述によって裏書きされている。その他の点について、呼応する記述を挙げると、次のようになる。

A、偏屈

・十七の夏、信徒になつて、二十過ぎた頃からは私には女に対する要求が段々強くなつて行つた。私は何んとなく偏屈になつて来た。其偏屈さが自分でも厭はしく、もつと自由な人間になりたいと云ふ要求を段々感ず

るやうになつた。（第一―一）

・偏屈な、邪気のある、不愉快な心理を散々にくゞつて来て私は今、意味もない小供らしい会話の相手になつて了つた。（第一―四）

・其末に私は娘へ手紙を書かうと思つた。――哀哉《あゝ》、偏屈な心！――私はそれに前夜の不快を書いて送らうと考へた。（第一―五）[*22]

B、高慢

・私は其二人に挨拶をした。然し娘は何かしらんイヤに高慢な顔つきをしてゐるので、それが自然私をも娘にだけは高慢な顔つきにして了つて、遂に挨拶は互に仕舞ひまで仕ずに了つた。（第一―三）

C、怒りっぽさ

・――其時私は不意に怒り出した。兵隊共は吃驚して私の顔を見てゐた。（第二―一）

・祖母は（略）「今、どうして千代に暇をやらうかと考へてゐる所だ」といつた。その云ひ方が如何にも憎々しかつた。／私は急にカツとして了つた。（第二―九）

・私は怒りから体が震えて来た。／「よし！　此方が何所までも真正面《まとも》から話をしてゐるのに皆が陰げ廻はりをする気なら此方も考へを変えるからネ」（第二―十二）

・私は此時程の急烈な怒りと云ふものを殆ど経験した事がなかつた。然しこんなヤケらしい様子も余儀なくされてするのではない事を其時の現在に於て明らかに知つてゐた。（第二―十三）

D、泣虫

・其後で私は独り泣いた。泣くと、いつも頭痛のするのが私の癖であつた。（第二―四）

・十年間マヽ、母と云ふ言葉から聯想出来る只一つの不快な感情をも嘗て私に経験させなかつた母に対しては私

も涙を流さずにはゐられなかつた。（第二―九）

・此手紙は深い感動を与へた。私の其時に此位適切な手紙はなかつた、私は涙ぐむだ。（第二―十）

E、怠惰者

・小供から学校が嫌い《ママ》で、物に厭ツぽくて、面白くない事にはマルデ努力出来なかつた私は信仰上の事にも実際怠惰者であつた。（第一―二）

・虫のいゝ私は散々にナマケて来た自分の「中学時代」に其場合どれ程ひどい裏切りをされるかはマルデ考へてゐなかつたのである。（第一―四）

これらに加えて、千代との結婚を宣言し、家族と衝突する「私」を「痴情に狂つた猪武者」と喩えた「父」の発言が、「私が痴情に狂つた猪武者であるやうに仲間以外のひとには私共は皆何かに狂つてゐる猪武者に過ぎなかつたのであらう」（第二―十二）という反省の部分にそのまま引用されていることも見逃せない。現在の「私」が父の立場に限りなく近い地点から語っているのは明らかである。往時の「私」が父との対面を果たせていないことを含めて、『大津順吉』は父子対立の物語としての実質を備えているとは言いがたい。父の評価に見合う「私」の描写が全編を通して確認できることは、過去における主人公の態度に変化がなかったことを告げており、停滞状況を描くことこそが作品の主眼であったと考えられる。

作品の構図が発展ではなく、反復にあることを確認したが、一方で二つの世界が相当に異質な印象を与えるのも事実である。これは、一つには、「第一」の背景がK・W宅などであるのに対して、「第二」の舞台がほぼ「私」の自家に限定されているという事情に由来していよう。次に、二人のヒロイン、K・Wと千代との容姿・性格・境遇などの隔たりによる影響がある。さらに、ダンス・パーティーにおいて身動きできない状態にあった「私」が、千代との関係において積極的にふるまうという見かけの違いが大きく作用している点は間違いない。しかし、そのことは、主人公の精神的な変化や成長を意味するわけではない。「私」の行動がそれぞれ別種のものに映るのは、規範とする西欧文化が、西洋人も参加しているダンス・パーティーの空間では禁欲的なキリスト教であり、家人に対しては進取的な恋愛観であるというように、使い分けられているからである。新しい思想に依拠することで他者との差異化を図ろうとすることで、「私」の行動は一貫している。しかし、その結果は、孤立の度合いを深め、不機嫌を拡大再生産することでしかなかった。K・W宅で「不愉快な凝結体」（第一―四）と化した「私」は、作品の最後でも、自室でただならぬ興奮と怒りとに駆られている。二つの場面における主人公が、自身の感情・気分を調節しかねており、しかし、どこかで第三者の目を意識している点で相似形を描いていることは、「第一」と「第二」とが表面的には対照的でありながら、基底において同質であることを集約的に表していよう。

三、「自己生成小説」の可能性

『大津順吉』の「第一」と「第二」とは、反復関係にあるととらえられるが、二つの世界には、非対称的な要素も存在する。見やすいところでは、記述量の長短があり、「第二」は、「第一」の二倍近い長さを持つ。ただし、時間の経過においては反対で、「第二」が三か月から四か月の間のことを扱うのに比べて、「第一」は「私」がキリスト教の信徒になってからの数年以上の歳月を含んでいる。これらの違いは、二つの章における時間処理の方法が異なることを予想させる。表II「『大津順吉』における時間の推移」は、『大津順吉』の時間標識を抜き出し、整理したものである。表にすると、不定の日々が積み重なるうちに一回的なできごとが現れ始め、時間の進行が徐々に緩やかになっていく展開で「第一」と「第二」とが共通していることがわかる。*23 それに加えて、「第二」には、千代との関係や家族の対立などが一日刻みで描かれ、最後に「明治四十年八月卅日午前三時半」（第二―十三）という固有の時が告知されるという特色がある。それまで、いつの体験かが曖昧に語られてきた作品において、最後に具体的な年代が記されることは注目される。「明治四十年」という告知は、それまでのできごとを遡及的に確定させていく効果を持ち、反復の物語がそこで終息する可能性を予見させる。

『大津順吉』の最後は、主人公が「巴里にゐる絵かきの友達」（第二―十三）に手紙を書く場面である。「私」は、激しい興奮状態にあるため、「切れ〳〵な文章」しか綴ることができず、やがて「もう書けない」と宣言して擱筆する。ただ、混乱の中で認められたにもかかわらず、「「……これでも僕は怒つては悪いか？」こんな句が所々にある」とあるように、憤るのが当然と訴える文面のあることが、語り手の「私」によって忘れられずに拾い上げられていることは重要であろう。過去の「私」において、書くことは、ある思想的立場を表明することであり、同時にそれに基づく自己の言動の正当性を打ち出すことであった。「人間も自分が心理を知る事を恐れるやうになれば、もう救はれない堕落である」などの「所感を書きとめて置く小さな手帳」（第一―三）や、愛情の方向をK・Wから千代へ移行させていく理由を自問自答する「日記」（第二―六）からは、「私」の発想と評言とを具体的に知ることができる。「私」の最初の創作であり、U先生の姦淫罪の解釈に反撥して執筆されたテーマ小説である『関子と真三』も、その時期の「私」の言説の典型であったことは疑いえない。杉山雅彦は、「順吉の感情は、「愛」の名に価しない」という前提の下に、主人公が千代と肉体関係を結んだことは『関子と真三』の問題意識に「背馳」するものであり、「順吉は自分の存在意義を自らの手で否定してしまったと言えよう」と批判している。[*24] 千代への「私」の感情をどう評価するかは別として、「私」が自身の書いたものによって行動を束縛され、不快・不機嫌な状態に陥ることを余儀なくされていたことは確かであろう。「もう書けない」は、かくあるべきという理念を先行させるあまり、いたずらに心身の緊張と疲弊とを招いてきた、往時の「私」の書記意識の破産を意味するものである。

『大津順吉』のラスト・シーンは、書くことにおける一つの転換点であり、固有の時が刻印されているのは、語り手「私」において、そのことが意識されているからであろう。

現在の「私」による記述は、過去の言説の編み方と決別した地点から行われている。従来否定的に言及されてきた語る「私」と語られる「私」との明白な分離は、過去の再現に際して、心情的な同化を警戒した語り手の批評的な身ぶりである。語り手は、また、物語の劇的な場面に登場して、長い論評を挿入し、読者が過去の「私」に感情移入することにも抵抗する。さらに、語り手は、立場を曖昧なままにしておくことで、自身を正当化することからも遠ざかろうとする。鈴木登美は、「『大津順吉』の執筆当時、志賀は、追憶する＝語る「私」をさらに枠づけすることはしなかった。それはおそらく、生の物語に因果関係的な秩序を課す超越的な視点に対する疑念と抵抗――まさに『大津順吉』を成り立たせたもの――によるものだろう」[*25]という見解を述べている。『大津順吉』の叙述の特徴は、まさに「超越的な視点に対する疑念と抵抗」の実践として理解されなければならないであろう。「『大津順吉』は、語る「私」がけっして完全には過去を征服していないことも露呈させている」と述べているように、鈴木も他の論者と同様に、語り手の能力には懐疑的なところがある。しかし、「私」の揺らぎは、鈴木の言う「大きな物語《マスター・ナラテイヴ》への抵抗」の結果として受け止められるのがふさわしい。

「文学上の創作」（第一―四）を生涯の仕事として選びながら、「第一」の世界の「私」は、「然し仕た仕事が殆ど一つもない点で其自惚れにはマルデ裏打ちが出来てゐない」状況にあり、テーマ小説である『関子と真三』しか書きえていない。それに比べ、語り手の「私」には、小説家としての進展が認められる。作品の結末から現在に至るまでの期間が空白のため、「私」の創作の歩みは、具体的にはわからない。それでも「第二」には、自身の書くものとは異質の表現に対する「私」の関心が描かれていて、参考になる。伊藤佐枝は、千代との交渉において、主人公が最も重視していた行為が話すことであったことを指摘し、「順吉にとって「愛」は「不機嫌な時に」「話をすると」「それが直ぐ直る」事であったし、語っている時点でもそうである」[*26]と説明している。伊藤の考察は、研究者の側にある恋愛観の偏向を衝き、作品理解の抜本的な見直しを迫るものであり、表現者としての主人公の軌跡を推察する際にも手がかりとなる。「まったく他愛のない、限りなく実用性を欠いた「話」」を千代と頻繁に交わし、「純粋な「話」の愉楽」が発見された時、「私」にとって不機嫌の源でしかない書くことは、対極的な作業として意識されることになるであろう。「第二」における千代との「話」への傾斜は、「私」の書記意識の変化の下地となるものであった。さらに、「話」以上に「私」に直接働きかけたものとして、重見の創作が挙げられる。「私」の友人であり、「第二」の終盤になって現れる重見は、名前が不明な他の友人たちとは違い、固有の名を持つ特別の存在である。重見が主人公の相談相手を務め、心の支えとなっているのは言うまでもないが、「私」の創作の導き手でもあることは、これまでまったく顧みられることがなかった。作中重見は、主人公を激励するために「長い手紙」（第二―十）を送っている。「私」に「強い感動」を与えた通信には、『不幸な祖母さん』という題名の創作が含まれていた。重見によって「小説（?）」と規定されたこの作品は、全文が紹介されている点で、簡単な梗概で済まされた『関子と真三』と対照をなしている。自身も関わる現実の状況がそのまま素材になっていること、「ありふれた小説風」の構図の利用が拒絶されていること、「君」への大胆な呼びかけが行われていること、「まだ、例の如く終りまで考へてない」と断られているように、流動的な立場のまま起筆されていることなど、『不幸な祖母さん』は、形式・内容の両面において破格の作品である。「私」の「強い感動」を生んだ重見の創作は、やがて「私」に一つの範型として意識され、方法の踏襲と乗り越えとが模索されたのではないか。「私」を題材として選び、手帳・手紙・日記などの私的文書からの引用を織り込んで作品世界を構築しつつ、過去の「私」の正当化を避け、明白な出口を与えることもしない『大津順吉』は、「私」における、単独の人物を扱う固有の物語の試みであった。『関子と真三』（第一）から『不幸な祖母さん』（第二）へ、そして『大津順吉』そのものへという道筋を追う時、作品の伏流にあるもう一つの物語、すなわち一人の書き手が独自の表現方法を獲得していく物語を見出すことができよう。志賀直哉にとって初の「私」を語る小説」であった『大津順吉』は、「自己生成小説」の可能性を内包している作品でもある。創作と生活との関連づけにおいて、本作は、同時代の水準を押し上げる実験であったと評価しうる。整った額縁小説である『濁つた頭』や美しい追憶譚である『母の死と新しい母』の作者によって、あえて未完結な話である『大津順吉』が書かれたことの意義は大きいと言えよう。それは、先行する様々な物語の型に埋没することなく、唯一の存在である「私」を語ることの実現であった。

注

＊1　のち、志賀直哉『大津順吉』（新潮社、一九一七年六月七日）に収録。

＊2　細江光「名作鑑賞『大津順吉』――再評価のために」（『甲南国文』第五四号、二〇〇七年三月十五日。のち、細江光『作品より長い作品論――名作鑑賞の試み』（和泉書院、二〇〇九年三月三十一日）に「志賀直哉『大津順吉』論――再評価のために」として収録）は、「第三篇」の題名の由来について、当時志賀が「大津順吉」の総題の下に、トルストイの『幼年時代』・『少年時代』・『青年時代』のような長編連作を構想しており、「その内の誕生からキリスト教入信後暫くまで、言わば幼年時代・少年時代を『大津順吉』の「第一篇」「第二篇」として描き、キリスト教から次第に離脱して行く過程とその後の模索期（言わば青年時代）を『大津順吉』「第三篇」として書くつもりだったのではないか」と推定している。

＊3　紅野敏郎「後記」（『志賀直哉全集　補巻六』（岩波書店、二〇〇二年三月五日）所収）。紅野は、「「大津順吉」の構想は、むしろ草稿「大津順吉」（本全集補巻四所収）のほうに近い。六月二十日の日記に「「十枚書く」百五十枚出来る」に呼応する」と述べている。

＊4　志賀直哉「あとがき」（志賀直哉『大津順吉・和解・ある男、その姉の死』（岩波文庫、一九六〇年三月五日）所収）

＊5　原著発行は、一八八一年。なお、西欧文芸からの影響という点で言えば、小谷野敦が『私小説のすすめ』（平凡社新

書、二〇〇九年七月十五日）で、志賀直哉や里見弴らがトルストイの『復活』の英語訳に衝撃を受けており、女中との結婚を考えたのも、『復活』を反面教師とした結果であるととらえていることも注目される。小谷野は、また、「当時の青年たちはジョージ・ムアの『一青年の自白』やミュッセ『世紀児の告白』、またなかんずく一九一二年（大正元年）には英訳の出たストリンドベルィの『痴人の告白』のような自己告白小説に大きな影響を受けていたのである」（一三四ページ）と指摘する。『復活』が表現面でも『大津順吉』の形成に寄与しているかどうかは未検証であり、またほかの作品の志賀における受容も今後の課題となるが、「「私」を語る小説」を創作する際に、書き手が西欧の小説を参照項としている点で、志賀の世代が年長の世代と異なる特徴を持つことは留意されてよい。次節で取り上げる『クローディアスの日記』がそれまでの日記体小説の流れに位置づけられない作品であることも、同様の事情によるものと解することができる。

＊6　中村光夫「志賀直哉論――「濁つた頭」と「大津順吉」」（『文学界』第七巻第四号、一九五三年四月一日。のち、中村光夫『志賀直哉論』〈文藝春秋新社、一九五四年四月十五日〉に「内村鑑三」の章として収録）

＊7　初出では、章が「第壹」・「第弐」と表記されているが、煩雑さを避けるため、本論では、「第一」・「第二」と表記する。

＊8　「私」と祖母との会話（第二―四）において、角筈のU先生宅への訪問が話題になっていることから推測される。目立たない形にせよ、後半にもU先生の情報が登場することは、「第一」と「第二」との同質性を説明する一つの傍証である。

＊9　池内輝雄「『大津順吉』論――志賀直哉の創作意識について」（『大妻国文』第一号、一九七〇年三月十五日。のち、池内輝雄『志賀直哉の領域』〈有精堂、一九九〇年八月五日〉に「「大津順吉」論」として収録）。

＊10　水洞幸夫「「大津順吉」試論（一）」（『イミタチオ』第六号、一九八七年四月三十日）

＊11　杉山雅彦「『大津順吉』試論――「不定の過去」への視座」（『文芸と批評』第七巻第四号、一九九一年十月十五日）

＊12　六白星「読んだもの」（『新潮』第一七巻第四号、一九一二年十月一日）。「先づ何よりも真摯の力がある」と前置きをし

ながら、「全体の事柄を纏める統一の成績から吟味してかゝれば、それは随分無作法極まつたものであつた」と批判する匿名評（破天郎「九月文壇の印象評」『文章世界』第七巻第一三号、一九一二年十月一日）や、「如何にその態度が純であつても、如何に作者の心持が真実であつても、過去の経験を単に過去の経験として描く事は決して作品を成す上の最上事ではあるまい」という相馬御風の意見（「大正第一秋の文壇」『文章世界』第七巻第一四号、一九一二年十月十五日）も、同種の意見と言えよう。否定的評価を下しているものとしては、他に「読み去つて後の印象は甚だ纏りのない、朦朧たるものである」と語る本間久雄「小説月評（下）」（『読売新聞』一九一二年九月二十二日）が挙げられる。「家庭と境遇と出来ごと、によつて、多少づゝ移りゆく其性情なり気分なりが、如何にも自然に、ソツなく描かれてをる、夫《それ》にこの作家は、前よりも落着きが出来て、筆も充分に扱《こな》されて来た」（月旦子「几辺独語（四）――九月文壇一瞥」『時事新報』一九一二年九月二十四日）のように、好意的な批評もあったが、少数であり、以後の作品評価に受け継がれることはなかった。

＊13　須藤松雄『志賀直哉の文学　近代の文学七』（南雲堂桜楓社、一九六三年五月二十日）。須藤の論を引き継ぎつつ、「第一」と「第二」とのモチーフの「二極化」が作者の意図によるものととらえる論考に、大屋幸世「「大津順吉」論」（『一冊の講座　志賀直哉　日本の近代文学三』（有精堂、一九八二年十月十日）所収）がある。

＊14　杉山康彦「志賀直哉における思想と文体――「或る朝」から「暗夜行路」へ」（『文学』第三八巻第五号、一九七〇年五月十日。のち、杉山康彦『散文表現の機構』（三一書房、一九七四年十月三十一日）に収録）

＊15　下岡友加「志賀直哉「大津順吉」論――〈私〉が〈私〉を語る方法をめぐって」（『広島女子大国文』第一七号、二〇〇〇年九月二十日。のち、「「大津順吉」――〈私〉が〈私〉を語る方法」として、下岡友加『志賀直哉の方法』（笠間書院、二〇〇七年二月二十日）に収録）

＊16　須藤松雄は、注13前掲書において、「それにしても「第一」から「第二」への急変が、それなりで必然的だということを感知させる用意が不足していて、結局、両者の間に断層めいたものを感じさせることは争えないであろう」と述べている。須藤の評言は、小説には必然的な展開がなければならないという前提に立つものであろう。

*17　川上美那子「「彼岸過迄」と「大津順吉」——大正文学の成立」（『人文学報』第一六〇号、一九八三年三月三十一日。のち、川上美那子『有島武郎と同時代文学』（審美社、一九九三年十二月九日）に「身体の地平——『彼岸過迄』と『大津順吉』」として収録）。

*18　佐々木英昭「志賀直哉における「青春」と「文学」」（『比較文学研究』第四三号、一九八三年四月十日。のち、池内輝雄編『日本文学研究資料新集二一　志賀直哉　自我の軌跡』（有精堂、一九九二年五月二十八日）に「志賀直哉における「青春」と「文学」——初期草稿への比較文学的照射」として収録）

*19　山崎正和「不機嫌の時代」（『新潮』第七一巻第一〇号、一九七四年十月一日。のち、山崎正和『不機嫌の時代』（新潮社、一九七六年九月二十日）に収録）

*20　「私」と兵士たちとの衝突の挿話は、注15前掲下岡友加論文において、「「大津順吉」の語り手は語られる〈私〉との間に基本的に距離を置く事で、過去の自分を半ば単純化、滑稽化する方向でもって語ろうとする姿勢を見せている」という指摘で典型例として取り上げられている。

*21　K・Wに送る写真の選択に迷う「私」の姿に関して、注17前掲川上美那子論文は、「しかし、〈選ばずにはいられなかった〉と自身の選択について考える時、すでに、U先生やベートーベンを相対化し得る位置に順吉が移っていることを表わしている」と読み解いている。しかし、ダンス・パーティーの場面の「私」においても同様の葛藤が起こっていることを考えると、この場面の主人公に脱皮の徴候を認めるのは、早計のように感じられる。

*22　「哀哉《あゝ》、偏屈な心！」という語り手の論評の挿入は、「私は住所を夫人に教え、こうして（おお運命よ！）あの憎むべきミケランジェロ・ポリッツィーの先刻の頼みを果たしたのである」のような、『シルヴェストル・ボナールの罪』の表現に学んだものであろう（引用は、A・フランス、伊吹武彦訳『シルヴェストル・ボナールの罪』（岩波文庫、一九八九年六月十六日四刷）に拠る。六七ページ）。ただし、『大津順吉』における使用は、作者が期待したほどユーモアの効果を生んでいるとは言いがたい。

*23　宮越勉は、「自分をmineする——『大津順吉』を読む」（宮越勉『志賀直哉——青春の構図』（武蔵野書房、一九九一年四

月三十日〕所収）において、『大津順吉』の構成原理を「ブロックの連鎖（不快の提示とその解消のサイクルを繰り返す）に
よる「長篇」形成」に求め、それを「ブロック構成法」と名づけている。宮越の見解は、エピソード間の時間的接続が
不明なことが多い『大津順吉』の性格を的確に説明するものであり、「第一」と「第二」との同質性を論じる上でも参
考になる。

＊24　注11前掲杉山雅彦論文

＊25　鈴木登美、大内和子・雲和子訳『語られた自己——日本近代の私小説言説』（岩波書店、二〇〇〇年一月二十六日）

＊26　伊藤佐枝「「話」をすること——『大津順吉』における千代と順吉の関係」（『論樹』第一〇号、一九九六年九月三十日）

〔表II〕『大津順吉』における時間の推移

第一	時間標識	年月日・接続	主なエピソード
一	「其頃」	（作中の過去）	キリスト教に触れ、姦淫罪と性欲との相剋に苦しむ
二	「或るクリスマスの晩だつた」	（作中の過去）	U先生から自分が最も古株の弟子になった感慨を聞かされる
	「或時」	（作中の過去）	U先生の講話に反発し、初めての小説『関子と真三』を執筆する
三	「或日」	一九〇六年秋	K・Wから電話があり、ダンス・パーティーに誘われる
四	「水曜日と云ふ日が来たが」 「七時半になつた」	三の五・六日後	朝から体調の異常を感じる ダンス・パーティーに向かう
	「十二時を少し過ぎてゐた」		K・W宅を辞去する
五	「翌朝」	四の翌日	部屋で昨晩のK・Wとのやり取りを反芻する
	「午後」		K・W宅を訪れようとするが、途中で彼女の母に会い、断念する
六	「其晩」	五の同日夕刻	類似赤痢を発病する
七	「十日程すると」	六の約一〇日後	祖母の看病を受けながら、徐々に病状を回復させる

←→ 約半年↑「前の年の秋見て、以来半年の間私が頭に描いてゐた娘」（第二―三）

第二	時間標識	年月日・接続	主なエピソード
一	「或午後」	一九〇七年初夏	不愉快な気持ちから、演習に訪れた兵隊たちに当たり散らす
二	「或日」	（接続不明）	白のいたずら。K・Wからの電話が取り次がれていないことを知る

三	「夜になつて」	二の同日	K・Wから電話があり、写真交換を約束する
	「翌日」	二の翌日	K・Wから兄の写真が届く
	「其翌日」	二の翌々日	K・Wから写真が届く
		（接続不明）	K・Wに自己の肖像写真を送る
四	「或午後」	（接続不明）	部屋を訪れた祖母を邪慳に扱う
五		四の同日	祖母と話をし、いくらか気分が解放されるのを感じる
六	「七月十一日」	七月十一日	日記の記述。千代への愛情と自己の虚栄心との葛藤
	「七月十五日」	七月十五日	日記の記述。千代の理想化、K・Wとの比較
	「廿日」	七月二十日	日記の記述。雇い人の境遇への関心の芽生え
七	「或る午後」	（接続不明）	近所の犬が殺されるのを目撃する
	「三四日すると」		白の姿が消える
	「二三日すると」		白の死骸が発見される
八	「八月に入つて」	八月	祖母・二人の妹・弟を連れて箱根の芦の湯に行く
			滞在中に『片恋』を読み、暗示を受ける
	「八月廿日に帰つて来た」		箱根より帰宅する
	「箱根から帰つた翌々晩」	八月二十二日	千代を部屋に呼び、愛情を伝える
九	「翌朝」	八月二十三日	友人が訪れ、千代との関係を家族に話す機会を失う
	「翌日の朝」	八月二十四日	義母と祖母とに千代との婚約を告げる。
	「翌朝」	八月二十五日	祖母の反対を聞く
	「其晩」		千代と肉体関係を結ぶ
	「翌朝」	八月二十六日	祖母と激しく衝突する
	「翌日の朝早く」	八月二十七日	重見宅を訪れる。義母と話し合う

十	「翌朝」	八月二十八日	重見が訪れる
	「翌朝」	八月二十九日	叔父が上京してくる
	「其午後」		重見から『不幸な祖母さん』を記した手紙を受け取る
十一	「夜八時頃になつて」		千代が田舎からの迎えに連れて帰られる
十二	「十二時頃だつた」	八月三十日	物干し場に出て、千代のことを想う。叔父から父の言葉を聞かされる
			再び物干し場に出て、感傷に浸る
十三	「もう一時近かつた」		父の部屋を訪れ、話し合いを持とうとするが、失敗に終わる
	「明治四十年八月卅日午前三時半」		怒りに駆られて、自室で鉄亜鈴を叩きつける
			興奮の中でパリ滞在の友人への手紙を書く

第四節　『クローディアスの日記』論――敵対する日記

一、日記体形式への着目

『クローディアスの日記』（『白樺』第三巻第九号、一九一二年九月一日）は、『大津順吉』と同時に発表された作品である。『ハムレット』に対する志賀の独自の解釈から着想されたこの短編は、原典との比較や父子対立の投影の観点から、これまで研究されてきた。本節では、それらの成果に学びつつ、従来とは異なる視角から、『クローディアスの日記』の意味を論じる。

題名にうかがえるように、本作は日記体小説である。『クローディアスの日記』は、『ハムレット』の幾重もの翻訳行為によって成り立っている。例えば、イギリス語から日本語への変換、主人公から敵役への焦点化人物の交代、五幕二〇場の長い芝居から短編への圧縮などが数えられる。そして、戯曲から日記（体小説）へのジャンルの移動も、翻訳の一種にほかならない。独白や対話で構成された劇は、非公開の私的文書に改められている。一九一〇年代の日本に生きる志賀直哉は、エリザベス朝の悲劇をそのままには受容できなかった。「安価なドラマティスト」（八）[*1]とは、作中でクローディアスがハムレットを評した言葉である。「ゴンザゴ殺し」の芝居を叔父に見せ、反応を盗み見ようとしたハムレットの企みの粗雑さに、クローディアスは激昂する。その非難は、志賀がシェークスピアに向けたものでもあろう。奥行きのある内面を備えた青年の一人であった志賀にとって、ハムレットの台詞や身ぶりは、大仰で嘘臭く感じられるものでしかなかった。ハムレットを越える真実味をクローディアスが持つには、その言葉は秘やかに語られねばならない。日記の形が借りられたのは、必然であった。

本節では、日記体という枠組を重視して分析を行う。戯曲から日記（体小説）への翻訳は、内面を提示するためには自然な手続きと見なされたためか、従来はほとんど論点にならなかった。しかし、日記体小説も書簡体小説と同様に、歴史的な条件の中で生まれ、実作が試みられるうちに様式を整え、認知されていったものである。志賀が『クローディアスの日記』を発表したのは、日記体小説が定着してまだ間もない時期であった。過渡期にあって、日記体を選んだ志賀の判断は、具体的に問われてよい。そのためには、若干の迂回路が取られねばならない。『クローディアスの日記』の固有性を明らかにするために、まず同時代の日記に関する意識を概観し、次に日記体小説の実態を探っていく。そして、他作品と比較して、志賀の創作がどのような特徴を持っているのかを検討する。それは反対に、『クローディアスの日記』によって、同時代の日記体小説の傾向をいっそう明確にする作業でもある。

『クローディアスの日記』は、むろん「「私」を語る小説」ではなく、「自己表象テクスト」でもない。本書の対象からは、本来外れるはずの作品である。しかし、この小説が記述者の内省的でかつ揺れ幅の多い心理を描くことに関心を置いていることは無視できない。当事者による語りという点では、『クローディアスの日記』は、『濁つた頭』を承け、『児を盗む話』（『白樺』第五巻第四号、一九一四年四月一日）へと繋がる。隣接領域の作品として、『クローディアスの日記』が果たした役割を考えることは、「「私」を語る小説」の成立を論じていく上でも意義を持とう。

志賀は、書簡体小説を一九一〇年代には制作していない。彼がそれを手がけるのは、はるか後年、『蝕まれた友情』（『世界』第一三号、一九四七年一月一日〜第一六号、四月一日）においてである。この作品で志賀は、有島生馬との長年にわたる交流を踏まえ、記憶を手繰りながら生馬の世俗的な意識を弾劾する。友情の確認ではなく、絶交を覚悟した批判に書簡体形式を用いた志賀には、他の作家とは異質な発想が認められる。それは、ホモソーシャルな感性と距離を置こうとする態度と言い換えることができよう。書簡体小説の流行に染まらなかった志賀が日記体を選んだ事情にも留意したい。

なお本考察では、日記を、日付を持ち、周期的に記される私的文書という意味で用いる。何が書かれているか、あるいは何に綴られているかはさしあたり問わず、まずは、形態面から区分しておきたい。ある一時点から過去を振り返る自伝や回想、日付のない手記や覚書は、ここで言う日記の領域からは外れる。日付の重視は、ディディエの「日付の記録こそが日記を「日記」たらしめ、考えを書きとめる手帳とから日記を区別するものである」[*2]や大島一雄の「狭い意味では、やはり〈日付け〉は日記（的なもの）の常に条件であらざるをえないようだ」[*3]という見解に従ってのことである。

二、近代日本における日記の普及と分化

一日を基本の周期として、自身にまつわる諸事を筆録する日記の習慣は、近世以前は、一部の識字階級に限られていた。それが維新以降、義務教育の普及によって、他の層にも広がっていく。日記をつける人が増えるに伴い、記録する媒体も市販されるようになる。青木正美によれば、一八八〇年に大蔵省印刷局から発行された『当用日記簿』が書籍形態の日記の起源である。[*4]日記販売で知られる博文館は、一八九五年に『懐中日記』・『当用日記』を出版している。博文館の『当用日記』は、簡素で堅牢な作りと低廉な価格とで支持を集め、市場を独占した。ちなみに、若き日の志賀が利用した日記帳も、これである。

日記をつける習慣の大衆化は、近代の価値観が後押ししたことでもあった。ディディエは、サミュエル・ピープスやアミエルの日記を例に、「日記と会計簿の類縁性」を指摘し、「会計簿がただ赤字を確認するしかないのに、日

記のほうは、それが文章であるがために、赤字を埋めあわせるという逆説的な効果をもつ」と述べる。[*5]反省的に自己をとらえ、浪費を抑えること、また、そのままでは消えていく体験を記録によって蓄積することは、いずれも資本主義下の生産の論理に適う行為である。物象化された記憶は、記述者にとって富となり、その日が無為でなかった証しとなる。「思い出、月日、自我を蓄積する方法であるのみならず、それ自身が資本であ」り、「良心の糾明を蓄積できる」日記は、「ブルジョワ的であると同様にキリスト教文明から恩恵をうけている」ものであると、ディディエは言う。[*6]この洞察は、立身出世主義を国民の広汎な層が内面化した日本の近代にも当てはまるものである。

一九一〇年前後には、日記の作法書が多く刊行された。[*7]その一冊である水野葉舟『日記文』は、「日記を書かぬ一日は、その人の生涯から消え去つて行つた一日である」という題言から始まっている。[*8]「一日の記憶をただその儘に捨て去つて行く吾々の生活を、来たから来た儘、往くから往く儘にして過すと言ふ事は、極く無責任な生涯と言はねばならぬ」[*9]と、水野は読者に覚悟を説く。小林愛雄『日記新文範』には、「不断の努力、之が日記文に携はる人の大なる要務である。年の初めに日記をつけ出す時、いかなる故障があつても、屹度此の一年を継続すると宣誓してから、筆を執る。然うして、如何なる事情があつても、之れを遣り通さなければならぬ」という注意が見られる。[*10]「諸君は諸君の日記に空白の遺される事を恥ぢなければならぬ」と戒めるのは、金子薫園である。[*11]これらの指南の言葉は、筆者たちが記憶を蓄積する強迫観念に憑かれていたことを表している。これに応えるように、『文章世界』第五巻第一〇号、一九一〇年八月一日の日記文募集において、中村星湖から「秀逸」に選ばれた市川正一「四日間」には、「寂しい物足りぬ一日——無意味に過ぎ去る一日。日記の寂しい一日は、安心して葬る事が出来ない様な気がする」という一節が存在する。さらに、日記の作法書が、過去の記述から小説の題材が得られる効用を説いていることも見逃せない。[*12]創作への活用という功利的な観点は、日記を書くことが労働と意識されていることに由来しよう。

佐々木基成は、日露戦争前後に「日記」と同義に「日記文」の語が用いられていた事実に触れながら、後者を「公開を前提としたこの時期特有の日記の形式を模した散文」と規定している。[13] 読まれるものとしての日記文は、作文教育と投書雑誌とによって生み出された。継続的な文章訓練法として学校現場で重視された日記は、『ホトトギス』・『文庫』・『文章世界』・『新声』・『読売新聞』などの紙誌における投稿募集によって洗練され、日記文として規範化されるようになった、と佐々木は説明する。日記の大衆化が教育およびメディアの先導によっていたことは、西欧と異なる日本独自の展開である。「私性」を近代的な日記の本質ととらえるディディエは、一九世紀初頭をヨーロッパにおける日記の開花期と見ている。[14] ジューベールやスタンダールは、その第一世代、ヴィニーやドラクロワは第二世代に属する。興味を惹くのは、第二世代の書き手が第一世代の日記を参照できなかったと、ディディエが指摘していることである。日記の出版が珍しかった時期、個々の筆者は、参照物を持たないまま、手探りで記述をしていくしかなかった。それに対して日本では、出発時にすでに日記の書き方が方向づけられていたという違いがある。「日記は厳密に個人的および個人主義的性格を保ちながらも、一種の集団的実践となる」とディディエが要約した現象は、早くに起こっていたと言えよう。

『ホトトギス』が一九〇〇年に週間日記と一日記事とを募集した時には、さまざまな地域・職種・階級の人々が作品を寄せていた。[15] 「当代知名文士の日記文数十篇を集めたるもの」と謳う又間安次郎編『日記文』[16] には、「農業日記」・「滑稽恋愛日記」・「虎列拉日記」・「待金日記」・「芸妓の日記」などの項目が並んでおり、話題の豊富さやユーモアが楽しい。[17] しかし、文芸誌の場合は、読者層が絞られているため、日記の内容は、学歴資本を有する成年あるいは青年男子の内面を綴ることに集中していくことになる。水野葉舟は、日記を書くことは、「自分に対する独語」であると、対自的な性格を重視する。[18] 金子薫園の「日記を書くといふ事は、つまり省察（省み察する、即ち為《し》た事感じた事などの意味を考へて見る事、これを省察といふ。）するといふ事である」という主張も、趣旨は同じであろう。[19] 自己と向き合うことに価値を置く日記観は、文学者の日記を卓越化する目安となった。『早稲田文学』第六五号、一九一一年四月一日は、特集を組み、二五人の日記を掲載している。注目されるのは、その構成である。斎藤和史「行脚僧」・YT生「労働者となつた某大学卒業生」・KI生「料理店主人」など一二編は、「実生活の日記」に分類され、小川未明「余も亦Somnambulistなり」・昇曙夢「三月はじめ」・前田晃「桃の節句の頃」ら一三編は、「傍観者の日記」に組み入れられている。「傍観者」は、「実生活」からの隔たりを表す用語のようであり、二つの部立は、対照的である。「実生活の日記」が多様な労働者の仕事ぶりを伝えるのが主であるのに対して、「傍観者の日記」は、文学者間の交流や創作の進行、そして内省に記述が集中する傾向を持つ。編集者は、「編輯記事」で「前者は普通の世間の人の日記、後者は文学美術等にたづさはる人の日記と言ふ程の大ざつぱな分け方に過ぎない」と、二つが相対的な区分にすぎないと断っているが、「文学美術等にたづさはる人」の日記を一つの範疇として扱うこと自体に特別視の意識があることは否めない。文学者と一般人とを分かつ発想は、小林愛雄『日記新文範』にも見られ[*20]、文壇で共有されていたと考えることができる。

三、日記体小説の中の日記の流通

日記体小説が登場してくる背景には、日記をつけることの普及・発展と、それに伴う内面を重視した日記の分化とがあったと推察される。表Ⅲは、一九〇〇年代～一九一〇年代の日記体小説を集めたものである。作品数を追うと、一九〇七年から一〇年頃が最盛期と言える。泉斜汀『恋日記』（表Ⅲ3）・三木露風『桃代さんの日記』（表Ⅲ22）のように、女性や少女の筆によるものや、石丸梅外『嫁く日』（表Ⅲ10）・岡本霊華『弟の日記』（表Ⅲ20）のように、近親者の綴ったものが含まれていることは、日記をつける人口の増加に対応した現象であろう。遭遇した風変わりな人物を観察した三島霜川『餌拾』（表Ⅲ12）・徳田秋声『隣の医師』（表Ⅲ23）は、事実の提示に主眼を置いている。しかし、圧倒的に多いのは、文学者や学生の精神的な危機を描いたものである。田山花袋『白紙』（表Ⅲ17）・秋田雨雀『行雄さんの日記』（表Ⅲ19）が典型であるように、記述者は、恋愛問題や家族との関係で不満を抱えたり、理想と現実との落差に悩んだりしている。彼らは、閉塞感の中で発狂の恐怖や自殺衝動に脅かされる。日記体小説は、主人公の精神的な葛藤を直截に伝えるものとして有効な手段であった。また、それは、「「私」を語る小説」への志向にも応えるものでもあった。佐々木基成が「内面叙述の迫真性を構築するための一方策として物的要素を擬態した形式」として、物語性の希薄な、同時期の日記体小説を評価していることは、肯綮に当たっていよう。*21

日記体小説の一つの型に、過去に綴った自身の日記を読み返し、興趣を覚えることが発端になるものがある。三島霜川『餌拾』は、「古い日記を出して見ると此様《こん》なことが書いてある」と始まる。水野葉舟『日記の数ページ』（表Ⅲ9）の末尾には「これは私の古い日記の数ペーヂです」という但し書きがある。電車の中で目撃し、印象に残った人物を「一つの不思議」ととらえ、「其心のまゝに自分の日記の数ペーヂを公《おうやけ》にし様《やう》と思ひ立つた」と、語り手は言う。古い日記は、現在と異なる自己を出現させる触媒である。自身の過去と今とは必ずしも連続しているわけではない。隔たりが大きい場合、読み手の感慨は、それ自体で小説のモチーフになる。正宗白鳥『落日』の吉富新六は、四五年前まで続けていた「感想録の日記」を読み返すが、「愚劣なる憤慨の辞句と抽象的文字の臚列《ろれつ》で満ちてゐる」のに堪えられなく巻を掩う（十三）。彼は、「年少時分の日記はかう濁つてもゐなかつたらう」と思い、郷里にあるノートを送るように父親に依頼する（十三）。水野葉舟『手』の主人公は、手紙や古原稿の入った行李を折りに触れて引っ張り出す。悲しい気持ちを紛らわすためにそれらを利用する癖を「病気」と言いつつ、彼は日記に見入ることをやめない。正親町公和『秋雨』（『白樺』第一巻第三号、一九一〇年六月一日）において、旅館に滞在中の「自分」は、「何故、自分は好んでこんな放浪の生活に入つたのだらう」と詠嘆しながら、東京を去る以前の日記を読み返す。「世俗的な巡礼」によって急激に内面化を遂げた青年たちにとって、日記は自らを追懐へと導く装置であった。

書簡体小説と比較した時、日記体小説には、付記のあるものが多い。この特徴は、書簡体小説の場合、語り手が手紙の書き手である型が過半を占めるのに対して、日記体小説においては、語り手と日記の書き手とが別である事例が多いことに原因がある。他人の所有物を公開するにあたって、「私はM夫人の為に此不幸な一学生の日記を読まなければならなくなつた」（秋田雨雀『行雄さんの日記』。表Ⅲ19）や「言つて置くが、弟は今年十三で、尋常科の六年生である。名を昌《まさし》といふ」（岡本霊華『弟の日記』。表Ⅲ20）のように、語り手は、冒頭や末尾に入手の経緯や記述者について注釈をする必要があったわけである。

内面の提示に重点を置いた日記体小説では、友人の日記を紹介する装いのものが目立つ。「友悲観楼呑気山人の日記を公開するもの也」（XYZ『物ぐさ日記』。表Ⅲ8）や「K君の日誌を見たら、次のやうなことが記してあつた」（沼田傘峯『ネクタイ』。表Ⅲ13）といった短い断りは、友人の日記公開に対して抵抗感が弱かったことを示唆する。それは、日記を友人に託することが珍しくなかったからでもあろう。小山内薫『中学生の日記』（表Ⅲ16）は、中学時代の友人であった石川が「私」に「これは人に見られたくないから」と、長い旅行をする時に預けた日記の抜粋である。「君は見ても好《い》いよ」と閲読を許可されていた「私」は、一〇年後引っ越しの片付けの時に日記を発見し、再読の後公表に踏み切った。水野葉舟『北村の日記』（表Ⅲ11）は、同窓の友人北村が就職で上海に渡航する際、「何時でもい、から、隙《ひま》な時に読んで見てくれ」と、語り手に渡した十数冊の日記の摘記である。萱野二十一『獏の日記』（表Ⅲ30）の日記は、「神経衰弱にか、つて家族の人と、小湧谷に療養して居る友達から、こんな日記を送つてよこした」とあることから、語り手のところに郵送されてきたらしい。窪田空穂『母子』（表Ⅲ21）の作りは、さらに一段階入り組んだものになっている。日記の書き手は、「僕」の友人である。彼は、輜重兵として召集され、遼陽の戦で落命した。日記は、出征前夜に彼が「僕」に委ねたものである。その際、彼は、「君だけはみてもい、、いや、誰にでも見せて呉れ、僕つてもの、割合に其中にあるんだから、外《ほか》にや僕ッてものは見出せない、――尤も、戦死した後でだよ」という言葉を遺していた。「僕」は、彼の死後、別の知人に日記の中味を教えようとする。『母子』は、「――君」に対する呼びかけを含んだ作品である。これらの例から、日記は、親しい者の間で流通する文書という性格を備えていたことがわかる。*22

葛山泰央は、フランス近代における日記の役割を論じ、「「内的日記」における告白とは、常に已に、日常化され凡庸化される告白、あらゆる魔術的な効果（アウラ）を取り払われた告白なのである」と規定している。*23 私生活の中で心の内に秘密を持つ者は、それを日記に記す。他人の知らない領域を所有していることは、当人にとって、一般の人間よりも卓越している徴となる。しかし、自己の優れているゆえんが証明されるには、他人による認知が欠かせない。日記は、同様の秘密を抱えた相手を理想の読み手に想定して記されるようになり、また、実際に他の人の手に託されていくことになる。自己の特権化を目指す日記の言説は、一方で類似の相手を求めることで凡庸さを招いてしまう背理を抱えているのである。葛山は、「あらゆる「内的日記」が――それが実際に「交換日記」と呼ばれるか否かに関わらず――原理的には〈交換日記〉である」と指摘する。*24 一九一〇年前後の日記体小説では、友人間の日記の行き来が顕著に見られた。このことは、卓越性を求める意識が急速に高まったこと、日記の言説が大量に生産され、消費されていったことを示している。

日記体小説は、書簡体小説よりも点数が少なく、書き手も限られている印象を受ける。小山内薫・水野葉舟の多作が目立ち、女性作家の作品例は乏しい。書簡体小説がその後も作られていくのに対して、日記体小説が発表点数を減らしていくことは見逃せない。

衰退の理由の一つには、ジャンルの分化が進んだことがある。文学者の日記は、随想の一種として新聞や雑誌に掲載されることが定着していく。『国民新聞』の文学欄は、一九〇九年十月一日から十月三十一日にかけて、「昨日午前の日記」と題した坪内逍遙・島崎藤村・饗庭篁村ら諸家の文章・談話を連載した。『文章世界』第四巻第一〇号、一九〇九年八月一日では、「附録」として、島崎藤村「浅草にて」・正宗白鳥「一週間の日記」など一一編による特集が組まれている。それ以降、生方敏郎「日記から」（第五巻第五号、一九一〇年四月十五日）・前田晁「北伊豆日記」（第五巻第一二号、一九一〇年九月十五日）・島村抱月「書く為に書いた一日の日記」（第七巻第一号、一九一二年一月一日）などの日記を題名に含む文章や「日記」と目次で明示した田山花袋「秋祭の頃」（第六巻第一三号、一九一一年十月一日）・山路愛山「信州行き」（第六巻第一五号、一九一一年十一月一日）・与謝野晶子「六日間」（第七巻第五号、一九一二年四月一日）といった記事は、同誌で頻繁に目にすることができる。「小品文」に分類された河井酔茗「消えゆく日記」（第四巻第一三号、一九〇九年十月十五日）・小川未明「汚物日記」（第五巻第九号、一九一〇年七月十五日）・片上伸「残忍な哀憐家の日記」（第七巻第三号、一九一二年二月十五日）を含めて、日記は、小説と異なる言説として意識され、分離していったと推量することができる。文学者の日常生活の模様を伝え、読書の履歴や交友関係を知ることのできる日記は、文壇に憧れる読者にとって興味をそそる読み物であり、作家の名前は魅力をさらに強めるものであった。

しかし、日記体小説が奮わなくなった主因は、内容自体に求められるべきであろう。作者と同質の書き手が苦衷を語っていく型だけが重視されることで、作品の可能性は狭まっていった。当初は新鮮でありえた思考の断片の提示も、共感をもって読み手に受け止められた時点で実験的な意義は失われてしまう。言葉の交換による感情の共有は、書簡が本来引き受けている機能であり、理解者を求める志向の強い日記は、そこに吸収されていくことになる。たとえ筆者の発狂や死などの悲劇的な結末が告げられていたにしても、表現そのものの平板さの印象は拭えない。日記の流通によって親密な共同体を確認することができた段階で、日記体小説は一つの役割を終えたと言える。『クローディアスの日記』が発表されたのがその後の時期であることは、留意されてよい。

四、クローディアスの呼びかけ

『クローディアスの日記』の成立過程については、町田栄[*25]を始め諸家による考証がある。論述の必要から、ここでも簡単に整理しておく。志賀が作品を着想したきっかけは、『ハムレット』の観劇であった。坪内逍遙演出による文芸協会第一回公演『ハムレット』は、一九一一年五月二十日から二十六日まで帝国劇場で行われた。文芸協会は、すでに一九〇七年十一月の試演会で『ハムレット』を取り上げているが、この時は、全五幕の原作を三幕に短縮化したものであった。一九一一年二月活動を演劇に集約して再出発した文芸協会は、改めて『ハムレット』に挑んだ。坪内逍遙は、「兎も角も筋の通るやうにして出すこと」を目指し、「原作の三分の二程でまとめる事にした」と証言している。[*26]台詞回し、道具立て、衣装、演出など関係者の苦労は大きかったようであるが、舞台は好評であり、[*27]興行的にも成功した。

志賀が『ハムレット』の公演を観たのは、五月二十一日のことである。生田蝶介・柳宗悦と劇場に赴いた彼は、日記に「芸術品といふには未だ遠し」という感想を残している。のちの「「クローディアスの日記」の事で（舟木君に）」（『奇蹟』第二巻第四号、一九一三年四月一日）[*28]において、志賀は、予備知識なしで芝居を鑑賞し、「ゴンザゴ殺し」の場面について、あれほど露骨に仕組まれたら、たとえ兄を殺していなくとも表情が変わるだろうと思ったこと、クローディアスが暗殺した証拠が客観的には一つもないことに気づいたことが創作動機になったと言う。榊敦子が明確に指摘するように、『ハムレット』においては、兄殺しを認めるクローディアスの独白があり、彼が冤罪であるとは常識的に考えにくい。[*29]『クローディアスの日記』において、犯行を指示するクローディアスの発言が省略されたことは「アンフェアな、もしくは不用意な処置」[*30]であり、志賀の創作が原典を強引に反転させたことは否めない。「創作余談」では「土肥春曙のハムレットが如何にも軽薄なのに反感を持ち、却つて東儀鉄笛のクローディアスに好意を持つた」こともきっかけであると付け加えられており、観劇の衝撃をうかがうことができる。一九一一年記述と推定されている「ノート9」には、「クローディアスが芝居を見てゐる時の連想から起る煩悶」と抹消された語句があり、着想を示すものであろう。

『クローディアスの日記』の執筆は、一九一二年になってからである。二月十九日の日記には、「園池の所へ行き、／ハムレットを見る」と書かれているが、町田栄は何を指すか、不詳としている。[*31] 三月九日には、「夜、ハムレットを読む」とある。鎌倉に滞在していた志賀は、坪内逍遙訳『ハムレット』（早稲田大学出版部、一九〇九年十二月二十五日〔未見〕。以後の引用は、一九二六年四月二十五日二一版に拠る）に目を通し、「あの悲劇の根本は客観的にはマルデ存在し得ないといふ発見が非常に愉快だつた」と記している。翌十日には、「「クローディアスの日記」といふ題で出来るだけ我儘に、月日なしで日記風に自由に書いて見やうと思ふ」と述べられており、題名および形式がこの時点で定まっていたことがわかる。しかし、「創作余談」で「苦労して書いた」と回顧されているように、執筆は簡単には進まなかった。三月十四日に筋だけ書き上げられた作品は、翌日有島生馬の前で朗読されるが、「失望するものではないが未だ二度位書き直さねばならぬ」いう不満を残す結果になった。六月には一度改稿されるものの発表には至らず、しばらく放置される。八月になって草稿を読み返した志賀は、再度手直しにかかり、八月二十三日に脱稿する。その間には、『大津順吉』・『正義派』「錦魚」・「廿四才」などの小説の制作も併行して進められていた。一人称小説として重なる部分を持つ『大津順吉』と『クローディアスの日記』とは、執筆期間においても隣接関係にある。

同月に発表された『大津順吉』に話題が集まったためか、『クローディアスの日記』の同時代評は少ない。しかし、反応はいずれにおいても悪くない。『時事新報』の時評子は、「面白く読むだ[*32]」と短く記し、荒畑寒村は「クローチアス王の近代的な性格がビヾツドに現はれて居る、快心の作である」[*33]と賞賛している。クローディアスに「新しく、生きた人格を与へた」試みを「新人が旧い伝説や歴史に服従せず、旧套以外自分は別に自己の見地を闢《ひら》いて行くと云ふ意味に於て、最も権威のある事業である」[*34]と好意を寄せるのは、『文章世界』の匿名批評である。第一創作集『留女』が出版された際、舟木重雄は、収録作品の傾向を「神経作用を基礎に置いて書かれたものと物語《ストーリー》風のものと」の二つに分類し、後者の例に『クローディアスの日記』を挙げた。[*35]舟木は、「温良《ゼントル》な同情」から「物語《ストーリー》風のもの」が産まれると把握し、作者のクローディアスへの共感を実例としている。『ハムレット』の大胆な改作は、まずまず受け容れられたと言えるであろう。『白樺』第二巻第六号、一九一一年六月一日の園池公致・里見弴の「低級批評」は、文芸協会の公演について「芸術品と云ふにはまだ少し遠い」、「ハムレットと云ふ人格から一貫した或る感じを受けることが出来なかつた」などと厳しい意見を連ねている。町田栄は、そのことを踏まえ、「志賀の辛辣な批評も、『白樺』同人の共通地盤から出発した」と言う。[*36]妥当な意見であるが、同時代評の受け止め方からすれば、舞台に、とりわけ主人公の苦悩に共感できない層は、さらに広く想定してもよいのかもしれない。

劇中劇のくだりは、『ハムレット』の一つの山であり、文芸協会の公演でも注目が集まっていた。「劇中劇に至つては満場殆ど喝采せざる見物はない」[*37]や「一番面白かつた芝居らしい芝居は此場であつた」[*38]という感想は、大方の観客がこの場面に満足したことを告げている。園池・里見の「低級批評」も「劇中劇の場は面白かつた」と好意的である。その中で、志賀だけは土肥春曙の演技にわざとらしさを感知し、反感を募らせていたことになる。

「「クローディアスの日記」の事で（舟木君に）」の中で、志賀は、「「ゴンザゴ殺し」の芝居の幕へ来て、ああ露骨に臆面もなく仕組んで来られては、自分なら仮令実際にハムレットのおやぢを殺してゐなくても妙な気になつて、芝居でクローディアスがやる位の表情は自然顔に出て来るなと思つたのです。これがあの小説の最初の動機です」と述べている。『クローディアスの日記』には、ポローニヤスが大学時代に芝居でシーザーを演じたことを、ハムレットが誘導して答えさせる場面がある。クローディアスは、そのことで自身の反応を見ようとするハムレットの思惑に不愉快を感じる。「其時貴様は何故乃公の顔を盗み見た？　貴様は其時どれだけ正当に乃公の顔から出来たと信じてゐる？」（八）という反撥は、ほのめかしによって相手の心理が測れると考えるハムレットの浅はかさに向けられたものである。坪内訳の対応場面（第三幕第二場）には「顔を盗み見」るふるまいは書き込まれていないので、これは『クローディアスの日記』独自の設定であろう。公演では、「ゴンザゴ殺し」の場面で、ハムレットは「彼奴は王位を奪はう《ママ》ために園内で王を毒害しをる」と叫び、「寝そべつたま、、王の面を睨んでジリジリと肉薄」[*39]したらしい。文芸協会の公演は、原作以上にハムレットがクローディアスを牽制するものであり、志賀を「ああ露骨に臆面もなく仕組んで来られては」と憤らせることになった。あからさまなハムレットの所作は、『クローディアスの日記』に取り込まれていないが、『ハムレット』を反転させた創作を志賀に促したきっかけとなったと想像できる。

『クローディアスの日記』は、八日目の記述から様相が一変する。国王である兄の死後、后であったガートルードと結婚し、王位に就いたクローディアスは、当初自分になじもうとしないハムレットに同情の目を向けていた。彼は、ハムレットを「珍しいゝ頭をした男」と評価し、「近い内に何《なに》も彼《なママ》も語り合つて彼によき味方になつて貰はねばならぬ」という願望を持つ（一）。親密な関係の実現を望むクローディアスは、ハムレットが無礼を重ねても許容し、態度の軟化を期待する。しかし、自分が兄を毒殺したという妄想にハムレットが憑かれていることを知った彼は、憤り、心の内で激しくハムレットを非難する。自称として「自分」、ハムレットの呼称として「彼」をそれまで用いていたクローディアスは、八日目に至り、自分を「乃公」、相手を「貴様」と呼ぶようになる。このような劇的な呼称の交代は、それまでの日記体小説には見られない。感情の起伏に伴い、特定人物との精神的距離が伸縮することを文体変化によって提示した『クローディアスの日記』は、書き手の内面をより複雑なものとして表現しえていると評価できよう。伝達意識が希薄になり、独り言に近づく近松秋江の書簡体小説と照らし合わせた場合、自身への言い聞かせが特定の相手への呼びかけになる『クローディアスの日記』は、反対の方向性にある。クローディアスの興奮は、九日目にも持ち越されるが、徐々に治まり、一〇日目から呼称は「自分」・「彼」に戻る。ただし、ハムレットに対する好意は消え失せ、クローディアスは、彼をイギリスへ留学させている間に暗殺しようと目論み、その結果が入って来るのを待ち受けている。ただし、その時点でクローディアスを支配しているのは、憎悪ではなく、「弱々しい心」（一五）である。ハムレットの死を画策しながら、その報知に自分やガートルードが動揺することを予想し、「気持の悪い不安」（一六）を抑えられないクローディアスは、『ハムレット』における人物像とは大きく隔たっている。鶴谷憲三は、ハムレットに対する視線の変化から「この小説の構造は序、破、急と言い得るのではなかろうか」と述べ、併せて呼称変化が展開と対応していると説いている。[*40] 日記体小説として注目されるのは、破の部分であり、このようなむき出しの敵対意識は先行作品に例を見ないものである。親密性の形成を基調とするそれまでの日記体小説の流れと切断されたところに、『クローディアスの日記』は位置づけられる。

五、西欧文芸への寄りかかり

『クローディアスの日記』が日記体形式を採っていることは、最初に触れたように、従来ほとんど注目されていなかった。日記体小説が定着した後から振り返れば、それは内面提示の手段として特別の選択ではないように映ることが一つの理由であろう。しかし、本稿で検討してきたように、『クローディアスの日記』は同時代の日記体小説とは異なる傾向を帯びており、そのことは作品の読解の上でも意識されてよい。

浜田志保子は、「〈日記〉という形態を選ばせたのは、『ハムレット』の中のクローディアスによる傍白と独白ではないだろうか」という推定を行っている。[*41]「クローディアスの心理の経験は志賀本人の独白である」という浜田の理解は、「あの小説のクローディアスは心理からいへば全く自分自身です」（「「クローデイアスの日記」の事で（舟木君に）」）という志賀の証言と重なるものである。浜田は、この見解を『クローディアスの日記』執筆中の志賀の、一九一二年三月頃の日記の検討から導き出している。この時期に頻出する自己省察的な記述を浜田は、「シェイクスピアのハムレットの独白を思わせる。また同時に『クローディアスの日記』のクローディアスを思わせる」と評価し、「「クローディアスの日記」と志賀の日記とは極めて近い関係にある」と結論づけている。今後の進み方や他人との関係について逡巡し、思索的な文章を綴る点では、確かにクローディアスと志賀とは同質である。けれども、物語の連続性を維持し、自己観照の文章の凝縮度も高い『クローディアスの日記』と、全体に簡単であり、備忘録の側面もある志賀の日記とでは、隔たりがあることも踏まえられてよい。この頃の志賀の日記は、毎日記されており、量も相対的に多いが、それでも「忘れた」だけで済まされる空白の日を含み、一、二行の時もある。日記と創作との間には、表現の断絶が認められる。日記の記述のみで読者に物語の進行を理解させる完結性が備わっていることは、むしろ、『シルヴェストル・ボナールの罪』からの影響と考える方が適当であろう。『大津順吉』の執筆にあたって、志賀が参照したこの長編は、日記体小説であり、相前後して発表された『クローディアスの日記』にも関わりを持っていても不思議ではない。例えば、ハムレットに対する呼称変化と同種の記述は、『シルヴェストル・ボナールの罪』にも見出すことができる。[*42]「乃公は乃公自身が恐ろしい悪人だつたと、そんな気がして来た、——エ、それが何んだ！　そんな事が何だ！　そんな事が事実の何の証拠になる?」（八）という自身への言い聞かせも、「おいボナール、年がいもないぞ。それよりは、けさフィレンツェの本屋が送ってよこしたこの目録がよい。（略）これこそお前にふさわしい、顔に似合いの仕事なのだ！」[*43]などの物言いとの類縁性が感じられる。『クローディアスの日記』におけるクローディアスは、しばしば芝居の独白のような言葉を吐く。元となる『ハムレット』が戯曲であることからすれば、それは当然である。しかし、作品の表現には、典拠だけでなく、西欧の小説を参照している部分もあろう。『クローディアスの日記』が同時期の日記体小説において異彩を放っている理由の一つは、西欧文芸の直接的な摂取に求められてよい。

浜田とは異なる観点から日記体形式の効果を考察しているのは、黄如萍である。[*44] 黄は、『クローディアスの日記』は「人物や状況が十分に説明されていないこと」が特徴であると述べ、「私的な面が強い日記の形式がとられているため、自分しか分からない、恣意的で省略の多い記し方が可能なのであろう」と理由を探っている。志賀の創作が『ハムレット』に文脈を依存しすぎていることは、すでに榊敦子が「一体、「日記」(引用者注――『クローディアスの日記』を指す)には短篇としての独立性に欠けるきらいがあり、『ハムレット』を知らないと何を言っているのか皆目見当のつかない部分さえある」と指摘していた。[*45] 黄の意見は、『クローディアスの日記』の非自律性を日記体形式と結びつけたところに新しさがあり、示唆的である。見方を変えれば、『ハムレット』の設定や物語の展開に大きく寄りかかることによって、クローディアスの複雑な心理は言語化可能なものとなっていると言えるのではないか。志賀が自身の日記を素材とした日記体小説をこの時点で書かなかったのは、西欧文芸との関わりを抜きにして内面を表現することが困難であったからと推量される。[*46]

黄は、さらに作品において「クローディアスによる「彼」の〈想像〉や推測、そして決めつけが中心となっている」ことを検証し、クローディアスの主張は感情的な次元に止まっており、ハムレットの発言と質的に変わらないと結論づけている。クローディアスは、兄の死を心から悲しめなかったのは自然であり、「自然だといふのが立派なジヤスティフィケーションである」(二四)と釈明するが、その根拠は示しえていない。かえって彼は、ハムレットに感情を乱され、自己の行動に対する自信を喪失していくのである。「彼の〈想像〉、「自家撞着」が記され、クローディアスはそれらに気づくことができないということがあえて示されている」という黄の理解は、「作者」とクローディアスとの差異を踏まえて作品を読む上でも見逃せない。『クローディアスの日記』は、ハムレット暗殺が失敗したことをクローディアスが知る手前で終わっている。日記は途切れ、最後に置かれるのは、「然し此クローディアスの運命は必ずしも「ハムレット」の芝居のそれと同じになるものではない」という「作者」の断り書きである。『ハムレット』に対する反撥から、クローディアスの死を回避しようとする語り手の意図がそこにはうかがえる。しかし、「必ずしも……ではない」という留保のある言い方には、クローディアスの未来が開けたものと予測することを躊躇させるものがある。「作者」は、クローディアスに同情的でありつつ、立場を等しくする存在ではないと言えよう。「その「彼」は自分の内にも住むでゐたのだ」（一四）と自覚し、「弱い心」（二六）に駆られる彼は、ハムレットと共通する性向を持ち、その分「作者」とは隔たった存在である。

『クローディアスの日記』は、敵対意識だけでなく、それが持続せず、急速に弱まっていく様相をも描出している。ハムレットとの実際の関係には何ら変化が見られないにもかかわらず、クローディアスの心の張りが失われていく展開は特徴的である。『ハムレット』に比べ、『クローディアスの日記』は、ハムレットとクローディアスとの会話する場面が乏しい。例えば、第一幕第二場の大広間におけるやり取りは簡単に触れられるに止まっている。また、ポローニアスが刺殺された後、クローディアスがハムレットを難詰する場面は省略されている。「近い内に何《なに》も彼《か》も話し合はう」（三）という望みを持ちつつ、クローディアスはハムレットと接触しようとはせず、噂や伝聞など間接的な情報によって思い悩むだけである。デンマーク王という地位にありながら、彼は、人と積極的に交わろうとせず、内省を好む人間であるように映る。その傾向は以前からあり、兄がガートルードとの仲を疑っていた時にも、クローディアスが兄と話す機会を持った様子はない。「自分に於ては「想ふ」といふ事と「為す」といふ事とには殆ど境はない」（一四）と、想像力が自身に及ぼす反作用の強さをクローディアスは吐露し、「どうにもならない自身の自由な心」を「彼」＝ハムレットと見なす。想像力に翻弄されることでハムレットとクローディアスとは類似する。その共通点は、二人の自閉性に由来していた。他者への直接の問いかけを欠くために、クローディアスの想像が肥大化していることは否定できない。

　クローディアスは、妻であるガートルードにも心境を伝えていない。兄の死後、すぐに彼女に求愛したことを「決して恥ぢてはいない」（七）と彼は言う。しかし、そこで確認されているのは、自身の思いだけであり、ガートルードの立場はほとんど考慮されていない。石塚倫子は、『クローディアスの日記』について、「この作品では、クローディアスの関心は原作以上に男同士の関係が物語の中心を占める」と特徴づけている。[*47] ガートルードに関しては「善良な妻」（五）や「平和な女らしい性質」（五）といった簡単な形容が散見されるのみなので、「良妻賢母型女性」と判断できるかどうかは微妙であるが、「原作の女性よりさらに影が薄い」ことは確かである。[*48] 言及の少なさは、クローディアスのガートルードへの向き合い方と対応しており、彼は、妻と悩みを共有しようとしていない。クローディアスの孤独は、「貴様の事の為めに今は妻にさえ思ふ事が充分に云へなくなつた」（九）と言う彼自らが作り出したものでもある。

　ハムレットの邪推に驚いたクローディアスは、「貴様は一つでも客観的に認め得る証拠を手に入れる事が出来たか？」と非難する。「心」のありようを重視しつつ、クローディアスは「証拠」の有無にこだわる人物である。水野岳は、自己のよりどころとして〈客観的証拠〉を求めることが志賀作品の初期のモチーフであったことを説いている。[*49] 水野の見解は、主人公の孤立と不安とが背景にあること、〈客観的証拠〉の獲得と認識の共有とが等価であることを指摘している点でも重要である。「〈客観的証拠〉がないこともクローディアスの苦悩の一因になっているのかもしれないが、それよりも、クローディアスは自らと同一の認識をポローニヤスとも王妃とも共有できていないことが主因になっていた」という把握は妥当であろう。付け加えるならば、積極的な働きかけを行わないクローディアスにおいて、他者と認識を分かち合うことは難しく、彼の苦悩は、自縄自縛の観がある。『クローディアスの日記』は、『ハムレット』の設定を踏襲しており、クローディアスは、異議申し立てをしない、内向的な人物にならざるをえなかった。そのため、彼がハムレットと似通う部分を持つようになったのは皮肉である。とは言え、敵対意識に続けて、二人の登場人物の同質性が示唆されていることは、クローディアス自身の理解の不充分さは別として、評価に値しよう。明晰ではないにしても、ホモソーシャルな感性を対象化していることは、同時代の日記体小説の水準において、一歩先んじていると言える。

「安価な文学」（八）とは、自分の父が暗殺されたと信じ込んだハムレットの貧しい想像力を揶揄する、クローディアスの用いた表現である。「貴様はそんなに賢い悲劇の主人公になつて見たいのか？」という皮肉などと一緒に、それは、『ハムレット』の作劇方法に疑問を突きつける言葉となっている。『クローディアスの日記』は、設定をずらし、形式を変えることによって試みられた『ハムレット』批判であった。けれども、物語の再話である以上、見直しに限界があることは否定できない。クローディアスの奥行きのある内面の提示は、イギリス・ルネッサンス期の悲劇の枠組に寄りかかることで成り立っていた。興奮したクローディアスの述懐は、「貴様程に気障な、講釈好きな、身勝手な、芝居気の強い、而し《ママ》くおしやべりな奴はない」（八）のように、しばしば芝居の科白に似通う。むろん、これまで検討してきたように、『クローディアスの日記』が日記体小説として注目すべき達成であったことは揺るがない。しかし、『ハムレット』を下敷きにし、表現に『シルヴェストル・ボナールの罪』を参照した痕跡があるように、本作が西欧文芸の直接的な影響下に制作されていることも見ておかねばならないであろう。『クローディアスの日記』は、小林秀雄『おふえりあ遺文』（一九三一年）・太宰治『新ハムレット』（一九四一年）・大岡昇平『ハムレット日記』（一九八〇年完結）など、『ハムレット』の新たな解釈を施す試みの、日本における最初の例と位置づけられる。その意味でも、志賀の創作は評価されてよい。ただし、「「私」を語る小説」の実現という尺度を用いた場合、『クローディアスの日記』は別の相貌を帯びる。『大津順吉』と同時に発表されたこの作品は、等身大の自己を小説化しえない能力の限界を示していると解することができよう。志賀直哉が西欧文芸から受けた影響を潜在化させた「「私」を語る小説」、『城の崎にて』（『白樺』第八巻第五号、一九一七年五月一日）や『和解』（『黒潮』第二巻第一〇号、一九一七年十月一日）を書くのは、それから五年後のことであった。

注

＊1　『クローディアスの日記』は、「――日」と表される不特定の日の、一六日分の日記から構成されている。便宜上、それらに通し番号を振り、引用に際しては、その数字を併記する。

＊2　ベアトリス・ディディエ、西川長夫・後平隆訳『日記論』（松籟社、一九八七年九月二十一日。原著発行は、一九七六年）二一八ページ

＊3　大島一雄『人はなぜ日記を書くか』（芳賀書店、一九九八年十一月二十日）二三ページ

＊4　青木正美『自己中心の文学――日記が語る明治・大正・昭和』（博文館新社、二〇〇八年九月二十四日）「第一部　本邦日記帳事始め」一三ページ～二七ページ

＊5　注2前掲ディディエ書六二ページ

＊6　注2前掲ディディエ書六五ページ～六六ページ

＊7　寒川鼠骨編『日記文』（内外出版協会、一九〇三年十二月四日）・又間安次郎編『日記文』（精華堂書店、一九〇七年三月二十五日）・大和田建樹編『通俗作文全書　一一　日記文範』（博文館、一九〇七年八月十三日）・吉野臥城『日記文作法』（昭文堂、一九〇八年二月四日）・内海弘蔵『日記文範』（成美堂、一九一二年一月十日）など。

＊8　水野葉舟『日記文』（文栄閣書店・春秋社書店、一九一〇年十一月十日（未見）。引用は、一九一一年一月十四日三版に拠る）二三ページ

＊9　注8前掲水野葉舟書二五ページ

＊10　小林愛雄『日記新文範』（新潮社、一九一〇年二月二十日）一八七ページ

＊11　金子薫園『日記文練習法』（新潮社、一九一三年九月十五日）一五三ページ

＊12　小林愛雄は、感動的な出来事を摘録することによって「他日、小説など作る場合に之れから一篇のヒントを得ることもあらう」と述べ（注10前掲書一九八ページ）、金子は、「私の経験を言ふと、日記の材の中から、作品のヒントを得たことが多い」（注11前掲書五九ページ）と語っている。

＊13　佐々木基成「物象化される〈内面〉――日露戦争前後の〈日記〉論」（『日本近代文学』第六七集、二〇〇二年十月十五日）

＊14　注2前掲ディディエ書三一ページ〜五一ページ。ディディエは、「すくなくとも普通に受け取られているような感傷的な意味での私性」と言い換える以上には、「私性の概念の把握はむずかしく、主観的にならざるをえない」という理由から、「私性」を定義していない。この措置は、厳密な説明によって、日記言説の多様性を見落とす危険を懸念してのものであろう。本書では、ディディエの姿勢に倣い、「私性」を、反省を契機に現れる内面性というぐらいに緩やかに理解しておく。

＊15　応募作品の内容や文末表現を中心とする文体の特徴については、鈴木貞美「日々の暮らしを庶民が書くこと――『ホトトギス』募集日記をめぐって」（バーバラ・佐藤編『日常生活の誕生――戦間期日本の文化変容』（柏書房、二〇〇七年六月十日）所収）が詳しい検討を行っている。鈴木が挙げている作品の書き手の仕事は、例えば、銀行員、植木業、工事監督、鋳物工、小僧、兵隊、牛飼いなどである。

＊16　注7前掲又間安次郎編書

＊17　筆者による文例「小学教員日記」・「運転手日記」・「甲板日記」・「入湯日記」・「郵便函日記」などが目次に並ぶ内海弘蔵『日記文範』（注6前掲書）も同様である。

＊18　注8前掲水野葉舟書五一ページ

＊19　注11前掲金子薫園書一二〇ページ

＊20　『日記新文範』では、文学者の日記は、本編に配され、「技手日記」・「燈台日記」・「巡査の妻の日記」などの文例は、

「鼇頭日記」として本文の上の欄に置かれている。

＊21　注13前掲佐々木基成論文。ただし、佐々木が隆盛の原因として、「作為性を排除する日本自然主義」のみを挙げているのには疑問が残る。日記体小説が受容された背景には、「「私」を語る小説」をめぐる関心が含まれてよい。

＊22　六年ぶりに再会した中学時代の友人から、かつて自分が託した恋人の手紙を返却され、読み直して改めて感慨に耽ることを日記として記録した水野葉舟『忘却』（表Ⅲ5）も、私的文書の流通という観点から興味深く、『母子』に通じるものを感じさせる。

＊23　葛山泰央『友愛の歴史社会学――近代への視角』（岩波書店、二〇〇〇年十一月二十四日）「第五章　凡庸化される友愛――日記の言説空間」二七三ページ。葛山は、「内的日記（journal intime）」を「〈内面性〉の日記」と「〈親密性〉の日記」という意味を併せ持つ」もの（二六四ページ）と説明している。

＊24　注23前掲葛山泰央書三〇二ページ

＊25　町田栄「志賀直哉「クローディアスの日記」考」（小林一郎編『日本文学の心情と理念』（明治書院、一九八九年二月二十日）所収）。ほかに山口幸祐「志賀直哉の《ハムレット》解釈・素描」（『富山大学人文学部紀要』第一一号、一九八六年三月十日）

＊26　坪内逍遙「帝国劇場にて演ずる「ハムレット」について」（『早稲田文学』第六六号、一九一一年五月一日）

＊27　好意的な批評として、静雨「「ハムレツトを観る」（『読売新聞』一九一一年五月二十二日）・青々園「『ハムレット』の初日（帝国劇場に於ける文芸協会公演）」（『歌舞伎』第一三二号、一九一一年六月一日）・田中生「ハムレットの印象」（『早稲田文学』第六七号、一九一一年六月一日）などが挙げられる。

＊28　『志賀直哉全集　第九巻』（改造社、一九三八年六月二十日）収録時に「「クローディアスの日記」に就いて――舟木重雄君に」と改題

＊29　榊敦子「志賀直哉の「クローディアスの日記」――父と子の問題を中心に」（『比較文学』第三一巻、一九八九年三月三十一日）

＊30　注29前掲榊敦子論文
＊31　注25前掲町田栄論文。注25前掲山口幸祐論文および吉田正信「「クローディアスの日記」読解の前提――直哉自身による状況分析の試みを探る」（『愛知教育大学国語国文学報』第六二集、二〇〇四年三月十五日）は、「ハムレットを見る」を文芸協会の公演の観劇と解釈しているが、正しくない。
＊32　月旦子「几辺独語（六）――九月文壇一瞥」（『時事新報』一九一二年九月二十六日）
＊33　寒（荒畑寒村）「九月の小説」（『近代思想』第一巻第一号、一九一二年十月一日）
＊34　破天郎「九月文壇の印象評」（『文章世界』第七巻第一三号、一九一二年十月一日）
＊35　舟木重雄「留女を読みて」（『奇蹟』第二巻第三号、一九一三年三月一日）
＊36　注25前掲町田栄論文
＊37　注27前掲青々園文
＊38　注27前掲田中生文
＊39　長白山「ハムレット（六月帝国劇場文芸協会第一回公演）」（『演芸画報』第五年第七号、一九一一年七月一日）
＊40　鶴谷憲三「クローディアスの形象化（一）――「クローディアスの日記」を中心として」（『日本文学研究』第二七号、一九九一年十一月一日）。
＊41　浜田志保子「志賀直哉「クローディアスの日記」――シェイクスピアの『ハムレット』からの展望」（『常葉学園短期大学紀要』第三二号、二〇〇一年十二月八日）
＊42　大尉だった伯父に人形の購入を願って、男の子らしくないと叱られた昔の記憶を綴った後、主人公のシルヴェストル・ボナールは、今は亡き伯父に、「大尉よ、たとい生前あなたが罵詈雑言をほしいままにし、煙草も酒ものみ放題であったとはいえ、しかも私はあなたの遺徳をたたえたい」と、日記の中で呼びかけている（引用は、A・フランス、伊吹武彦訳『シルヴェストル・ボナールの罪』（岩波文庫、一九八九年六月十六日四刷）に拠る。二八ページ）。また、かつて思いを寄せた女性クレマンチーヌに対しても、同様の呼びかけがある。

＊43　注42前掲『シルヴェストル・ボナールの罪』三五ページ

＊44　黄如萍「志賀直哉「クローディアスの日記」論──クローディアスの「自家撞着」」（『有島武郎研究』第一一号、二〇〇八年三月三十日）

＊45　注29前掲榊敦子論文

＊46　『クローディアスの日記』については、志賀の父子対立の投影を作品に見出す立場がある。代表的な論者としては、「この部分（引用者注──王妃をめぐる兄弟の心の暗闘の部分）のクローディアスを直哉、兄王を直温、王妃を義母浩と置き換えて読むことができる」という意見を提出した宮越勉（「志賀直哉──尾道行前後の生活と文学」〈『文芸研究』第四三号、一九八〇年三月三十一日。のち、宮越勉『志賀直哉──青春の構図』〈武蔵野書房、一九九一年四月三〇日〉に「青春の熱狂──尾道行前後」として収録〉）、「クローディアスには父直温、ハムレットには直哉が託されている」と推断する注31前掲吉田正信論文がある。いずれの見方にも相応の説得力が感じられ、実生活との重ね合わせが有効なアプローチであることは間違いない。ただし、本節ではまったく異なった世界に自己や家族が仮託されている点に、志賀の「私」を語る小説」をめぐる限界を見定めることに集中したい。

＊47　石塚倫子「『ハムレット』と志賀直哉『クローディアスの日記』──家父長制における男性たちの葛藤」（『Lingua』第一三号、二〇〇二年十一月一日）

＊48　注47前掲石塚倫子論文。『クローディアスの日記』はエディプス的な父子の対立と同時に、ホモソーシャル体制の中で維持される家父長制イデオロギー、そしてその矛盾と重圧をも浮き彫りにしているという点で、原作の『ハムレット』の重要なモチーフを再現している」と石岡は評価しているが、希薄なガートルード像や王位継承問題への言及の乏しさなどからすれば、家父長制イデオロギーをモチーフとして受け継いでいるとは簡単に言えないのではないか。

＊49　水野岳「初期志賀直哉と〈客観的証拠〉」（『語文』第八六輯、一九九三年六月二十五日）

〔表三〕一九〇〇年代〜一九一〇年代の日記体小説

	作者	作品名	掲載紙誌	巻号数	発表年月	記述日数	日記の記述期間	内容	備考1	備考2
1	国木田独歩	酒中日記	文芸界	一巻一〇号	一九〇二年十一月五日	一五日分	明治三〇年五月三日〜五月十九日	公金拐帯で妻が自殺し、瀬戸内の島に逃避した男の回想	後書	
2	小山内薫	留任	帝国文学	一〇巻一一	一九〇四年十一月一日	一四日分	某年某月某日〜某年某月某日	小泉八雲転任の反対運動に加わった学生による推移の報告		
3※	泉斜汀	恋日記	ハガキ文学	二巻一四号	一九〇五年九月一日	五日分	（五月）十九日〜六月三日	漂着死体の女が抱いていたつれない恋人に対する恨み言	前書・後書	
4※	水野葉舟	悪夢	早稲田文学	一四号	一九〇七年二月一日	七日分	十月十九日〜十一月二十二日	街で偶然知り合った女と関係を深められない男の焦燥感		
5	水野葉舟	忘却	中学世界	一〇巻三号	一九〇七年三月十日	一日分	三月十五日	再会した友人から預けていた昔の恋文を受け取った男の感慨	後書	
6	高須梅渓	神秘日記	太陽	一三巻六号	一九〇七年五月一日	三三日分	月　日〜　月　日（記載なし）	催眠術や自己幻視などを体験する男の不安に悩む日々	前書	
7※	小山内薫	『色の褪めた女』	文章世界	二巻七号	一九〇七年六月十五日	二日分	十二月五日〜十二月六日	亡くなった知人が電車の中で遭遇した女性のくたびれた様子	前書	
8	XYZ	物ぐさ日記	ハガキ文学	四巻八号	一九〇七年七月一日	四日分	月　日〜　月　日（記載なし）	怠惰な日々の中、女から別れを切り出された男の錯乱	前書	
9※	水野葉舟	日記の数ペーヂ	新潮	七巻二号	一九〇七年八月十八日	五日分	十一月某日〜二月某日	電車や往来で出会った人の表情の細かな観察記録	後書	
10	石丸梅外	嫁ぐ日	新文林	一巻二号	一九〇八年五月一日	三日分	二月十七日〜二月十九日	嫁ぐ前日までの家族と最後の一時を過ごす妹の心情	前書・後書	毎日
11※	水野葉舟	北村の日記	趣味	三巻八号	一九〇八年八月一日	三一日分	（明治）三三年九月十五日〜三五年十月二十五日	二人の女性に対して同時に惹かれる、友人の学生時の記録	前書	
12※	三島霜川	餌拾	趣味	三巻九号	一九〇八年九月一日	八日分	五月七日〜十月二十八日	街頭でよく会う見すぼらしい男が落魄していく様子の観察	前書・後書	
13	沼田笠峯	ネクタイ	ハガキ文学	五巻一〇号	一九〇八年十月一日	一日分	△月△△日	友人から赤いネクタイを不相応と言われた男の年齢の自覚	前書	

14	相馬御風	産れた家	文章世界	三巻一四号	一九〇八年十一月一日	一一日分	十一月二十日〜十一月三十日	実家に立ち寄った僧侶と少年「僕」との短い交流と別れ		毎日
15	須磨六郎	親友	明星	一〇〇号	一九〇八年十一月五日	一五日分	九月二十三日〜十二月五日	友人とその恋人とを応援しつつ、彼女に惹かれる男の心情		
16 ※	小山内薫	中学生の日記	新潮	一〇巻一号	一九〇九年一月一日	五日分	(八月)十五日〜(八月)十九日	旧友が中学時代に書いた新発田の叔父宅での滞在記	前書・後書	
17 ※	田山花袋	白紙	早稲田文学	三八号	一九〇九年一月一日	八日分?	日付の記載なし	性愛に対する嫌悪から発狂した文学者の日記の抜粋	前書・後書	
18	真山青果	十数頁	中央公論	二四年二号	一九〇九年二月一日	一八日分	十月二十五日〜十一月十一日	書生から見た月末から月明けにかけての文学者の生態	前書	毎日
19	秋田雨雀	行雄さんの日記	新文林	二巻四号	一九〇九年四月一日	二五日分	三月十六日〜七月二十五日	失恋や母の束縛に悩み、狂気に陥っていく学生の心情吐露	前書	
20	岡本霊華	弟の日記	新文林	二巻四号	一九〇九年四月一日	八日分	十一月七日〜十一月十五日	隣に住む叔父の強欲な性格に反撥する少年の感想	前書	
21	窪田空穂	母子	新文林	二巻四号	一九〇九年四月一日	一日分	十一月二十三日	戦死した友人の日記に記されていた娼婦の身の上話	前書	
22	三木露風	桃代さんの日記	ハガキ文学	六巻六号	一九〇九年六月一日	一〇日分	四月二日〜四月二十日	沼津の間貸し屋の娘から見た男性二人の滞在客の様子	前書・後書	
23	徳田秋声	隣の医師	秀才文壇	九巻一八号	一九〇九年八月二十日	六日分	五月二十日〜五月二十六日	浅間温泉で逗留中の「僕」が地元の医者に誤診される話		
24 ※	永井荷風	新帰朝者の日記	中央公論	二四年一〇号	一九〇九年十月一日	一九日分	十一月二十八日〜二月十七日	日本の皮相な西欧模倣や因習の残存に対する辛辣な批評		
25	正宗白鳥	雷雨	太陽	一五巻一三号	一九〇九年十月一日	一日分	八月二十九日	朝は思索し、午後に友人宅を訪ね歩く作家の日常の行動		
26	真山青果	一室内	太陽	一五巻一四号	一九〇九年十一月一日	二二日分	五月十七日〜六月七日	療養中の作家を訪れる見舞客たちの様子と病状の進行		
27 ※	秋田雨雀	少年とピストル	早稲田文学	五一号	一九一〇年二月一日	二二日分	(明治)三九年?十月十五日〜四一年?十二月三日	過剰な自意識に悩まされ、自殺願望を抱く若者の思索の断片		

28	浅野片々	S君の手帳	ハガキ文学	七巻四号	一九一〇年四月一日	七日分	（明治）四三年一月十四日～二月十三日	湯屋で突然死した二八歳の男性の残した思考の断片	後書	
29※	黒田湖山	立てた箸	三田文学	一巻一号	一九一〇年五月一日	一二日分	十日～二十一日	故郷に戻るか東京に止まるかで迷う若者による運探しの市中彷徨		毎日
30	萱野二十一	獏の日記	白樺	一巻五号	一九一〇年八月一日	九日分	三月三日～三月十一日	伝道学校で知り合った女性と別れた男の夢と不眠との日々	前書	毎日
31※	片上天弦	茅ヶ崎日記	ホトトギス	一四巻一号	一九一〇年十月一日	三一日分	八月一日～八月三十一日	義兄の肺病の療養に伴い、一夏を茅ヶ崎で過ごした「僕」の生活	前書	毎日
32※	萩原蘿月	愛妻の死後	ホトトギス	一四巻四号	一九一〇年十二月一日	一三日分	八月四日～十月二十四日	結婚一年有余で妻を失った作家志望の「余」の追憶と再婚話		
33※	小林愛雄	千鳥	帝国文学	一八巻一	一九一二年一月一日	一日分	日付の記載なし	歓楽街での一夜を過ごした客・女それぞれの日記	前書・中書・後書	二人の日記
34	上司小剣	女犯	中央公論	二七年七号	一九一二年七月一日	三日分	日付の記載なし	療養で山国を訪れた「私」が知り合った和尚の女性関係	後書	
35※	岩野泡鳴	巡査日記	早稲田文学	八一号	一九一二年八月一日	四二日分	七月一日～八月二十一日	巡査を拝命した男の交番勤務での見聞や上司との軋轢		
36※	志賀直哉	クローディアスの日記	白樺	三巻九号	一九一二年九月一日	一六日分	――日～――日（記載なし）	ハムレットの邪推に気持ちを乱されていくクローディアスの内面	後書	
37	中村星湖	復活祭の後	早稲田文学	一一〇号	一九一五年一月一日	一七日分	四月二十六日～五月二十五日	投書家であった女性との交流に軽い華やぎを感じる作家の心情		
38	水野盈太郎	或一日	新潮	二二巻二号	一九一五年二月一日	一日分	十一月四日	同居の従妹の身体から圧迫感を受け取る作家の憂鬱	前書	
39	岡田八千代	あの女（清太郎の日記から）	科学と文芸	一年一号	一九一五年九月一日	三日分	八月二日～八月十五日	滞在先の息子の目から見た、田舎で療養する女性小説家の言動		
40	田中介二	ある弱者の日記	早稲田文学	一一八号	一九一五年九月一日	七日分	七月〇日～七月四日	放浪生活から脱しきれない書き手の親しい従弟を喪った慟哭		
41	有島武郎	首途	白樺	七巻三号	一九一六年三月一日	一〇日分	某年八月十四日～九月五日	アメリカの精神病院で看護夫として働いた男の体験と思索		
42	菊池寛	盗みをしたN	新小説	二三年五号	一九一八年五月一日	七日分	〇月〇日～〇月〇日	会社の金を盗み、投獄された男の窃盗衝動に関する回想	前書・後書	

43	菊池寛	無名作家の日記	中央公論	三三年七号	一九一八年七月一日	一五日分	九月十三日～×月×日（三年間）	友人の新進作家としての活躍に対する「俺」の嫉妬と焦燥感	

1、（前書き）＋日記＋（後書き）の形式を満たす作品をリストアップした。
2、佐々木基成「物象化される〈内面〉――日露戦争前後の〈日記〉論」（『日本近代文学』第六七集、二〇〇二年十月十五日）で列挙・言及されている作品（二一編）を基とし、1の定義に該当しないものを外し、洩れているものを補った（番号の後に※を付してあるものは、佐々木が指摘した作品）。
3、日付を持った記述のあるもの、あるいは日記であることを題名、作品中で明言しているものを選び、手記、あるいは手帳やノートに遺された断片などの体裁の作品は省いた。
4、日記体「小説」であるかどうかの判断が難しい場合、掲載紙誌の目次の分類を一つの目安とした。

終章　近松秋江と志賀直哉——「「私」を語る小説」をめぐる交錯

以上、「「私」を語る小説」の生成と展開とを考察してきた。

第一章第一節では、『太陽』を対象に、「私」をめぐる意識の変容を取り上げた。日露戦争後、帝国主義の浸透による内外の地域の序列化を背景として、旅をする学歴資本を持った青年たちが観光地において内面を膨らませていったこと、また、感傷や詠嘆を共有する相手として友人との絆が強まる一方で階級の異なる他者への関心が閉じられていくことを確認した。ホモソーシャルな絆を描いた作品は、下層階級に対する優越感によって支えられている。可視的な差別の構図を持つテクスト群は、関心領域を狭めていくそれ以後の小説の基本的な性格を把握する上でも指標となるものである。

続く第一章第二節においては、「世俗的な巡礼」の概念を援用しながら、旅行者の感性を獲得することで地方出身者が意識の上で故郷と隔たっていくことを、まず検証した。次に、意識を変容させた作家たちが自己への関心を深めつつ、自身を対象化する困難から友人を描くことや三人称を採用することから小説の制作を始めたことを指摘した。書き手の内面が奥行きを備えることは、直ちに「「私」を語る小説」の誕生を意味するわけではない。試作が発表されるようになっても、しばらくは卒業式が節目として重視されるなど、創作は、できごとの推移と心理との関連づけに不充分なところを残していた。「私」の内面のありようが叙述を推進する動力となり、創作活動が作品の主題として位置づけられるようになるには、書き手の世代交代とある程度の時間とを必要とした。友人を中心に描いたり、三人称形式を用いたりした未分化な「自己表象テクスト」がまず現れ、次いで「「私」を語る小説」をめぐる実験が始まり、やがて「自己生成小説」が登場する。変化は、数年の間に起こったために見えにくく、当時にあっても明確に自覚されていたわけではないが、小説の表現は突然に新しくなったのではなく、段階的に改まっていったと考えるのが適当である。

第二章は、近松秋江の初期作品を対象とした。最初に『別れたる妻に送る手紙』の前史を追い、家族や友人から自身へと描写の対象を移していく道筋をたどった。次に『別れたる妻に送る手紙』を分析し、秋江における「「私」を語る小説」の始まりが書簡体小説の枠組を有効に利用したものであることを明らかにした。手紙の書き手は、原理的に言えば、対他意識と対自意識との間で常に揺れ動いている。手紙の広い振れ幅を持つ表現特性に依拠しながら、秋江は、妻に去られ、現在を空しくして生活する主人公の内面を再現的に示すことに成功した。秋江は、その後も書簡体小説に意欲的に取り組み、女性の手による書簡の揺らぎにも学びながら、叙法を成熟させていった。人格主義的批評の試練をかいくぐり、「大阪の遊女もの」連作において、秋江は、二重化された回想を行う「私」を様式化するところに到達した。第二章では、書簡体小説全般の動きにも目を向け、言文一致体の手紙を取り込むことで小説が隠された事象や微細な心理を表出しえたことも指摘した。書簡体小説は、やがて文壇に所属する者たちが親密さを補強する手段に堕していった。『平凡人の手紙』の考察においては、文学者の相互依存の傾向を検証しながら、有島武郎の「「私」を語る小説」の優れて批評的な身ぶりを説いた。

　第三章では、出発期の志賀直哉の作品を集中的に論じた。まず『網走まで』から『祖母の為に』までの小説の題材に触れ、自己の周辺に位置する人物から家族に関心が移っていくことを述べた。「私」に徐々に接近していく歩みは、秋江と類似しており、同時代の小説表現の変化を体現したものと言えよう。次に『濁つた頭』に注目し、聞き手「自分」を立て、額縁小説の形式を採ることによって、この短編が青年の逸脱行動を当事者に語らせることに成功している意義を説明した。主人公の回顧は、確固とした立場によらないもので、宗教的な告白とは一線を画している。さらに、志賀における本格的な「「私」を語る小説」の着手である『大津順吉』の構造を探った。『シルヴェストル・ボナールの罪』に倣った二部構成の中編において、志賀は、数年前の二人の異性に対する関心を描いた。「第一」と「第二」とで一見対照的な主人公の言動は、西欧の恋愛思想に束縛されている点で通底している。語り手「自分」は、往時の混乱を抱えた自己に対して距離を置き、かつ、現在も安定した境位を獲得しているわけではない。しかし、作品の不透明な部分は、自己正当化を拒む姿勢の現れとして評価することができる。また、友人の創作を媒介にして、過去の創作から脱皮しようとする志向には、「自己生成小説」の萌芽がある。最後に、『クローディアスの日記』を日記体小説としての側面から考察を行った。日記を付ける習慣が教育を通じて定着していく中、日記体小説も数を増やしていく。最初から他の読み手を意識して作られた日記文の延長に成立した日記体小説は、高等教育を受けた者たちが自分たちの卓越性を相互に承認する手段となっていった。『クローディアスの日記』は、先行する日記体小説とは異なり、敵対的な相手が想定されることによって書き手の起伏ある内面が提示される特色を持った作品であった。この時期の志賀の小説には、総じて西欧文芸摂取の痕跡が認められる。異国の小説を参照したことは、「自己生成小説」の制作へと彼を方向づけた一因ではないか。女のために洋書を処分しようとする主人公を描く秋江と比べた場合、志賀は対極に位置するようである。

本書では、「「私」を語る小説」の出現を一九一〇年前後と定め、近松秋江と志賀直哉とにそれぞれ異なる典型を見出した。当然のことながら、二人の書き手のみで「「私」を語る小説」の諸相が尽くせるわけではない。例えば武者小路実篤や岩野泡鳴の名前がたちどころに思い浮かぶし、小山内薫や水野葉舟の果たした役割もより掘り下げられねばならない。高浜虚子や伊藤左千夫など、写生文の系譜の検討は、未着手のままである。趣向のある写実的な描写を重んじる写生文の場合、対象との距離を一定に保たねばならず、観察者である自己の心が直接表されることは珍しい。「「私」を語る小説」の誕生に、写生文は副次的にしか貢献していないというのが現在の見通しであるが、調査による裏づけが必要である。本書の考察は、二つの基本線をわずかに示しえたに過ぎない。秋江と志賀とについても、中期以降の研究が残されている。取り組むべき課題は多いが、それでも、手紙と日記という隣接ジャンルとの交渉を通じて、小説の表現が拡張され、奥行きのある内面が描き出されるようになる過程はいくらか可視化できたように思われる。

志賀直哉と近松秋江とは、序章でも触れたように、ほとんど接点がない。しかし、ある時期、二人はそれぞれの仕事に関心の目を向けていた。志賀には、「新作短篇小説批評」（『白樺』第一巻第五号、一九一〇年八月一日）という文章がある。これは、同人が交代で執筆した時評の一回であり、五二編の作品が取り上げられている。「新作短篇小説批評」は、他人の創作を論じることに熱心でない志賀が同時代の作品をどのように眺めていたかを知る貴重な資料である。主情的で率直な判断が綴られる中、『別れたる妻に送る手紙』には、好意ある評言が寄せられている。直接の言及の対象は、連載の最終回であるが、志賀は「此小説は毎号待つて読んだ」と言う。主人公の雪岡は、「通俗な意味で平凡な人間かも知れないが其気分は決して平凡ではな」く、「水にひたした厚紙のやうな人間」と喩えられている。その含意には解釈の余地があるが、続く「此小説は一歩右へ出ても左へ出てもイヤな気をさすやうな細いしかも長い道をテク〳〵と静かに歩いて居る」という擬人化表現との連関からすれば、自己正当化、あるいは自己卑下のいずれにも傾かない冷静さを持つ語り手兼主人公と理解するのが適当であろう。「淫売婦に材を取つたと云ふ事や、主人公が所謂意気地なしだと云ふ事や、安価な告白といふ流行の評語などにとらはれたりして此小説を簡単に悪く云つて貰ひたくないと思ふ」からは、世評と対立して作品を擁護することも辞さない調子が伝わってくる。「近作批評」（『白樺』第一巻第三号、一九一〇年六月一日）で「手紙を書いた人の弱い人のい丶正直でぶれない性質がよく出てゐる。かう云ふ個性をかき得る人は秋江氏より外あるまい」という武者小路実篤の感想より、志賀は、『別れたる妻に送る手紙』を強く推奨していた。そこには、先駆的な「「私」を語る小説」に対する敬意があるのかもしれない。

秋江も、新人作家である志賀の創作を積極的に評価していた。最初に秋江が志賀の名前を上げたのは、「文芸雑感」（『文章世界』第五巻第一〇号、一九一〇年八月一日）においてである。ただし、この文章では、中村星湖から『剃刀』という短編の存在を教えられたことが余談で登場するにすぎず、本格的な論評は、「九月の小説（下）」（『東京朝日新聞』一九一一年九月二十八日）から始まる。秋江は、志賀が谷崎潤一郎と並んで「もう一段新しい特性を具へてゐる人達の一人」と分類し、近作『不幸なる恋の話』には「あまり実の入つた作ではない」と不満を示しつつ、「志賀氏のは意気です。西洋趣味の加はつた意気です」と特徴づけている。「西洋趣味の加はつた意気」は、本書で指摘した、志賀における西欧文芸の影響を的確に言い当てた言葉として見逃せない。「書斎偶語（下）」（『時事新報』一九一二年二月二十八日）では、「新しい作家では、私は志賀直哉氏が好きだ」と発言し、『母の死と新しい母』を「よく出来てゐる」と賞めている。「筆数の少い書き方をする」ところが「私の趣味に会ふ」という好みは、「文章随話」（『文章世界』第七巻第一二号、一九一二年九月一日）でも表明されている。この随想には、「今日の、文章を書く人で、──小説作家の中では、秋声、虚子、葉舟、志賀直哉などいふ人達が、最も無駄の少い文章を書く」という一節がある。身辺に取材した作品における、抑制の利いた筆致に着目する秋江は、志賀の創作に自身とは異質の「「私」を語る小説」の形を触知していたと推察できる。

二人の相互評価は、内面へと興味を移していく一九一〇年前後の文学場を反映した一挿話と言える。季節の変化に敏感に反応する身体を所有し、創作の契機として住環境の一新をしばしば思い立つことでも、両者は似通う。志賀と秋江との近しさは、文芸史を記述し直す際の材料となるであろう。ただし、ゆるやかな結びつきは、長くは続かなかった。

一九一七年、志賀は、三年ぶりに小説の発表を始め、『和解』によって文壇における地位を確立する。大多数の批評家が激賞する中、最も否定的な意見を提出したのが秋江であった。「文芸時事（下）」（『読売新聞』一九一七年十月二十五日）で秋江は、「さて〳〵贅沢なる不和であり和解であると思つた」と期待が裏切られたことを語っている。彼の批判は、不和の状態が続く中でも主人公「自分」が経済的な援助を父から受けていることに向けられていた。『和解』の主人公の悩みを富裕層の贅沢と受け止めた秋江は、「何の事だい、笑はせやがある!! 不和が聞いて呆れらあ、和解は初鼻から出来てゐる」と唊呵のような感想を書きつけている。辛辣な評価は、「「第二の母」と「和解」」（『文章倶楽部』第三年第二号、一九一八年二月一日）でも続き、主人公の性格を「小人物なところがある」ととらえ、「そんな家（引用者注——「富裕な家」を表す）に育つた人とは思はれぬ」と手厳しい。前者における「吾々貧民」という自己規定が適切かどうかはともかく、志賀を異なる階級に所属する存在と秋江が見なしているのは確かである。物質的基盤を不問にした『和解』の世界に対する秋江の反撥は激しかった。後者の「創作以外に亙つた批評であるかも知れぬ」という自覚にある通り、作者と主人公とを同一視するなど、物言いには、感情の高ぶりゆえの粗さが目立つ。とはいえ、「私」を語る小説」であり、「自己生成小説」である『和解』をまったく受け容れようとしない姿勢は、留意されてよい。

秋江の文章に対する志賀の応答は、公にされたものではない。ただし、相当に不快を感じたことをうかがわせる資料がある。「未定稿160」は、「十月三十一日」と末尾に記されており、内容は「文芸時事（下）」への反論である。最初に志賀は、かつて「新作短篇小説批評」で『別れたる妻に送る手紙』を賞賛したことに触れ、「自分は今改めてそれを総て取消す」と宣言する。そして、「秋江が自分の創作に対し酔漢のような馬鹿気た調子で何か云つてゐるのを見て腹を立てた」こと、「自分の最初の児の死と秋江の野倒れ死とを対照して何かいつてゐる所で自分は甚く汚がされた気がした」ことを記していく。志賀は、秋江の切り口を「下等な奴」・「馬鹿な奴」・「けがれた人間」と罵り、「自分はかういふ見方で生活してゐる人間を近づける事は我慢出来ない」と軽蔑感をあらわにする。この一文は、結局発表されることはなかったが、志賀の秋江観は一変し、二度と好転することはなかった。

二人の衝突には、資質の違いも作用していよう。けれども、〈人格主義的コード〉に即した批評が秋江を攻撃し、志賀を特別視していく経緯を考慮する時、両者の敵対は、単に個人間の問題と済ますことはできなくなる。それは、「「私」を語る小説」をめぐる意識の転換を表すできごととして受け止められてよい。かつての「「私」を語る小説」

は、懺悔や自伝との差異化を図り、安定した視座からの回顧を採用しなかった。しかし、創作活動と内面の充実とを相補的にとらえるようになった作家たちは、「自己生成小説」に範型を求めるようになっていく。「自己生成小説」は、創作への開眼という結末を到達点とし、職業作家を目指す世代の書き手にとっては、恰好の目標であった。彼らの理想に適ったのが『和解』を発表した志賀であり、執筆への契機を内部に持たない秋江の小説は、評価の対象から外れていくことになる。山本芳明によれば、一九一七年は「以後の日本近代文学を長く支配していくことになる、作家の実人生と作品の関係、それに連動する作品の評価に関する新しいパラダイムとそれをよしとする感性が顕在化し、正当化されようとしていた」年である。[*1]「私」を語る小説」の評価軸が移動したことは、文壇の大きな構造変化を表す指標と言える。むろん、「自己生成小説」の具体例を受容の実際と共に検討することは、本書の範囲を越えており、後日に期すしかない。とはいえ、「私小説」の語が誕生するまでに、「「私」を語る小説」の理念が一定ではなく、なお変転していくことは、見据えておく必要があろう。

注

＊1　山本芳明「大正六年――文壇のパラダイム・チェンジ」（『学習院大学文学部研究年報』第四一輯、一九九五年三月二十日。のち、山本芳明『文学者はつくられる』〔ひつじ書房、二〇〇〇年十二月十六日〕に収録）

あとがき

小説という言語芸術は奥深い。組織化された言葉の連なりは、ストーリーを、人や事物のイメージを、さまざまな情意を伝える。また、そこからは、作品が書かれた時代の状況や作り手の無意識なども引き出すことができる。細部への留意によって、構造が透視され、多くの知見が得られることに喜びを覚え、読解に耽る日々を過ごした大学院の時代が懐かしい。今でも、読書の際に、何気ない記述に立ち止まり、表現を反芻する習慣は変わらない。

志賀直哉と近松秋江という二人の書き手を研究対象に選んだのは、偶然に近かった。卒業論文で大西巨人『神聖喜劇』を扱った論者は、大西の批評活動の起点が志賀批判であったことに興味を惹かれた。大西に限らず、一九四〇年代後半には、さまざまな論者が志賀に疑問の目を向けていく。なぜ、志賀はこれほどに後代の書き手の反撥を呼ぶのか。そのような疑問が最初のきっかけとなった。

『志賀直哉全集』を順番に読み進めていくと、志賀がある時期から自身の創作方法を固定化し、作家像の持ち込みを小説の読者に求めるようになることがわかる。受け手への過度の寄りかかりは、虚構の本来的な力を削ぐものとして、戒められるべきであろう。ただし、集中的な読書は、弱点を確認するだけでなく、初期の豊饒な可能性に気づく契機ともなった。心身の葛藤や変調を「私」の言葉で語らせようとする試行錯誤は、魅力ある題材に映った。そこから、志賀文芸への取り組みが始まる。その途中で、同時期の書き手をもう一人、比較対照の意味で手がけておきたいと考え、近松秋江を選んだ。同じ『白樺』派の作家を引き合わせるよりも視野が広がるのではという判断はあったものの、秋江に定めるのに深い理由はなかった。せいぜい、自然主義の作家と言うだけでは片づかない、言説の過剰さが気になったというぐらいであろう。その時点では、まだ二人を結びつける発想は生まれていなかった。しばらくは、見通しのないままに、作品の個別検証が続くことになる。重層化した「私」が現象する表現空間に分け入ることは、それだけで楽しかった。

作品の独自の姿を一つずつとらえようとする作業は、しかし、間もなく限界に突き当たる。ある小説が歴史的に果たした役割を指摘するのに、内在的な分析だけでは足りない。修辞論や文体論による接近や時代状況との関連づけによっても、何かがこぼれ落ちてしまう。おぼろげに見えてきた志賀・秋江共通の軌跡を記述し、一九一〇年前後の小説の変容を可視化するためには、別の切り口がなければならない。論者にとって、「私」を語る「私」を自明視せず、それが生み出される条件を整理すること、また、「私」を語ることが小説において定着していく過程を追跡することは、不可避の課題となっていった。内面を備えた青年が登場し、自らを描いた小説が蓄積されていく文脈を明らかにしてこそ、二人の創作は、説得的に意義づけられよう。本書において、論者が試みたのは、彼らが「私」を語りえた功績を正当に測量することであった。むろん、意図は意図として、実際の考察には至らないところや問題点が多く含まれていよう。大方のご批正をお願いしたい。

本書は、二〇〇九年三月に関西学院大学に提出した学位請求論文「「わがこと」を語る小説」の研究──一九一〇年前後を中心に──」を加筆訂正したものである。論文で用いた「「わがこと」を語る小説」の語は、いささか抽象度が高すぎたという反省から、本書では、「「私」を語る小説」という表現に改めた。

大学院時代、論者が指導を仰いだのは、田中俊一博士であった。直接には近世を専門領域とされた田中先生は、学問的な関心は全時代・領域に開かれているべきという、文芸学の基本理念から、近代専攻の論者が講筵に連なるのを許してくださった。演習の際、自主性を尊重して受講生の議論に余分な口を差し挟まず、しかし最後に発表の可能性を最大限に引き出す論評を加えられる先生は、畏敬の対象であった。受けた学恩を思い起こす時、まとめえたものの貧しさが痛感される。また、二〇〇〇年三月、卒然と逝かれた先生に本書をお目にかけることができないことは、やはり残念である。

なかなか論文をまとめられない論者に対して、折りに触れ、言葉を寄せて下さったのは武久堅先生である。その励ましには、ずいぶんと力づけられた。学位論文の審査には、細川正義先生・森田雅也先生・山上浩嗣先生があたってくださった。口頭試問では、それぞれの先生から貴重なご助言をいただいた。個々のお名前を記すことはしないが、言うまでもなく、学会や研究会を通じての多くの研究者との交流がなければ、本書が成立することはなかった。それらの方々に対する感謝の気持ちも書き添えておきたい。

勤務校の二松学舎大学から、一年間研究に専念する時間を与えられたのは、学位請求論文を仕上げる上でありがたかった。また、日本近代文学館に受け入れを認めていただいたことも幸いであった。静寂の支配する閲覧室で、時折り駒場公園の樹木に目をやりながら、一九一〇年代の無名の小説を読むことは、贅沢な経験であった。本書は、二松学舎大学二〇〇八年度国内特別研究員および日本近代文学館二〇〇八年度特別研究員としての成果でもある。

書肆とつながりのなかった論者に翰林書房を勧めてくれたのは、庄司達也氏である。氏の言葉が機縁となり、瀟洒で堅牢な本造りで定評のある出版社から自著を刊行することができた。行き届いた仕事で本書を送り出してくれた今井肇・今井静江両氏にお礼申し上げる。同僚の瀧田浩氏は、本書の原稿に目を通し、ていねいに字句の点検を行ってくれた。多忙の中、時間を割いていただいたご厚意は身に沁みた。最後に、本書が学校法人二松学舎の学術図書出版助成を受けたものであることを、喜びと共に記す。

二〇一〇年七月二十三日

山口直孝

初出一覧

序章　「自己表象テクスト」から「「私」を語る小説」へ　　書き下ろし

第一章　「「私」を語る小説」の登場

第一節　語られるべき「私」の生成――日露戦争後の『太陽』に即して
「語られるべき「私」の生成――日露戦争後の『太陽』に即して」（『二松学舎大学東アジア学術総合研究所集刊』第三六集、二〇〇六年三月三十一日、二松学舎大学東アジア学術総合研究所）

第二節　「「私」を語る小説」をめぐる試行――「私」が「私」を語るまで　　書き下ろし

第二章　近松秋江における「「私」を語る小説」の展開

第一節　「別れた妻もの」の達成――逸脱としての書簡
「近松秋江『別れたる妻に送る手紙』の方法」（『人文論究』第四二巻第一号、一九九二年六月二十日、関西学院大学人文学会）を改稿したものに、「近松秋江における叙法の形成と確立――「大阪の遊女もの」連作の意義」（『二松学舎大学論集』第四三集、二〇〇〇年三月三十一日、二松学舎大学）の一を加え、再構成した。

第二節　『途中』・『見ぬ女の手紙』の可能性――近代書簡体小説の水脈の中で
「近代書簡体小説の水脈――近松秋江『途中』・『見ぬ女の手紙』の可能性」（『日本近代文学』第五六集、一九九七年五月十五日、日本近代文学会）

第三節　「大阪の遊女もの」の意義――叙法の形成と確立
「近松秋江における叙法の形成と確立――「大阪の遊女もの」連作の意義」（『二松学舎大学論集』第四三集、二〇〇〇年三月三十一日、二松学舎大学）の二以降に基づく。

第四節　有島武郎『平凡人の手紙』論――第三者への気づき
「第三者への気づき――書簡体小説としての『平凡人の手紙』」（『有島武郎研究』第一〇号、二〇〇七年三月三十一日、有島武郎研究会）

第三章　志賀直哉における「「私」を語る小説」の展開

第一節　初期作品の軌跡――家族への接近
「志賀直哉「三処女作」についての考察――『菜の花と小娘』・『或る朝』・『網走まで』」（『日本文芸研究』第三九巻第三号、一九八七年七月十日、関西学院大学日本文学会）・「志賀直哉文芸・その形成期（一）――『速夫の妹』・『孤児』・『荒絹』をめぐって」（『日本文芸研究』第四〇巻第四号、一九八九年一月十日、関西学院大学日本文学会）・「志賀直哉文芸・その形成期（二）――〈家族〉の発見」（『日本文芸研究』第四二巻第四号、一九九一年一月十日、関西学院大学日本文学会）の三編を圧縮して再構成した。

第二節　『濁つた頭』論――出口のない告白
前半は、「志賀直哉『濁つた頭』の輪郭」（『日本文芸研究』第四二巻第二号、一九九〇年七月十日、関西学院大学日本文学会。のち、池内輝雄編『日本文学研究資料新集　二一　志賀直哉　自我の軌跡』〈有精堂、一九九二年五月十八日〉に収録）に基づき、後半は新たに書き加えた。

第三節　『大津順吉』論――小説家「自分」の変容
「志賀直哉『大津順吉』論――「わがこと」をめぐる小説の試行」（『二松学舎大学論集』第四四集、二〇〇一年三月三十一日、二松学舎大学）に加筆した。

第四節　『クローディアスの日記』論――呼びかけとしての日記
二・三「内面の卓越化から凡庸化へ――近代日記体小説をめぐる覚書」（『日本近代文学』第八一集、二〇〇九年十一月十五日、日本近代文学会）。その他の部分は、書き下ろし。

終章　近松秋江と志賀直哉――「「私」を語る小説」をめぐる交錯　書き下ろし

【す】

【せ】

【そ】

◉事項

【志賀直哉の作品】

◉作品

索引

凡例

一、本索引は、人名・作品・事項の三つの部から成る。

二、引用文・言及文献名における言及も採録対象に含めた。

三、近松秋江・志賀直哉の作品は、それぞれまとめて立項した。

四、作品の部で書名には『　』を付した。

◉人名

【著者略歴】
山口直孝（やまぐち・ただよし）
1962年生まれ。
関西学院大学大学院文学研究科博士課程後期課程日本文学専攻単位取得済退学。博士（文学）。1997年より二松学舎大学教員。

「私」を語る小説の誕生――近松秋江・志賀直哉の出発期

発行日	2011年3月25日　初版第一刷
著　者	山口直孝
発行人	今井　肇
発行所	翰林書房
	〒101-0051　東京都千代田区神田神保町1-14
	電　話　(03)3294-0588
	FAX　(03)3294-0278
	http://www.kanrin.co.jp
	Eメール● Kanrin@nifty.com
装　釘	矢野徳子＋島津デザイン事務所
印刷・製本	シナノ

落丁・乱丁本はお取替えいたします

ISBN978-4-87737-313-9